a lógica inexplicável da minha vida

Também de Benjamin Alire Sáenz:

Aristóteles e Dante descobrem os segredos do Universo

Benjamin Alire Sáenz

A lógica inexplicável da minha vida

Tradução
FLÁVIA SOUTO MAIOR

O selo jovem da Companhia das Letras

Copyright © 2017 by Benjamin Alire Sáenz
Tradução publicada mediante acordo com Clarion Books, um selo da Houghton Mifflin Harcourt Publishing Company.
Os direitos morais do autor foram garantidos.

O selo Seguinte pertence à Editora Schwarcz S.A.

Grafia atualizada segundo o Acordo Ortográfico da Língua Portuguesa de 1990, que entrou em vigor no Brasil em 2009.

TÍTULO ORIGINAL The Inexplicable Logic of my Life
CAPA Claudia Espínola de Carvalho
IMAGENS DE CAPA Shutterstock
CALIGRAFIA DA CAPA Flávia Zimbardi
PREPARAÇÃO Paula Marconi de Lima
REVISÃO Giovanna Serra e Renato Potenza Rodrigues

Dados Internacionais de Catalogação na Publicação (CIP)
(Câmara Brasileira do Livro, SP, Brasil)

Sáenz, Benjamin Alire
 A lógica inexplicável da minha vida / Benjamin Alire Sáenz ; tradução Flávia Souto Maior. — 1ª ed. — São Paulo : Seguinte, 2017.

 Título original: The Inexplicable Logic of my Life.
 ISBN 978-85-5534-044-4

 1. Ficção 2. Ficção norte-americana I. Título.

17-04390   CDD-813

Índice para catálogo sistemático:
1. Ficção : Literatura norte-americana 813

[2017]
Todos os direitos desta edição reservados à
EDITORA SCHWARCZ S.A.
Rua Bandeira Paulista, 702, cj. 32
04532-002 — São Paulo — SP
Telefone: (11) 3707-3500
www.seguinte.com.br
contato@seguinte.com.br

/editoraseguinte
@editoraseguinte
Editora Seguinte
editoraseguinte
editoraseguinteoficial

*Para minha irmã mais nova, Gloria,
que eu amava quando garoto.
E amo ainda mais como adulto.
E em memória de minha irmã mais velha,
Linda, que viveu com graça,
a despeito do sofrimento.*

Prólogo

Tenho uma lembrança que é quase como um sonho: as folhas amareladas da amoreira da Mima caindo do céu como flocos de neve gigantes. O sol de novembro brilhando, a brisa fresca e as sombras da tarde dançando com uma vivacidade que vai muito além do meu entendimento de garoto. Mima está cantando em espanhol. Há mais canções dentro dela do que folhas em seu jardim.

Ela junta as folhas caídas com uma vassoura. Quando termina, se abaixa e abotoa meu casaco. Ela olha para sua pirâmide de folhas, depois para os meus olhos e diz:

— Pule!

Corro e pulo sobre as folhas, que cheiram a terra úmida.

A tarde toda, eu me banho nas águas daquelas folhas.

Quando me canso, Mima segura minha mão. Enquanto voltamos para dentro de casa, eu paro, escolho algumas folhas do chão e entrego para ela com minhas mãos de criança de cinco anos. Ela pega as folhas frágeis e as beija.

Ela está feliz.

E eu? Nunca estive tão feliz.

Guardo essa lembrança em algum lugar bem lá no fundo — onde é seguro. Eu a resgato e olho para ela quando preciso. Como se fosse uma fotografia.

Parte um

*Talvez eu sempre tenha tido uma ideia errada
sobre quem eu realmente era.*

A vida começa

Nuvens escuras se formavam no céu e o ar da manhã dava indícios de chuva. Senti a brisa fresca no rosto ao sair pela porta da frente. O verão havia sido longo e preguiçoso, repleto de dias quentes e sem chuva.

Esses dias tinham chegado ao fim.

Primeiro dia de aula. Último ano. Sempre me perguntei como seria estar no último ano. E agora estava prestes a descobrir. A vida estava começando. Essa era a história, de acordo com Sam, minha melhor amiga. Ela sabia de tudo. Ter uma melhor amiga que sabe de tudo economiza muito esforço. Se você tiver uma dúvida sobre qualquer coisa, só precisa perguntar, e ela simplesmente dará a informação de que você precisa. Não que a vida se resuma a informações.

A Sam era esperta demais. E sabia das coisas. Muitas e muitas coisas. Ela também *sentia* coisas. Ah, cara, Sam sabia sentir. Às vezes eu achava que ela pensava, sentia e vivia por nós dois.

Sam sabia quem ela era.

E eu? Acho que nem sempre tive tanta certeza. E daí se às vezes a Sam era uma exibicionista emocional, cheia de altos e baixos?

Ela podia ser um furacão. Mas também podia ser uma vela suave iluminando um quarto escuro. E daí se ela me deixava meio louco? Tudo isso — toda a bagagem emocional, as mudanças de humor e os tons de voz — fazia com que ela parecesse incrivelmente viva.

Comigo já era outra história. Gostava de ir com calma. Acho que tinha esse lance de controle sobre mim mesmo. Mas, de vez em quando, tinha a sensação de não estar vivendo. Talvez precisasse da Sam, porque, ao lado dela, eu me sentia mais vivo. O que pode não ser lógico, mas por vezes o que chamamos de lógica é algo superestimado.

Então, no primeiro dia de aula, o suposto início de nossa vida, eu estava falando sozinho enquanto andava até a casa de Sam. Íamos a pé juntos para a escola todos os dias. Não tínhamos carro. Merda. Meu pai gostava de me lembrar de que eu não precisava de carro. "Você tem pernas, não tem?" Eu amava meu pai, mas nem sempre gostava de seu senso de humor.

Mandei uma mensagem quando cheguei em frente à casa dela: *Já estou aqui!* Ela não respondeu.

Fiquei lá esperando. Sabe, tive aquela sensação estranha de que as coisas não seriam como antes. Sam chamava essas sensações de premonições. Dizia que não devíamos confiar nelas. Ela consultou uma leitora de mãos quando estava no nono ano e virou cética de imediato. Ainda assim, aquela sensação me perturbava porque eu queria que as coisas permanecessem iguais — eu gostava da vida que tinha. Se as coisas pudessem ser para sempre como eram agora. Se ao menos fosse possível. E, sabe, esse não é o tipo de conversinha que eu gostava de ter comigo mesmo — e ela não estaria acontecendo se a Sam tivesse noção do tempo. Eu sabia o que estava acontecendo. Os sapatos. Sam nunca conseguia decidir que sapato usar. E, como era o primeiro dia de aula, isso era importante. Sam. Sam e seus sapatos.

Finalmente, enquanto eu mandava uma mensagem para o Fito, ela saiu de casa. Os dramas dele eram diferentes dos de Sam. Eu nunca tive que viver no tipo de caos que Fito enfrentava todos os dias, mas achava que ele estava se saindo muito bem.

— Oi — Sam disse ao sair, alheia ao fato de que eu estava parado ali, esperando. Ela estava de vestido azul. A mochila combinava com o vestido e os brincos balançavam com a brisa leve. Nos pés? Chinelo. Chinelo? Esperei esse tempo todo por causa de um par de chinelos que ela comprou em uma loja de departamentos?

— Ótimo dia — ela disse, toda sorridente e entusiasmada.
— Chinelo? — perguntei. — Foi por isso que fiquei esperando?
Ela não ia me deixar azedar seu humor.
— É perfeito. — Ela deu outro sorriso e um beijo no meu rosto.
— Pra que isso?
— Pra dar sorte. Último ano.
— Último ano. E depois?
— Faculdade!
— Não mencione essa palavra de novo. Só falamos sobre isso o verão inteiro.
— Errado. Eu só falei sobre isso. Você estava meio ausente naquelas conversas.
— Conversas. Tem certeza de que eram isso? Achei que fossem monólogos.
— Supera, vai. Faculdade! Vida, meu bem! — Ela deu um soco no ar.
— É. Vida — repeti.
Sam me olhou daquele seu jeito.
— Primeiro dia. Vamos arrasar.
Sorrimos um para o outro e seguimos nosso caminho. Para começar a viver.

O primeiro dia de aula foi completamente dispensável. Eu costumava gostar do primeiro dia — todo mundo de roupa nova, com sorrisos otimistas no rosto, a atitude positiva pairando no ar como balões de gás em um desfile e as frases motivacionais de sempre: "Vamos fazer deste ano o melhor de todos!". Todos os professores, com a esperança de que pudessem realmente nos motivar a aprender alguma coisa, diziam que só dependia de nós subir as escadas do sucesso. Talvez só fosse uma tentativa de modificar nosso comportamento. Vamos encarar a verdade: muitos aspectos de nosso comportamento precisavam ser modificados. Sam disse que noventa por cento dos alunos do colégio El Paso necessitavam de terapia comportamental.

Esse ano eu simplesmente *não* estava no clima para o primeiro dia de aula. Não. E, é claro, Ali Gomez sentou na minha frente na aula de inglês avançado pelo terceiro ano consecutivo. Pois é, Ali, uma cabeça de vento que já foi da minha sala em outros anos e que dava em cima de mim com a esperança de que eu a ajudasse com a lição de casa. Ajudar, no caso, significava fazer para ela. Como se isso fosse acontecer. Eu não fazia ideia de como ela tinha conseguido vaga nas aulas avançadas. Era a prova viva de que nosso sistema educacional era questionável. É, primeiro dia de aula. Dis-pen-sá-vel.

Só o Fito não apareceu. Fiquei preocupado com o cara.

Encontrei a mãe dele apenas uma vez e ela não parecia viver nesse planeta. Os irmãos mais velhos dele tinham trocado a escola por substâncias entorpecentes, seguindo os passos da mãe. Quando a conheci, seus olhos estavam totalmente vermelhos e vidrados, os cabelos, emaranhados, e ela cheirava mal. Fito ficou muito constrangido. Pobre Fito. Certo, acontece que eu era do tipo que se preocupa. E odiava isso.

Sam e eu estávamos voltando para casa depois daquele dispensável primeiro dia de aula. Parecia que ia chover e, como a maioria dos ratos do deserto, eu adorava a chuva.

— O ar está com um cheiro bom — eu disse.

— Você não está prestando atenção no que estou falando — ela disse. Eu estava acostumado com esse tom irritado que Sam às vezes usava comigo. Ela não parava de falar sobre beija-flores. Ela adorava beija-flores. Até tinha uma camiseta com um beija-flor. Sam e suas fases. — O coração deles chega a mil duzentas e sessenta batidas por minuto.

Sorri.

— Você está rindo da minha cara — ela disse.

— Eu não estava rindo da sua cara — respondi. — Só estava sorrindo.
— Eu conheço todos os seus sorrisos — ela disse. — Esse é o irônico, Sally.

Sam tinha começado a me chamar de Sally no sétimo ano porque, apesar de gostar do meu nome, Salvador, ela achava que era um pouco demais para um cara como eu. "Eu vou começar a te chamar de Salvador quando você virar um homem — e, meu bem, você ainda está muito longe disso." Sam realmente não gostava de me chamar de Sal, como todo mundo fazia — menos o meu pai, para quem eu era Salvie. Então ela pegou a mania de me chamar de Sally. Eu odiava. Que cara normal quer ser chamado de Sally? (Não que eu fosse muito normal.) Veja, era impossível dizer para a Sam não fazer alguma coisa. Se alguém dizia a ela para não fazer uma coisa, noventa e sete por cento do tempo ela fazia. Ninguém conseguia vencê-la em matéria de teimosia. Ela apenas me olhava daquele jeito que significava que eu teria que aceitar. Então, para Sam, eu era Sally.

Foi quando comecei a chamá-la de Sammy. Todo mundo precisa encontrar um jeito de equilibrar o placar. Bem, ela estava me fornecendo as estatísticas sobre os beija-flores. Começou a ficar brava comigo e a me acusar de não levá-la a sério. Sam detestava ser ignorada. UMA MULHER COM CONTEÚDO MORA AQUI. Foi o que ela escreveu no seu armário da escola. Acho que passava a noite acordada pensando em frases de efeito. A parte do *conteúdo*, bom, eu entendia. Sam não era uma pessoa superficial. Mas eu gostava de lembrá-la que, se eu estava bem longe de me tornar um homem, ela estava ainda mais de ser uma mulher — um lembrete que nunca a deixava feliz e era sempre respondido com um olhar de "cala a boca".

Enquanto caminhávamos, ela continuava falando sobre beija-flores e reclamando da minha incapacidade crônica de prestar atenção no que ela dizia. E eu estava pensando: *Cara, quando a Sam começa, não para mais.* Ela estava mesmo pegando no meu pé. Finalmente, eu tive que interrompê-la — sério, *eu tive.*

— Por que você sempre tem que me provocar, Sammy? Cara, não estou brincando. Até parece que você não sabe que eu não sou muito chegado em números. Eu e os números somos uma combinação *no buena*. Quando você fica citando estatísticas, meus olhos embaçam.

Como meu pai gostava de dizer, Sam era "inabalável". Ela começou outra vez, mas dessa vez não fui eu que a interrompi — foi o Enrique Infante. Ele apareceu atrás de nós enquanto Sam e eu estávamos andando. De repente, pulou diante de mim e ficou na minha frente. Olhou bem para mim, pôs o dedo no meu peito e disse:

— Seu pai é uma bicha.

Alguma coisa aconteceu dentro de mim. Uma onda enorme e incontrolável percorreu meu corpo e quebrou na praia, que, no caso, era o meu coração. De repente, perdi a capacidade de usar palavras e, sei lá, eu nunca tinha ficado tão enfurecido e não sabia o que estava acontecendo de verdade, porque raiva não era um sentimento comum para mim. Era como se eu, o Sal que eu conhecia, tivesse ido embora e outro Sal tivesse entrado no meu corpo e assumido o controle. Eu me lembro da dor que senti no punho logo depois de ter acertado a cara do Enrique Infante. Tudo aconteceu num instante, como um raio, só que o raio não tinha vindo do céu, mas sim de algum lugar dentro de mim. Ver todo aquele sangue escorrendo do nariz de outra pessoa fez com que eu me sentisse vivo. Fez mesmo. Essa é a verdade. E aquilo me assustava.

Havia alguma coisa dentro de mim que me assustava.

Depois disso, só me lembro de estar olhando para o Enrique caído no chão. Eu havia recuperado meu estado calmo — bem, *calmo* não é o termo, mas pelo menos já conseguia falar. E disse:

— Meu pai é um homem. Ele tem nome. O nome dele é Vicente. Se você quiser chamá-lo de alguma coisa, chame pelo nome. E ele *não é* uma bicha.

Sam ficou me olhando. Eu olhei para ela.

— Isso é novidade — ela disse. — O que aconteceu com o bom garoto? Nunca imaginei que você fosse capaz de dar um soco em alguém.

— Nem eu — afirmei.

Sam sorriu para mim. Foi um sorriso meio estranho.

Olhei para o Enrique. Tentei ajudá-lo a se levantar, mas ele não quis.

— Vai se foder — ele disse enquanto levantava sozinho.

Sam e eu observamos enquanto ele se afastava.

Ele se virou e mostrou o dedo do meio.

Fiquei meio surpreso. Olhei para Sam.

— Talvez a gente nem sempre saiba o que existe dentro de nós.

— É verdade — Sam disse. — Acho que muitas coisas conseguem encontrar uma maneira de se esconder.

— Talvez essas coisas devessem ficar escondidas — afirmei.

Devagar, seguimos para casa. Sam e eu não dissemos nada por um bom tempo e aquele silêncio entre nós era muito perturbador. Enfim, ela disse:

— Que jeito ótimo de começar o último ano.

Foi quando eu comecei a tremer.

— Ei, ei — ela disse. — Eu não te falei hoje de manhã que tínhamos que arrasar? Você arrasou o nariz dele.

— Engraçadinha — eu disse.

— Veja, Sally, ele mereceu. — Ela me deu um sorriso. Um daqueles que diziam *não esquenta*. — O.k., tudo bem, é melhor você não sair batendo nos outros. *No bueno*. Mas talvez exista um rebelde dentro de você, só esperando para sair.

— Não, sem chance. — Eu disse a mim mesmo que aquela tinha sido só uma situação muito estranha. Mas algo me dizia que ela tinha razão. Ou um pouco de razão, pelo menos. Confuso. Era como eu me sentia. Talvez Sam estivesse certa sobre as coisas se esconderem dentro de nós. Quantas outras coisas estariam escondidas ali?

Andamos o resto do caminho em silêncio. Quando estávamos perto da casa de Sam, ela disse:

— Vamos até o mercado. Eu te pago uma coca. — Às vezes eu tomava coca. Dava uma espécie de conforto.

Sentamos na calçada e tomamos nosso refrigerante.

Quando deixei Sam em casa, ela me abraçou.
— Vai ficar tudo bem, Sally.
— Você sabe que eles vão ligar para o meu pai.
— É, mas o sr. V é legal. — Sr. V era como Sam chamava o meu pai.
— É — respondi. — Mas o sr. V, no caso, é o meu pai. E pai é pai.
— *Vai dar tudo certo, Sally.*
— É — eu disse. Às vezes, eu era cheio de "és" superdesanimados.

Enquanto ia para casa, lembrei do ódio no rosto de Enrique Infante. Ainda era capaz de ouvir a palavra *bicha* zumbindo nos meus ouvidos.
Meu pai. Meu pai *não era* aquela palavra.
Ele nunca seria aquela palavra. Jamais.
Então ouvi um trovão — e a chuva começou a cair.
Não conseguia ver nada à minha frente quando a tempestade desabou. Continuei andando, de cabeça baixa.
Simplesmente continuei andando.
Senti o peso das minhas roupas encharcadas. E, pela primeira vez na vida, me senti sozinho.

Eu, meu pai, problema

Eu sabia que estava ferrado. Muito mesmo. Eu estava na merda. Meu pai, que às vezes era rígido, mas sempre compreensivo, *e que nunca gritava*, entrou no meu quarto. Minha cachorra, Maggie, estava deitada na cama ao meu lado. Ela sempre sabia quando eu estava me sentindo mal. Então lá estávamos, Maggie e eu. Acho que é possível dizer que eu estava com pena de mim mesmo. Era uma sensação esquisita, porque sentir pena de mim mesmo estava longe de ser um dos meus passatempos. Isso era coisa da Sam.

Meu pai puxou a cadeira da escrivaninha e sentou. Ele sorriu. Eu conhecia aquele sorriso. Ele sempre sorria antes de começar uma conversa séria. Passou os dedos pelos espessos cabelos grisalhos.

— Acabei de receber uma ligação do diretor da sua escola.

Acho que desviei os olhos.

— Olhe para mim — ele disse.

Olhei nos olhos dele. Ficamos olhando um para o outro por um bom tempo. Fiquei feliz por ver que ele não estava com raiva. Em seguida ele disse:

— Salvador, não é certo machucar as pessoas. E com certeza não é certo sair por aí dando soco na cara dos outros.

Quando ele me chamava de *Salvador*, sabia que estava falando sério.

— Eu sei, pai. Mas você não sabe o que ele falou.

— Não importa o que ele falou. Ninguém merece sofrer agressão física só porque disse alguma coisa que não te agradou.

Fiquei em silêncio por um bom tempo. Finalmente, decidi que precisava me defender. Ou, pelo menos, justificar minhas ações.

— Ele falou uma coisa horrível sobre você, pai. — Em outra ocasião, eu poderia ter chorado. Mas ainda estava irritado demais para chorar. Meu pai sempre dizia que não havia nada de errado em chorar e que, se as pessoas chorassem mais, o mundo seria um lugar melhor. Mas ele não seguia o próprio conselho. E, ainda que eu não estivesse chorando, dava para notar que estava meio envergonhado, estava *mesmo*, ou não estaria de cabeça baixa. Senti meu pai me abraçando, então me aproximei dele e sussurrei. — Ele te chamou de bicha.

— Ah, filho — ele disse —, você acha que nunca ouvi essa palavra? Já ouvi coisa pior. Essa palavra não carrega verdade alguma, Salvie. — Ele pegou nos meus ombros e olhou para mim. — As pessoas podem ser muito cruéis. Elas odeiam o que não conseguem entender.

— Mas, pai, elas não querem entender.

— Talvez não queiram. Mas temos que encontrar um jeito de nos disciplinar para que a crueldade deles não nos transforme em animais feridos. Somos melhores do que isso. Nunca ouviu a palavra *civilizados*?

Civilizados. Meu pai adorava essa palavra. Era por isso que ele amava arte. Porque ela civilizou o mundo.

— É, pai — eu disse. — Eu *entendo*. Mas o que acontece quando um maldito selvagem como Enrique Infante está fungando no seu pescoço? — Comecei a acariciar Maggie. — Tipo, a Maggie é mais humana do que gente como ele.

— Não discordo do que você disse, Salvie. A Maggie é muito dócil. Ela é meiga. E algumas pessoas nesse mundo são muito mais selvagens do que ela. Nem todo mundo que anda sobre duas pernas é bom e digno. Nem todo mundo que anda sobre duas pernas sabe usar a inteligência. Mas você já sabia disso. Só precisa aprender a se afastar das pessoas selvagens que gostam de rugir. Elas podem morder. Podem te machucar. Não siga por esse caminho.

— Eu tinha que fazer alguma coisa.

— Não é uma boa ideia pular no esgoto para pegar um rato.
— Então simplesmente deixamos as pessoas saírem numa boa?
— Como, exatamente, o Enrique sairia numa boa? O que ele ganhou com isso?
— Ele chamou você de *bicha*, pai. Você não pode simplesmente deixar as pessoas tirarem sua dignidade.
— Ele não tirou minha dignidade. E também não tirou a sua, Salvie. Você acha mesmo que um soco no nariz mudou alguma coisa?
— Ninguém vai ficar xingando você. Não na minha frente. — Então senti as lágrimas escorrendo pelo rosto. O interessante das lágrimas é que elas podem ser silenciosas como uma nuvem flutuando por um céu deserto. E elas faziam meu coração doer. *Ai.*
— Que gracinha — ele sussurrou. — Você é leal e tão amável.

Meu pai sempre dizia que eu era amável. Às vezes isso me deixava muito irritado. Primeiro porque eu não era tão amável quanto ele pensava e, segundo, que garoto normal quer ser considerado amável? (Talvez eu *pudesse* tentar ser *normal*.)

Quando meu pai saiu do quarto, Maggie foi atrás dele. Ela deve ter achado que eu ia ficar bem.

Fiquei um bom tempo deitado no chão. Pensei nos beija-flores. Pensei na palavra em espanhol para eles: *colibrís*. Lembrei que Sam havia me dito que o beija-flor era o deus da guerra na mitologia asteca. Talvez eu tivesse um pouco de guerra dentro de mim. Não, não, não, não. Não era nada de mais. Certamente não aconteceria de novo. Eu não era do tipo que saía por aí socando o nariz dos outros. *Eu não era esse tipo de cara.*

Não sei por quanto tempo fiquei deitado no chão naquela noite. Não apareci na cozinha para jantar. Ouvi meu pai e Maggie entrando no meu quarto escuro. Maggie pulou na minha cama e meu pai acendeu a luz. Estava com um livro na mão. Sorriu para mim e pôs a mão no meu rosto — do mesmo jeito que fazia quando eu era criança. Leu a minha passagem preferida de O *pequeno príncipe*, sobre a raposa, o menino e cativar as pessoas.

Acho que eu poderia ser um garoto selvagem e raivoso se outra pessoa tivesse me criado. Talvez, se tivesse sido criado pelo homem de quem herdei os genes, fosse um cara completamente diferente. É, o cara de quem herdei os genes. Eu nunca tinha parado para pensar direito nele. Não muito. Bem, talvez um pouco.

Mas quem me criou foi meu pai, o homem que estava no meu quarto e tinha acendido a luz. Ele havia me cativado com todo o amor que tinha dentro de si.

Adormeci ouvindo a voz do meu pai.

Sonhei com meu avô. Ele estava tentando me dizer alguma coisa, mas eu não conseguia escutá-lo. Talvez fosse pelo fato de ele estar morto e de os vivos não entenderem a linguagem dos mortos. Fiquei repetindo o nome dele. *Popo? Popo?*

Funerais, bichas e palavras

O SONHO COM MEU POPO e a palavra *bicha* me fizeram pensar. E era nisso que eu estava pensando: as palavras só existiam na teoria. E então, um dia qualquer, você encontra uma palavra que só existe na teoria e fica cara a cara com ela. E aí essa palavra se torna alguém que você conhece.
Funeral.
Conheci essa palavra quando tinha treze anos.
Foi quando meu Popo morreu. Eu ajudei a levar o caixão até o jazigo. Até então, eu nem sabia o que significava jazigo. Sabe, a gente aprende muitas palavras novas depois da palavra *funeral*, porque passamos a conhecer tudo o que gira em torno dela: jazigo, ataúde, coveiro, cemitério, lápide.
Eu me senti muito estranho carregando o caixão do meu avô até o túmulo.
Eu não conhecia os rituais e orações para os mortos.
Eu não sabia o quanto a morte era definitiva.
Popo não voltaria mais. Eu nunca mais ouviria sua voz. Eu nunca mais veria seu rosto.
O cemitério em que ele foi enterrado tinha uma abordagem antiga em relação aos funerais. Depois que o padre confiou meu avô ao paraíso, o coveiro pegou um pouco de terra com uma pá e jogou sobre o caixão. Todos sabiam exatamente como proceder. Uma fila silenciosa e melancólica se formou, cada um esperando sua vez de pegar um punhado de terra e repetir o gesto.

Talvez fosse um costume mexicano. Eu não sabia ao certo.

Lembro do meu tio Mickey gentilmente tirando a pá da mão do coveiro.

— Ele era meu pai.

Lembro de andar até a pá, pegar um punhado de terra e olhar nos olhos do tio Mickey. Ele confirmou com um gesto. Ainda me vejo jogar a terra e observá-la cair sobre o caixão do Popo. Eu me vejo enterrar o rosto no braço da tia Evie, e Mima chorando no ombro do meu pai.

E eu lembro de mais uma coisa sobre o funeral do Popo. Um homem parado do lado de fora fumando um cigarro enquanto conversava com outro homem. Ele disse:

— O mundo não dá a mínima para pessoas como nós. Nós trabalhamos a vida toda, depois morremos. Não somos importantes. — Ele estava muito zangado. — Juan era um bom homem. — Juan era o meu Popo. Ainda consigo ouvir a raiva daquele homem. Não entendi o que ele estava querendo dizer.

Perguntei ao meu pai:

— Quem são as pessoas como nós? E por que ele disse que não somos importantes?

Meu pai respondeu:

— Todo mundo é importante.

— Ele disse que o Popo era um bom homem.

— Popo *era* um homem muito bom. Um homem muito bom e imperfeito.

— Você dois conversavam? Do jeito que a gente conversa?

— Não. Ele não era assim. Eu era próximo dele do meu jeito, Salvador.

Eu era tão curioso aos treze anos. Mas não entendia muita coisa. Captava as palavras e até mesmo me lembrava delas, mas acho que não entendia nada.

— E *pessoas como nós*? Ele estava falando dos mexicanos, pai?

— Acho que ele estava falando das pessoas pobres, Salvie.

Eu queria acreditar nele. Mas, mesmo não entendendo nada aos treze anos, eu já sabia que existiam pessoas no mundo que odiavam mexicanos

— mesmo os que não eram pobres. Não precisava que meu pai me dissesse isso. Eu também já sabia àquela altura que existiam pessoas no mundo que odiavam meu pai. Que o odiavam por ser gay. E para aquelas pessoas, bem, meu pai não era importante.

Ele não tinha importância nenhuma.

Mas ele era importante para mim.

Palavras só existem na teoria. E então, um dia qualquer, você encontra uma palavra que só existe na teoria e fica cara a cara com ela. E aí essa palavra se torna alguém que você conhece. Essa palavra se torna alguém que você odeia. E você a carrega para todos lugares. E não dá para fingir que ela não está ali.

Funeral.

Bicha.

Meu pai, Sam e eu

MEU PAI ME LEVOU PARA A ESCOLA NO DIA SEGUINTE, pois ele ia ter uma conversa com o diretor. Quando pegamos Sam na frente da casa dela, ela estava toda sorridente, tentando ao máximo fingir que estava tudo bem.

— Oi, sr. V — ela disse ao sentar no banco de trás. — Obrigada pela carona.

Meu pai apenas deu um sorrisinho.

— Oi, Sam — ele disse. — Não fique mal-acostumada.

— Eu sei, sr. V. Nós temos duas pernas. — Ela revirou os olhos.

Dava para ver que meu pai estava segurando a risada.

Então todos ficaram em silêncio total, e Sam e eu começamos a trocar mensagens de texto.

Sam: Ñ abaixa a cabeça
Eu: É assim q vc acha q a vida começa?
Sam: Mimimi. E nem fui eu q soquei o Enrique
Eu: Vdd. Tô ferrado
Sam: Éééé. Hahaha
Eu: Cala a boca
Sam: Não se desculpe. O Enrique estava pedindo. Ele é um idiota, aff
Eu: Kkkkkk. Acho q só a gnt acha isso ☺
Sam: Bom, q se foda!
Eu: Sem palavrão na frente do meu pai.

Sam: Hahaha

Meu pai interrompeu nossa troca de mensagens.

— Podem parar com isso? Vocês foram criados por lobos, por acaso? Criados por lobos. Uma das expressões preferidas do meu pai. Velha guarda.

— Não, senhor — eu respondi. — Desculpe.

Sam simplesmente não conseguia se conter. Sempre tinha que dizer alguma coisa — mesmo se fosse a coisa errada. Ela não era boa em ficar calada.

— Posso mostrar nossas mensagens, se quiser...

Deu para ver um pequeno sorriso na cara do meu pai enquanto dirigia.

— Obrigado, Sam. Essa vou passar.

Então todos começamos a rir.

O que não significava que eu estava menos encrencado.

Quando meu pai e eu entramos na sala do diretor, Enrique Infante e seu pai estavam lá, ambos de braços cruzados, carrancudos. *Carrancudo* era uma palavra da Sam. Tinha dias em que ela ficava bem carrancuda.

O diretor, sr. Cisneros, olhou diretamente para mim quando entrei.

— Salvador Silva, me dê um bom motivo pra não suspender você. — Não era uma pergunta; era mais uma declaração. Era como se ele já tivesse se decidido.

— Ele chamou meu pai de bicha — respondi.

O sr. Cisneros olhou para Enrique e seu pai. Enrique deu de ombros. Como se não desse a mínima. Estava claro que ele não estava arrependido. Impenitente: essa era a palavra exata para a expressão em seu rosto.

O diretor voltou os olhos para mim.

— Violência física é um comportamento inaceitável. E é contra as regras da escola. Motivo para suspensão.

— Discurso de ódio também é contra as regras da escola. — Eu não estava realmente chateado. Bem, talvez estivesse, mas estava tentando agir como se não me importasse. De qualquer modo, minhas palavras saíram calmas. Eu era um cara calmo na maior parte do tempo. Bem, eu tinha meus momentos. Aparentemente.

— Pelo que entendi do que se passou — o sr. Cisneros disse —, vocês não estavam dentro da escola. Não podemos nos responsabilizar pelo que nossos alunos dizem quando não estão nas nossas dependências.

Meu pai deu um sorrisinho maroto. Eu conhecia todos os seus sorrisos. Ele olhou para o sr. Infante e em seguida se dirigiu ao sr. Cisneros.

— Bem, então não temos nada para discutir, não é? Se a escola não pode se responsabilizar pelas coisas que os alunos *dizem* fora de suas dependências, então também não pode se responsabilizar pelas coisas que eles *fazem* fora delas. Estou me perguntando se vamos chegar a algum lugar aqui. — Meu pai fez uma pausa. Ele ainda não tinha terminado. — Na minha opinião, nenhum desses meninos deve se orgulhar do que fez. Acho que eles merecem algum tipo de punição, mas não vai ser possível punir um sem punir o outro. — Ele fez outra pausa. — É uma questão de justiça. E, pelo visto, também uma questão relacionada à política da escola.

O sr. Infante estava com uma expressão de raiva.

— Meu filho só te chamou do que você é.

Meu pai não recuou, nem sequer piscou.

— Eu sou gay. Não acho que isso signifique que sou uma bicha. Também sou de família mexicana. Não acho que isso signifique que sou vendedor de tacos. Não acho que signifique que sou *frijolero*. Não acho que signifique que tenho sotaque. E não acho que isso faça de mim um imigrante ilegal. — Não havia um pingo de raiva na voz nem no rosto dele. Ele parecia um advogado no tribunal, tentando provar seu argumento ao júri. Percebi que ele estava tentando pensar no que diria em seguida. Ele olhou para o sr. Infante. — Às vezes — ele disse —, nossos filhos não entendem completamente as coisas que dizem. Mas você e eu, nós somos homens. Nós *entendemos*, não é?

O sr. Cisneros fez um gesto com a cabeça. Eu não sabia o que significava aquele gesto. Nunca tinha estado na sala dele antes. Não sabia nada sobre ele — apenas que Sam dizia que ele era um idiota. Mas Sam achava quase todos os adultos idiotas, então talvez ela não fosse uma fonte de informações confiável a respeito do sr. Cisneros.

A sala ficou em silêncio por um longo segundo. Ou dois. Finalmente, o sr. Cisneros chegou a uma solução:

— Fiquem longe um do outro.

Sam teria dito que aquela era uma solução de merda. E ela teria toda a razão.

O sr. Infante e Enrique ficaram ali sentados, mostrando a carranca para quem quisesse ver. E a voz do sr. Infante preencheu a pequena sala. Ele apontou o dedo para mim.

— Você vai mesmo deixar ele se safar dessa? — Foi a primeira vez que realmente entendi por que as pessoas usavam a expressão *sangue nos olhos*. Foi exatamente o que aconteceu com o sr. Infante e Enrique: saíram com sangue nos olhos.

Foi difícil decifrar o que meu pai estava pensando. Às vezes ele mantinha a fisionomia impassível. Pena que não gostava de jogar pôquer. Até que olhou para mim. Eu sabia que ele não estava muito feliz comigo.

— Vejo você depois da aula — ele disse. — Quero ter uma conversinha com o sr. Cisneros.

Mais tarde, Sam me perguntou o que eu achava que meu pai tinha conversado com o diretor. Eu disse a ela que não sabia.

— Você não quer saber?

— Acho que não.

— Bem, eu ia querer. Com certeza era sobre você. Por que você não quer? — Ela cruzou os braços. Sam fazia esse tipo de coisa. — Está com medo do quê?

— Não estou com medo de nada. É que tem certas coisas que não preciso saber.

— Não precisa saber? Ou não quer saber?

— Tanto faz, Sammy.

— Às vezes eu não te entendo.

— Não tem muito o que entender — eu disse. — Além disso, é você que precisa saber, não eu.

— Eu não preciso saber — ela falou.

— Ah, tá.

— Tá.

À noite. Sam me mandou uma mensagem com a palavra do dia — outro dos nossos jogos. Palavra do dia = hipocrisia.

Eu: Boa. Use em uma frase

Sam: O sr. Cisneros é um poço de hipocrisia

Eu: Nossa!

Sam: Só tô sendo gentil. Por sinal, vc sabia q Infante quer dizer criança?

Eu: Sim

Sam: Pois ééé

Fito

— Cara, aquele Enrique Infante. Vou dizer uma coisa, Sal, você arrumou um inimigo pro resto da vida.

— Você é amigo daquele cara?

— Não. Ele sempre tenta me vender cigarro. Vive falando merda. Não é legal.

— Eu não pretendia mesmo ter um relacionamento de longo prazo com ele. Não possui as qualidades para ser meu melhor amigo.

Fito riu.

— Claro que não. O mundo está cheio de caras assim. Hoje está vendendo cigarro; amanhã vendendo drogas. — Ele deu um sorriso. — Eu não sabia que você gostava de sair exibindo os punhos e tal. Um cara como você, que não tem do que reclamar, sai fazendo uma merda dessas.

— O que você quer dizer com isso?

— Cara, sua vida é ótima, você tem um bom relacionamento com seu pai. Quero dizer... sei que você é adotado e tal, mas sabe... sua vida é muito boa.

— Eu sei. E eu nunca me senti como filho adotivo.

— Isso é legal. No meu caso, na maior parte do tempo sinto que fui tirado da rua porque alguém tinha me abandonado. Sério. Tipo... é assim que eu me sinto em casa.

— Que bosta — respondi.

— Bom, na minha casa tudo é uma bosta. O meu pai até que é legal, queria me levar pra morar com ele. Seria incrível. Mas ele não tinha casa própria e tal e não conseguia arrumar emprego. Até que desistiu e se mudou para a Califórnia pra morar com o irmão. Bom, pelo menos ele se despediu e tal e ficou todo chateado por não conseguir me levar junto. Sei que ele se importava, sabe? Pra valer. E isso já é alguma coisa.

— É — eu disse —, é alguma coisa. É mais do que alguma *coisa*. — Eu me sentia mal pelo Fito. E ele tinha isso de não ficar se lamentando o tempo todo. Eu me perguntava como ele tinha se tornado um cara tão legal. Como isso aconteceu? Não parecia haver nenhuma lógica por trás do que as pessoas acabavam se tornando. Nenhuma mesmo.

Palavra do dia = origem

Eu RESPEITAVA O FITO, mas a Sam não gostava muito dele. Ela dizia que era por causa do jeito que ele andava. "Ele não anda. Ele se esgueira. E por que ele tem que dizer *e tal* no fim de quase todas as frases? Qual é o sentido?" Isso vindo da garota que tinha quase um caso de amor com o palavrão que começa com a letra F.

Eu tinha lido algumas redações do Fito para a escola, e ele parecia um intelectual. Sério. O cara era inteligente. Mas não gostava de sair espalhando. Talvez falasse daquele jeito por causa das palavras que as pessoas usavam em sua casa — e porque estava sempre na ruas. Não para procurar confusão, mas porque queria ficar bem longe de casa.

Defendo a teoria de que todas as pessoas têm uma relação com as palavras — estejam elas cientes disso ou não. Só que a relação de cada um é diferente. Uma vez meu pai me disse que temos que tomar muito cuidado com as palavras. "Elas podem machucar as pessoas", ele falou. "E podem curá-las também." Se existia alguém cuidadoso com as palavras, era o meu pai.

Mas devo minha verdadeira percepção das palavras à Sam. Começou quando ela estava em um concurso de soletrar. Eu era seu treinador. Ela tinha milhares de palavras em fichas, eu as lia em voz alta, e ela soletrava. Passamos horas e mais horas treinando. Era só o que fazíamos. Ela era tão focada e intensa. Às vezes ela cedia e chorava, esgotada. E eu ficava esgotado junto.

Ela não ganhou.

E cara... ela ficou furiosa.

— O idiota que ganhou nem sabia o significado das palavras que estava *soletrando* — ela disse.

Tentei consolá-la, mas ela rejeitou.

— Você não conhece a palavra *inconsolável*?

— Você pode tentar de novo no ano que vem.

— De jeito nenhum — ela exclamou. — As palavras que se fodam.

Mas eu sabia que ela já tinha se apaixonado por elas e me levou junto para esse caso de amor.

Foi quando começamos com aquele lance da palavra do dia.

É. Palavras. Fito e as palavras. Eu e as palavras. Sam e as palavras. Enquanto eu estava pensando sobre isso, a campainha tocou. E era a Sam.

— Estava pensando em você.

— Coisa boa?

— Sobre como você ficou irritada quando perdeu o concurso de soletrar.

— Já tinha esquecido disso.

— Aham.

— Eu não vim aqui falar sobre um concurso imbecil.

— Então o que é?

— Minha mãe e eu brigamos.

— Isso não é novidade.

— Olha só, nem todo mundo dialoga como você e seu pai. Tipo... vocês não são nem um pouco normais. Pais e filhos não conversam. *Não conversam.* Às vezes vocês conversam como se fossem amigos ou algo do tipo.

— Nada a ver — eu disse. — Meu pai não finge que é meu amigo. Bem longe disso. Ele é meu pai. É que, por acaso, nós gostamos um do outro. Acho que isso é incrível. Realmente incrível.

— Legal pra cacete.

— Por que você gosta de falar palavrão?

— Todo mundo gosta de falar palavrão.

— Eu não.

— Não é à toa que as pessoas te chamam de sr. Empolgação.
— Que pessoas?
— Eu.
— *Você* é "as pessoas"?
— Sim.
— Está vendo, você conseguiu me interromper. Sempre faz isso.
— É você que sempre se interrompe, *chico*.

Eu gostava quando ela me chamava de *chico*. Era bem melhor que "cara". E isso significava que ela me respeitava.

— Sobre o que eu estava falando? — perguntei.
— Você estava fazendo um belo discurso sobre seu pai.
— Você está começando a falar como o último livro que leu.
— E qual é a merda do problema? Pelo menos eu sei ler.
— Para de falar palavrão.
— Para de me julgar e fala de uma vez o que ia dizer sobre o seu pai.
— Não estou julgando.
— Está sim.
— Certo. Certo. Meu pai? Então, minha teoria é que a maioria das pessoas ama seus pais. Não todas, mas a maioria. Mas às vezes alguns pais não são muito agradáveis, então os filhos não gostam deles, o que faz sentido. Ou às vezes os filhos é que não são agradáveis. É muito difícil conversar com alguém de quem não se gosta, mesmo se essa pessoa for seu pai ou sua mãe.
— Entendo cem por cento.

Às vezes Sam realmente entendia o que eu queria dizer. E às vezes eu sabia exatamente o que ela ia dizer em seguida.

— Eu não gosto nem um pouco da Sylvia. Ela é a mãe mais desagradável do planeta. — Sam chamava sua mãe pelo primeiro nome. Mas apenas pelas costas. Huuum.
— Não — eu disse. — A mãe do Fito é a mãe mais desagradável do planeta.
— Sério? Como você sabe?

— Encontrei com ela uma vez. Ela é viciada.
— Então ela tem um problema. *No bueno*. Mas...
Eu a interrompi:
— Sempre tem um *mas* quando você está perdendo uma discussão.
— Eu estava prestes a dizer que comparações são detestáveis.
— É, detestáveis. Boa palavra para um concurso de soletrar. Uma que você aprendeu com o livro que está lendo.
— Cala a boca. *E eu tenho, sim, uma mãe horrível.*
Eu sentia pena de Sam. Talvez um dia pudesse acontecer alguma coisa e Sam e Sylvia começassem a ter uma relação como a que eu tinha com o meu pai. Talvez. Eu torcia pra isso.

Brigas. Punhos. Sapatos.

SOQUEI OUTRO CARA NO TERCEIRO DIA DE AULA. Aconteceu do nada. Sam sempre dizia que "as coisas nunca acontecem do nada". Tentei tirar a voz dela da minha cabeça. Bem, eu estava indo até a loja de conveniência antes da aula para comprar uma coca. Queria muito tomar uma. E um cara que estava no estacionamento fez uma cara de merda e me chamou de *pinche gringo*, uma expressão superofensiva. Ele não estava só me chamando de branquelo: estava querendo dizer que eu não era bem-vindo ali.

— Nunca mais me chame disso — pedi, mas ele só repetiu.

Então dei um soco nele. Nem parei para pensar, foi reflexo puro. Dei um soco direto no estômago — e senti uma onda de adrenalina correndo pelas veias até chegar ao coração.

Ele dobrou o corpo de dor. Parte de mim queria se desculpar. Mas, no fundo, eu sabia que não estava arrependido.

Fiquei ali parado. Entorpecido.

Então senti a mão de alguém no meu ombro. Era o Fito, me afastando. Fiquei olhando para o meu punho cerrado, como se fosse de outra pessoa.

— O que está acontecendo contigo, Sal? Quando começou a bater nos outros? Num dia você é um cara superlegal e... bem, nunca pensei que você fosse desse tipo.

— Que tipo?

— Calma, cara.

Eu não disse nada. Não senti nada.

E estava tremendo.

Então um pensamento tomou conta da minha cabeça. Talvez o tipo de cara que eu era, bem... talvez eu fosse como alguém que não conhecia. Você sabe, o cara de quem herdei meus genes e que eu não ia conhecer.

Fui até a casa de Sam. Ela estava na porta, me esperando.

— Você está atrasado.

— Desculpe.

— Você nunca se atrasa.

— Hoje me atrasei.

Ela me olhou daquele jeito desconfiado.

— O que aconteceu?

— Nada.

— Não acredito em você.

— Não aconteceu nada.

— O que significa que você não quer falar sobre isso.

— Não aconteceu nada.

Ela deu um sorriso que queria dizer "Vou-te-deixar-em-paz-dessa-vez". Significava que ela ia mudar de assunto agora, mas que voltaria a perguntar a respeito em outra ocasião. Sam não era do tipo que deixava as coisas para lá. Na melhor das hipóteses, ela dava um tempo — para minha felicidade, era o que ela estava me dando.

— Certo — ela disse. — Certo. — Depois apontou para baixo. — Gostou dos meus sapatos?

— Adorei.

— Mentiroso.

— São bem rosados.

— Palhaço.

— Por que você tem tantos sapatos?

— Uma garota nunca acha que tem sapatos de mais.
— Uma garota? Ou só você?
— É uma coisa de gênero. Entende?
— Gênero, gênero — eu disse. Sei lá, ela deve ter notado algo na minha voz.
— Tem alguma coisa acontecendo com você.
— Sapatos — eu disse.
— Sapatos porra nenhuma — ela respondeu.

Mima

SAM E EU ESTÁVAMOS SEMPRE CONTANDO HISTÓRIAS um para o outro, histórias sobre o que acontecia conosco, sobre outras pessoas, sobre o meu pai e a mãe dela. Talvez fosse nosso modo de explicar as coisas — para o outro e para nós mesmos.

Mima era a melhor contadora de histórias do mundo. Suas histórias eram sobre fatos reais — não eram como as besteiras que eu ouvia nos corredores da escola e pareciam muito mais mentiras.

Mas as histórias de Mima eram mais reais do que tudo, tanto quanto as folhas de sua amoreira. Eu ouço a voz dela o tempo todo: "Quando eu era menina, colhia algodão. Trabalhava com minha mãe, meus irmãos e minhas irmãs. No fim do dia, estava tão cansada que só caía na cama. Minha pele era queimada. Minhas mãos, machucadas. E eu tinha a sensação de que minhas costas iam quebrar".

Ela me contava como o mundo era antes, sobre a realidade em que cresceu, um mundo que já havia quase desaparecido. "O mundo mudou", ela dizia, com a voz cheia de tristeza.

Uma vez, Mima me levou até uma fazenda. Eu devia ter uns sete anos. Ela me ensinou a colher tomates e *jalapeños*. Apontou para os campos de cebola. "Isso, sim, é trabalho." Ela sabia muito sobre aquela palavra. Eu não sabia nada sobre trabalho, acho. Era uma palavra que eu não havia encontrado ainda.

Aquele dia, quando estávamos colhendo tomates, ela me contou uma história sobre sapatos:

— Quando eu estava no sexto ano, deixei meus sapatos na beira do canal para nadar um pouco. E eles simplesmente desapareceram. Alguém roubou. Eu chorei. Ah, como chorei. Era meu único par de sapatos.

— Você só tinha um par, Mima?

— Só um. Era tudo o que tinha. Fui para a escola descalça durante uma semana. Tive que esperar minha mãe juntar dinheiro suficiente para comprar um novo par.

— Você foi para a escola descalça? Que legal, Mima.

— Não, não era tão legal — ela afirmou. — Só significava que havia muita gente pobre.

Mima dizia que somos aquilo que lembramos.

Um dia, ela me contou sobre o dia em que meu pai nasceu.

— Ele era muito pequeno. Quase cabia em uma caixa de sapatos.

— Verdade, Mima?

— É. E logo depois que nasceu, ele estava no meu colo e começou a chover lá fora. Estávamos no meio de um período de seca, e não chovia fazia muitos meses. Foi quando eu soube que seu pai era como a chuva: um milagre.

Eu adoro as lembranças dela.

Pensei em contar para Sam a história dos sapatos da Mima, mas acabei decidindo não contar. Ela ia dizer algo do tipo: "Você só está me contando essa história para eu me sentir culpada". E provavelmente estaria certa.

A minha história (eu tentando explicar as coisas para mim mesmo)

Mima dizia que nunca devemos esquecer nossas origens. Entendo o que ela quer dizer com isso, mas é um pouco complicado para um filho adotivo. Só porque não me *sinto* como um filho adotivo não significa que eu não o seja. Mas a maioria das pessoas acha que sabe algo importante sobre você quando sabe onde sua história começa.

Fito diz que origens não têm tanta importância.

— Sei exatamente de onde eu vim. E daí? Algumas pessoas têm pais famosos. Que diferença faz? Nascer de pessoas talentosas não torna ninguém talentoso. O pai do Charlie Moreno é o prefeito. Mas olhe para o Charlie. Ele é um cretino. Todo mundo na minha família é viciado em drogas. Mas, veja, não importa de onde eu venho, mas sim para onde vou.

Não consegui argumentar contra isso.

Eu achava que querer saber onde tudo começava era parte da natureza humana. É. Não que eu soubesse tanto assim sobre a natureza humana. Sam dizia que eu não era bom em julgar outras pessoas.

— Você acha que todo mundo quer ser bom.

Tenho fotos da minha mãe me segurando no colo. Muitas fotos. Mas olhar as fotografias de sua mãe morta não era o mesmo que lembrar.

Ela morreu quando eu tinha três anos.

Foi quando eu vim morar com meu pai.

Talvez outra pessoa ficasse triste por não ter mãe. Mas eu não me sentia triste, não mesmo. Eu amava meu pai. E eu tinha tios e tias que me amavam. Eles me amavam de verdade. E tinha a Mima. Acho que ninguém me amava mais do que ela. Nem mesmo meu pai.

Minha vida não era como a de Fito. Fito tinha a família mais ferrada do planeta. E veja a Sam. Eu realmente não gostaria que a sra. Diaz fosse minha mãe. Não, obrigado. *No bueno.*

Eu tinha um professor de sociologia que estava sempre falando sobre dinâmica familiar. Você sabe... Meu pai, Maggie e eu constituímos uma família. Eu gostava da nossa família. Mas talvez não exista lógica por trás da palavra *família*. A verdade é que essa palavra nem sempre é boa.

E me perguntava por que não tinha nenhuma lembrança da minha mãe. Talvez não lembrar fosse pior do que lembrar incorretamente. Ou talvez fosse melhor. Mas lá estava eu, perguntando a mim mesmo sobre ela e sobre o cara cujos genes eu também herdei.

Eu estava começando a me perguntar muitas coisas que nunca tinha perguntado. Eu costumava lidar bem com todas essas coisas e agora estava andando por aí socando as pessoas. Ouvi a voz de Sam na minha cabeça: *as coisas não acontecem do nada.*

Fotografias

Eu tinha uma foto do meu pai me ensinando a dar nó na gravata, tirada na manhã anterior à minha primeira comunhão. Nós dois estávamos sorrindo, os dois muito felizes. Também tinha uma foto da Mima me segurando no colo quando eu tinha quatro anos — ela me olhava com tanto amor que eu poderia me afogar naquele sentimento.

As fotos que tenho com minha mãe são diferentes. Eu me lembro do momento em que as fotos com a Mima e com o meu pai foram tiradas. Elas me fazem sentir alguma coisa. Mas as com minha mãe? Eu não sinto nada. Sam me disse que eu não lembrava porque não queria. Disse que me deixaria triste.

Sam gostava de ver minhas fotos, mas dizia que era muito estranho ver toda aquela felicidade nelas.

— Simplesmente não é real.

— Sério?

— Bem, é real, mas é meio esquisito.

— Felicidade é esquisito?

— Certo, é legal. Mas a maioria das pessoas não faz nada legal. Tipo, ninguém no universo inteiro é tão legal quanto a Mima. E seu pai, tenho que admitir: ele é o máximo. Sério. Ele é excepcional. Mas só devem existir uns dez caras assim nessa cidade, então, se está pensando que sua linda família feliz é espelho para o resto do mundo, tenho uma notícia para te dar.

Se a palavra *pessimista* não tivesse sido inventada, Sam a inventaria. E sairia por aí apresentando a palavra para todo mundo. Mas ela não me enganava. Havia muita bondade dentro dela. Muita. Ela tinha seus maus momentos. Eu a conhecia desde o jardim de infância. Ela chorava no fim do dia, quando eu me despedia. Desde então, sempre ouvi o que Sam pensava — mesmo quando sabia que não era a melhor ideia. Emocionalmente, Sam era confusa e desconcertante. Tinha a ver com sua dinâmica familiar. É, e o que eu sabia sobre isso? Uma vez ela ficou muito brava comigo. Eu disse que ela precisava se acalmar, e ela me respondeu dizendo que eu era um "anoréxico emocional" — acho que ela não disse como um elogio. Às vezes, eu me perguntava por que a havia escolhido como melhor amiga.

Mima dizia que Sam era um presente de Deus para mim.

Era uma coisa bonita de se dizer. E ela também dizia que eu era um presente de Deus para ela. E para o meu pai.

Acho que Deus dava muitos presentes. Mas Ele também levava muita coisa. Prova: ele levou minha mãe. Mas se não tivesse levado minha mãe, eu não teria o meu pai. E não teria a Mima.

Pai: palavra do dia = faculdade

A PRIMEIRA — E CAÓTICA — SEMANA DE AULAS TERMINOU. E houve apenas duas brigas. *Vamos fazer deste ano o melhor de todos!*

Eu estava sentado no ateliê do meu pai; parte de mim estava observando-o pintar, enquanto a outra olhava a lista final de faculdades em que pretendia me inscrever. Passei o verão inteiro preenchendo os documentos de inscrição: formulários financeiros, fichas disso e daquilo, pesquisando em sites e mandando e-mails para orientadores, programas e planos de graduação, e assim por diante. Sam estava muito empolgada com isso.

Um dia, ela chegou detonando a mãe.

— Ela suspendeu meu processo de inscrição, aquela maldita. Disse que as faculdades em que me inscrevi são muita areia para o meu caminhão e perguntou de onde eu achava que ia tirar o dinheiro para pagar tudo aquilo. Eu odeio ela. Odeio de verdade. Ela me disse que eu vou para Universidade do Texas e ponto final. *Eu. Odeio. Ela.* — Não era a primeira vez que eu ouvia Sam dizer aquilo.

Em casa, eu estava tentando manter todo o processo o mais comedido possível. Eu não queria me mudar. Estava pensando que poderia simplesmente tirar um ano sabático e ficar em casa — como se isso fosse possível.

Então acabei fazendo uma lista. E a única coisa que faltava era pegar as cartas de recomendação e escrever algumas redações idiotas dizendo por que eles deveriam me aceitar. Deixei a lista sobre a mesa do meu pai:

1. Universidade do Texas
2. Universidade da Califórnia
3. Columbia
4. Universidade de Chicago
5. Universidade de Nova York
6. Universidade do Novo México
7. Universidade do Arizona
8. Universidade do Colorado
9. Universidade de Washington
10. Universidade de Montana

O futuro. Todo em uma lista. Mudança. *Merda*. Observei meu pai, perdido em seu trabalho. Eu gostava de vê-lo pintar: a forma como segurava o pincel, como seu corpo todo parecia vivo, como fazia a pintura parecer tão fácil. Ficava imaginando como ele devia se sentir.

— A lista final está na sua mesa — eu disse.
— Finalmente — ele disse.
— Você pode parar de me perturbar agora.
— Eu não te perturbo.

Eu sabia que ele estava sorrindo. Ele sabia que eu estava sorrindo também. E continuou trabalhando. Depois me perguntou uma coisa que nunca tinha perguntado.

— Você às vezes pensa no seu pai verdadeiro, Salvie? — Ele não parou de pintar, e eu não conseguia ver seu rosto.

Ao me sentar em sua antiga cadeira de couro, eu me ouvi dizer:

— *Você* é meu pai verdadeiro. E, sim, eu penso em você o tempo todo.

A luz da sala dava a impressão de que seus cabelos grisalhos e despenteados estavam pegando fogo. Ele parou de pintar por um instante, e eu refleti sobre o olhar que ele tinha no rosto. Eu sabia que ele havia ficado feliz com o que eu tinha acabado de dizer. Depois ele apenas continuou pintando em silêncio. Eu o deixei em paz. Às vezes, é preciso deixar as pessoas terem seu próprio espaço — mesmo quando se está no mesmo cômodo que elas. Ele me ensinou isso, meu pai. Ele me ensinou quase tudo o que sei.

Eu não me lembro de nenhum momento em que meu pai não estivesse por perto. E havia um motivo para isso: ele sempre esteve. Ele estava presente quando eu nasci. Estava com minha mãe no hospital. Foi o acompanhante dela durante o parto. Ele testemunhou minha chegada ao mundo. É essa a palavra que ele usa. Ele diz: "Eu estava lá para testemunhar toda aquela maravilha".

Ele esteve presente desde o princípio.

Aí é que está. A verdade é que às vezes eu *pensava* no meu pai verdadeiro, ainda mais ultimamente, por alguma razão. E me sentia um traidor. Eu tinha acabado de mentir para o meu pai. Acho que foi uma meia-mentira. Vamos chamar de meia-verdade. Porque, se uma coisa era uma meia-mentira, então era simplesmente uma mentira. Ponto final.

Mima e Sam

Mima gostava muito da Sam. E Sam gostava muito da Mima.

Quando éramos pequenos, às vezes Mima vinha passar o fim de semana em casa e cuidava de nós quando meu pai estava fora, em uma de suas exposições de arte em outras cidades. Ela era ótima com Sam. Sempre gostei de ver as duas juntas.

Eu estava no telefone com a Mima. Ela ficava muito contente quando eu ligava. Eu ficava também. Sobre o que falávamos? Sobre qualquer coisa. Não importava. Ela me perguntou sobre Sam.

— Ela gosta de sapatos — eu disse.

— Ela é menina — Mima afirmou. — Algumas meninas são assim. Mas ela é uma boa menina.

— É — eu disse —, mas ela gosta de garotos rebeldes, Mima.

— Bem, seu Popo era rebelde quando jovem.

— E a senhora se casou com ele mesmo assim?

— Casei. Ele era lindo. Eu sabia que ele era um homem bom mesmo que muita gente não achasse. Eu sabia o que via nele. E ele ficou mais calmo.

Mais calmo era algo que não se enquadrava nas lembranças que eu tinha do meu avô.

— É que eu me preocupo com a Sam às vezes — eu disse.

— Se está tão preocupado, por que não namora com ela?

— Não é bem assim, Mima. Ela é minha melhor amiga.

— Seu melhor amigo não deveria ser um menino?

— Bem, Mima — eu disse —, acho que tanto faz se seu melhor amigo é menino ou menina. Contanto que se tenha um melhor amigo. E, por sinal, meninas são mais legais que meninos.

De algum modo, eu sabia que Mima estava sorrindo.

A carta

Sábado. Eu adorava sábados.

Meu pai entrou na cozinha e pegou uma xícara de café. Ele não olhou para o jornal — o que era estranho, porque era uma pessoa metódica, com rituais diários. Café da manhã e jornal. Nunca jornais on-line. Ele era das antigas. Usava All Star preto de cano alto. Vestia Levi's 501 e calças de sarja com pregas e barra dobrada. E usava gravatas finas. Sempre. Totalmente das antigas. Aos domingos ele lia o *New York Times* — isso era muito uma coisa dele. Mas, nesse dia, meu pai nem olhou para o jornal. Ele estava fazendo carinho na Maggie, mas não parecia estar presente. Tinha uma expressão muito séria no rosto. Séria, mas não de um jeito ruim.

Finalmente, ele acenou com a cabeça. Eu sabia que ele estava tendo uma conversa consigo mesmo e tinha iniciado algum tipo de debate. Ele se levantou e deixou o café sobre a mesa. Maggie foi atrás dele. Alguns minutos depois, os dois voltaram. Meu pai estava com um envelope nas mãos.

— Aqui está — ele disse. — Acho que chegou a hora de te entregar isso.

Peguei o envelope. Meu nome estava escrito na frente com uma caligrafia delicada e firme. Não era a letra do meu pai. Ele só fazia garranchos. Fiquei olhando para o meu nome.

— O que é isso?

— Uma carta da sua mãe.

— Uma carta da minha mãe?

— Ela escreveu para você um pouco antes de morrer. Disse que queria que eu a entregasse quando sentisse que era a hora certa. — Ele estava com aquela cara de quem queria fumar um cigarro. Ele fumava às vezes. Não muito. Guardava os cigarros no freezer para não ficarem velhos. — Acho que a hora certa chegou — ele disse.

Fiquei olhando para a caligrafia da minha mãe. Não disse nada.

Meu pai pegou o maço de cigarros no freezer, tirou um e pegou o isqueiro que ficava guardado na gaveta.

— Vamos fumar um cigarro — ele disse, mas não para que eu fumasse também. Era só um convite para nos sentarmos juntos nos degraus dos fundos.

Maggie nos acompanhou até o lado de fora. Assim como eu, Maggie não gostava de ser deixada de lado. Observei meu pai acender o cigarro.

— Pode ler quando se sentir pronto — ele disse. — Agora fica por sua conta, Salvie.

Ele se aproximou de mim e me empurrou com o ombro quando nos sentamos.

— Isso está me assustando — afirmei. — Bem, uma carta da mãe morta deixaria qualquer um assustado.

— Bem, sua mãe... — ele fez uma pausa. — Ela não escreveu essa carta para te assustar, filho.

— Eu sei — respondi.

— Você não precisa ler agora.

— Mas... Se não preciso ler agora, por que você me entregou agora?

— Eu deveria ter esperado até você entrar na faculdade? Até fazer trinta anos? Quando é a hora certa para alguma coisa? Quem sabe? Viver é uma arte, não uma ciência. Além disso, prometi à sua mãe que entregaria a carta a você.

— Você prometeu muitas coisas para ela, né?

— Prometi, Salvie.

— E cumpriu suas promessas, né?

— Todinhas. — Ele tragou o cigarro e soltou a fumaça pelo nariz.

— Foram difíceis de cumprir? Todas as promessas?

— Algumas.

— Quer me falar sobre elas?

— Um dia.

Não era bem essa a resposta que eu estava esperando. Olhei para o meu pai. Ele estava sorrindo.

— Bem, teve *uma* promessa bem fácil de cumprir.

— E qual foi?

— Eu prometi a ela que ia te amar. E que te manteria em segurança. Essa foi fácil.

— Às vezes eu dou muito trabalho.

— Não — ele disse. — Você nunca dá trabalho. Nunquinha.

— Ah, eu quase quebrei o nariz do Enrique Infante. E teve aquela vez que eu joguei uma pedra e quebrei a janela da sra. Castro. E aquela época em que eu matava lagartos. — Eu não ia contar que quebrei a janela da sra. Castro de propósito. Ela era do mal.

Meu pai riu.

— É, teve aquele lance de matar lagartos. Você era só uma criança.

— Mas eu gostava de matar. Lembra quando você descobriu e fizemos um pequeno funeral para o pobre lagarto morto?

— Sim.

— Foi seu modo de me dizer para parar com aquilo.

Meu pai riu de novo.

— Você não é perfeito, Salvie. Mas há tanta integridade em você que às vezes me pergunto de onde você veio. Olhe a Sam, por exemplo. Ela, sim, dá trabalho. — Ele riu, mas não muito alto. Era uma piada. Ele amava Sam. — Veja — ele continuou —, como eu disse, viver é uma arte, não uma ciência. Sua Mima, por exemplo. Ela é a verdadeira artista da família. — Ele olhou para o céu. — Se viver é uma arte, Mima é Picasso.

Adorei a comparação. Fiquei imaginando se Mima sabia o quanto ele a amava. Eu não sabia nada sobre o amor entre mães e filhos — nunca saberia.

Meu pai apagou o cigarro.

— Sobre a carta, eu tive que decidir quando entregá-la a você. Talvez não seja a hora certa. Só você pode decidir isso. Leia quando estiver pronto.

— E se eu nunca estiver pronto?

Ele me olhou, se aproximou e me empurrou com o ombro outra vez.

Ficamos ali sentados por um bom tempo, com a brisa de setembro e o sol da manhã no rosto. Eu queria ficar ali para sempre, só meu pai, Maggie e eu. Um pai, um filho e uma cachorra. Fiquei pensando que não queria crescer de verdade. Mas não era como se eu tivesse escolha.

Meu pai tinha uma citação colada na parede com alguns desenhos: "Eu quero viver na calmaria da luz da manhã". Eu gostava muito dela. Mas estava começando a entender que o tempo não ia parar para mim. Eu tinha fotografias para provar que as coisas mudavam. Eu já tive sete anos. E não teria dezessete para sempre. Eu não tinha ideia de como a minha vida seria. Não queria pensar na carta. Talvez houvesse algo nela capaz de mudar as coisas de um jeito que eu não queria.

Não sei por que ela deixou uma carta para mim.

Minha mãe estava morta.

Eu nem me lembrava de tê-la amado. E a carta não a traria de volta à vida.

Palavra do dia = medo

Fui guardar a carta na gaveta onde eu guardava as meias. Mas achei que não seria um bom lugar, porque eu usava meias todos os dias e, toda vez que abrisse a gaveta, ia pensar na carta. Então fiquei andando de um lado para o outro no quarto, tentando pensar num lugar perfeito para guardá-la. Maggie estava deitada na minha cama, olhando para mim. Às vezes eu tinha a impressão de que ela achava que eu era maluco. Finalmente, guardei a carta na caixa onde ficavam minhas fotos. Eu não pegava aquela caixa com muita frequência. Era o lugar perfeito.

Mandei uma mensagem para Sam: **Palavra do dia = medo**.
Sam: Medo?
Eu: É
Sam: Explique
Eu: É uma palavra assustadora. Rs
Sam: Engraçadinho. Vc tá com medo?
Eu: Ñ disse isso
Sam: Desembucha
Eu: Vc já teve medo de alguma coisa?
Sam: Claro. Vc?
Eu: Sim

Sam: Pode falar
Eu: Estava pensando, só isso
Sam: Vou fazer vc falar

Sam

Mensagem de texto da Sam: E aí, tá fazendo o q?
　Eu respondi: Acabei de tomar banho. Sem planos. E vc?
　Sam: Quer fazer alguma coisa?
　Eu: Sim
　Sam: Aí tem ovo?
　Eu: Tem
　Sam: Bacon?
　Eu: Sim
　Sam: ☺! Palavra do dia: café da manhã
　Eu: Vem!

　Sam estava *sempre* com fome. Sua mãe nunca comprava comida. E não era porque elas eram pobres. Não eram ricas, mas também não dependiam de benefício do governo para fazer supermercado. A mãe da Sam era mais de pedir lanches e comida para viagem. Meu pai e eu quase nunca comprávamos comida pronta. Às vezes pedíamos pizza ou comida tailandesa. Mas normalmente cozinhávamos em casa. Eu gostava disso.

　Meu pai estava falando ao telefone quando passei por ele a caminho da porta.

　— Com quem você está falando? — perguntei. Por algum motivo, eu sempre queria saber com quem ele estava ao telefone. Não que fosse da minha conta, mas eu tinha o (péssimo) hábito de perguntar.

— Com a Mima — ele sussurrou. Depois sacudiu a cabeça e continuou falando. Acho que eu irritava meu pai às vezes. Mas era uma via de mão dupla. Às vezes ele me irritava. Como o fato de não comprar um carro para mim, mesmo tendo dinheiro para isso. Isso me irritava muito. E não importava quantas vezes eu tocasse no assunto, ele me derrubava como se eu fosse um pato em temporada de caça. "Mas nós temos dinheiro", eu dizia. E então ele respondia: "Não, *eu* tenho dinheiro. Você, na verdade, não tem dinheiro nem pra pagar a conta do seu celular". Ele dava um sorriso sarcástico que eu devolvia.

Maggie e eu nos sentamos na varanda da frente e ficamos esperando Sam. Ela morava a alguns quarteirões de distância, mas nós nunca ficávamos na casa dela — nunca. "Sylvia gosta de ficar ouvindo conversa que não é da conta dela", Sam dizia. Ela sempre dizia que gostava de ficar com a Maggie. "Sylvia não me deixa ter cachorro." E, mesmo que realmente houvesse um caso de amor entre Sam e Maggie, eu sabia que a cachorra não tinha nada a ver com a vontade de Sam de ficar na minha casa. Minha teoria era que Sam e sua mãe eram muito parecidas. Uma vez eu disse isso a ela. "Você só fala merda": foi o que tive como resposta. Outra característica de Sam era ser extremamente direta. E, como todo mundo no universo, ela nem sempre gostava de ouvir a verdade.

Eu a vi subindo a rua. Acenei.

— Oi, Sally! — ela gritou.

— Ei, Sammy! — gritei de volta. Maggie saiu correndo para recebê-la. Sam estava de blusa amarela com estampa de margaridas. Ela parecia um jardim de verão, e isso era um elogio. Ela se abaixou para deixar Maggie lamber seu rosto. Abri um sorriso ao ver Sam e Maggie se amando. Desci os degraus saltitando e ela me deu um abraço.

— Estou morrendo de fome, Sally.

— Vamos comer — eu disse. Sabia que eu teria que preparar o café da manhã. Sam *era* como a mãe dela. A única parte da cozinha que ela conhecia bem era a mesa.

Entramos na cozinha. Maggie arranhou a porta e eu a deixei sair. Vi que meu pai estava sentado nos degraus dos fundos, fumando outro cigarro. Aquilo era estranho. Ele raramente fumava dois cigarros em uma única manhã. Tive a mesma sensação do primeiro dia de aula, como se algo estivesse mudando no meu mundo.

— O que aconteceu? — Sam perguntou.

— Nada — respondi, pegando uma frigideira e tirando um pouco de bacon da geladeira. Sam se serviu de café. Ela era uma propaganda ambulante da Starbucks.

— Sua casa está sempre tão limpa — Sam disse. — Isso é tão estranho.

— Não tem nada de estranho em viver numa casa limpa.

— Bem, a minha casa é praticamente um chiqueiro.

— Verdade. Por que será? — perguntei.

— Muito engraçado. A questão é que vocês, rapazes, vivem como garotas, e nós, garotas, vivemos como rapazes.

— Eu acho que limpeza não tem nada a ver com gênero — respondi.

— Talvez não. Estou achando que eu deveria vir morar com vocês.

Aquilo me fez abrir um sorriso.

— Acho que você não ia gostar das regras do meu pai.

— Seu pai é superlegal.

— É, mas ele tem regras. Muitas delas apenas implícitas. Manter a casa limpa é uma delas. E não consigo imaginar você limpando uma privada.

— Nem eu. Sylvia paga uma faxineira para limpar a casa uma vez por semana.

— Espero que pague bem.

— Não seja sarcástico. — Ela olhou para o celular, depois para mim. — Regras implícitas, é? Sylvia não tem nenhuma. Ela não é tão sutil. Escreve todas as regras com batom no espelho do meu banheiro.

— Sério?

— Sério.

— Nesta casa, a maioria das regras não é dita. Nada de drogas. Ou bebida. Bem, posso tomar uma taça de vinho em ocasiões especiais.

— Pensando bem, se eu morasse aqui, vocês iam me deixar entediada pra caramba.

— É. Pra começar, não temos batom. Nem coleções de sapato.

Ela me olhou feio.

— E não gostamos de brigar. Já você...

— Não termine essa frase.

— *Certeza* que meu pai e eu íamos te deixar entediada. O que você faria em uma casa em que ninguém discute?

— Cala a boca.

Tentei imaginá-la morando com a gente. Olhei para ela. Ela praticamente *morava* com a gente. Achei que não era uma boa ideia verbalizar o que estava pensando. *Verbalizar* — outra palavra dela.

— Ah, e por sinal, sr. Eu Sigo Todas as Regras, eu já te vi tomar umas cervejas em festas.

— Eu não vou a muitas festas. Você já me viu bêbado?

— Eu adoraria te ver bêbado. Assim poderia te dizer o que fazer.

— Você já faz isso.

— Seu ridículo. — Nós rimos. — É que eu não entendo, Sally. Seu pai é artista. Como ele ficou tão certinho? Aposto que nunca usou drogas.

— Não faço ideia.

— *Você* já usou drogas?

— Por que você só me pergunta coisas que já sabe?

— Por que você não se solta mais, Sally? Desencane. Viva o presente.

— É. O presente. Acho que você já se solta o suficiente por nós dois.

Ela me olhou mais uma vez daquele seu jeito. Nós dois sabíamos que ela estava acostumada a substâncias psicotrópicas. Gostava especialmente de maconha. Eu não. Experimentei em uma festa e acabei beijando uma menina de quem eu nem gostava. Eu levava esse lance de beijo muito a sério.

Quando beijava uma garota (o que não acontecia com muita frequência), queria que tivesse algum significado. Eu não era tão casual nesse aspecto.
— Pegue os ovos na geladeira.
Ela abriu a porta.
— Caramba! Olha toda essa comida.
Sacudi a cabeça.
— A geladeira da maioria das pessoas tem comida dentro. Espero que saiba disso.
— Meu Deus, você está irônico hoje, branquelo.
Ela sabia que eu odiava ser chamado de branquelo. Mesmo que eu *fosse* tecnicamente branco, tinha sido criado em uma família mexicana. Então não era exatamente um garoto branco comum. Não no meu mundo. Eu sabia espanhol melhor que Sam, e ela era mexicana. Ela me entregou a caixa de ovos. Sabia que eu ia ignorar o comentário.
— Relaxa — ela disse e abriu a porta da geladeira outra vez. — Não, isso não se parece nem um pouco com a minha geladeira. Nem sei por que temos uma. Talvez eu devesse vender pela internet.
— E o que Sylvia diria disso?
— Ela provavelmente nem ia perceber. — Ela ficou olhando enquanto eu quebrava dois ovos e fritava na gordura do bacon. — Quem te ensinou a fazer isso?
— Mima. — Queria ter acrescentado, "Minha avó mexicana, sabe?", só para enfatizar que eu não era um branquelo sem graça qualquer.
— Eu queria ter uma Mima — ela disse. — Minha mãe diz que não quer saber da família dela. Sabe o que eu acho? Que é o contrário. — Ela pegou um pedaço de bacon. — Eu amo bacon. Você saiu ontem à noite?
— Fui ao cinema.
— Com quem?
— Fito.
— Por que você anda com ele? Ele é esquisito. Está sempre com a cara enfiada em um livro e fala muito palavrão.

— Está me dizendo que você, Samantha Diaz, acha ofensivo falar palavrão? Pra valer?
— Você está tirando com a minha cara.
— É. E você sabe que eu também sou esquisito.
— É, mas você é um esquisito interessante. Fito não.
— Nada a ver. Ele é bem interessante. Eu gosto daquele cara. Ele sabe mesmo como pensar. E sabe como manter uma conversa inteligente, o que é mais do que posso dizer da maior parte dos caras com quem você sai.
— E como você sabe?
Revirei os olhos. Eu podia ser esquisito, mas não era idiota.
— Quantos dos meus namorados você conheceu?
— Nunca tive chance. Num dia eles estão aqui, no outro já sumiram. E eu *conheço* o cara com quem você está saindo atualmente. Digamos apenas que ele não vai nem chegar perto da faculdade.
— O Eddie é legal.
— *Legal*. O cara não chega à altura dessa palavra nem se subir em um poste de três metros. Gasta todo o dinheiro dele fazendo desenhos no corpo.
— Eu gosto das tatuagens.
— Por que você gosta tanto desses caras rebeldes?
— Eles são bonitos.
— Bonitos tipo criados por lobos? Bom, você tem preferência por uma certa estética. — *Estética* era uma das minhas palavras. Sorri para ela. — Além disso, eu sou bonito... e você não sai comigo.
Ela sorriu de volta.
— É, você é bonito. Pouco modesto, mas bonito. Só que você não tem tatuagem e, bem, não serve para ser namorado. Você serve para ser amigo.
Aquilo me deixou feliz. Eu gostava da nossa amizade do jeito que era. Funcionava para mim — para nós dois. Mas os caras com quem ela saía? Erro. Todos eles. *No bueno*.
— Sammy — eu disse —, esses caras sempre acabam te magoando. E

você acaba chorando, triste, deprimida, chateada e tudo mais, e sobra pra mim te animar.

— Bom, como você não tem vida, tem que viver um pouco de drama de algum jeito.

Revirei os olhos outra vez.

— Eu não gosto de drama.

— Ah, você gosta, Sally. Se não gostasse, não seria meu melhor amigo.

— Isso é verdade.

Eu amava a Sammy.

Amava de verdade. E queria contar a ela sobre o cara que soquei por me chamar de *pinche gringo*. Queria contar que havia uma raiva dentro de mim que eu simplesmente não entendia. Sempre fui um cara paciente — e agora estava começando a achar que estava cercado de imbecis. O cara que senta do meu lado na aula de inglês me passou um bilhete pedindo o telefone da Sam. Eu devolvi o bilhete com a resposta: "Não sou o cafetão dela e vou quebrar a sua cara". O cara relaxado e calmo já era.

Mas a imagem que Sam tinha de mim era a de um bom menino, e ela era apaixonada por essa imagem. Era apaixonada pelo Sally simples, descomplicado e equilibrado. E eu não sabia como dizer que não era mais todas essas coisas legais que ela pensava de mim. Essas coisas estavam mudando, e eu podia sentir, mas não sabia explicar.

Eu me sentia uma fraude.

Mas e se de repente eu conseguisse explicar? E aí? O que eu faria se ela não me amasse mais?

Palavra do dia = talvez

MEU PAI E EU NOS SENTAMOS À MESA DA COZINHA. Ele estava fazendo macarrão com almôndegas para o jantar. Eu o observava moldar as almôndegas, com suas mãos grandes e ásperas. Acho que era porque ele estava sempre fazendo molduras, esticando telas, pintando. Pintando, pintando e pintando. Eu gostava das mãos dele.

Estávamos ouvindo Rolling Stones. Eu curtia as músicas do meu pai, mas eram as músicas *dele*, não as minhas.

— Pai, por que não ouvimos outra coisa?
— Tem algo errado com a música?
— Você podia ser mais moderno — eu disse.
— Huuum. Não sei se quero.

Eu sorri.

Ele sorriu.

— Cada geração se acha a última bolacha do pacote.
— Não é verdade.
— É, sim. Cada geração acha que vai ser responsável por reinventar o mundo. Sinto informar, mas o mundo está aí há milhões de anos.
— E continua mudando. Além disso, qual é o problema de pensar que dá para melhorar o mundo? Só um pouquinho.
— Não tem problema nenhum. Quando eu estava na faculdade, tecnologia de ponta era ter uma máquina de escrever elétrica.

Eu ri.
— Nunca imaginei a rapidez com que as coisas mudariam.
— Como o quê, por exemplo?
— Celulares, computadores, redes sociais, comportamentos...
— Comportamentos?
— Essa questão gay, por exemplo.
Meu pai quase nunca falava sobre a *questão gay*. Só quando era preciso.
— Na minha infância e adolescência era muito difícil. Difícil demais. Agora está melhor. Muitos jovens não acham que ser gay é um problema.
— Verdade — eu disse. — E tem o casamento gay e tudo mais. — Eu olhei diretamente para ele e perguntei: — Pai, algum dia você vai casar?
Ele apenas deu de ombros.
— Pra começar, você precisaria de um namorado.
Ele jogou uma almôndega em mim, e ela quicou sobre a mesa.
— Vou ouvir um sermão?
Eu vi a expressão quieta e triste no rosto dele.
— Mas você sabe que sempre vamos ter que contar com a boa vontade de vocês, heterossexuais, para nossa sobrevivência. Essa é a triste verdade.
Eu sabia como ele odiava isso. Estava escrito em seus olhos que *não era justo. Não é justo.* Queria dizer a ele que todas as coisas terríveis que aconteceram no passado estavam mortas. E que o novo mundo, o mundo em que vivíamos agora, o mundo que estávamos criando, *aquele* mundo seria melhor. Mas não disse nada, porque não tinha tanta certeza se era verdade.
Eu não gostava de mudanças, mas tinha acabado de fazer um discurso sobre isso para o meu pai. Talvez mudança pudesse ser uma coisa boa. Como a questão do casamento gay, da igualdade e tudo mais. Mas eu não sabia bem se gostava de todas as mudanças. Estou me referindo àquelas que tinham a ver comigo. Talvez eu estivesse com medo do que estava me tornando. Mima dizia que nós nos tornamos quem queremos ser. Mas aquilo significava que estávamos no controle. Eu gostava de estar no controle. Mas talvez isso fosse

só uma ilusão. E talvez eu sempre tenha tido uma ideia errada sobre quem eu realmente era.

Decidi mandar uma mensagem para Sam e dizer que a palavra do dia era *talvez*.

Regras implícitas

— Você contou para Sam sobre a carta da sua mãe?
— Não.
— Achei que você contava tudo para ela.
— Ninguém conta tudo para ninguém.
Meu pai assentiu.
— Vou lembrar disso.
— Você não me conta tudo.
— É claro que não. Eu conto o que acho que é importante. E a sua carta... eu diria que é *bem* importante.
— É, acho que sim. Mas ela ia ficar me pressionando para ler. Não quero que ela tome essa decisão por mim. Ela provavelmente diria algo do tipo: *bom, então me deixe ler*. E nós acabaríamos brigando. E ela não ia parar até eu ler. Sam é insistente. E sempre consegue me convencer a fazer coisas que eu não quero.
— Como o quê?
— Deixa quieto, pai.
— Não, não. Agora que você começou, vai ter que me dar um exemplo.
— Era uma das regras implícitas: ninguém podia tocar em um assunto sem ir até o fim. Mas ele mesmo nem sempre seguia as próprias regras.
— Certo — eu disse. — Sam me ensinou a beijar.
— O quê?

— Não pode ficar bravo.
— Não estou bravo.
— Esse "o quê?" me pareceu meio bravo.
— Esse "o quê?" quis dizer que fiquei surpreso. Achei que você e Sam eram só amigos.
— E somos. Melhores amigos. Bom, nós estávamos no sétimo ano e...
— Sétimo ano?
— Quer ouvir a história ou não?
— Não tenho muita certeza.
— Tarde demais.
Ele sacudiu a cabeça, mas estava sorrindo.
— Ouvindo.
— Eu gostava muito de uma menina. O nome dela era Erika. E às vezes ficávamos de mãos dadas. E eu queria beijá-la. Contei isso pra Sam, e ela disse que ia me ensinar. Eu disse que não achava que era uma boa ideia, mas ela me convenceu. Me venceu pelo cansaço, de tanto que me perturbou. E, bom, no fim não foi nada de mais.
— Então ela te ensinou a beijar.
Eu ri.
— Foi uma boa professora.
Ele riu também. Depois olhou para mim e sacudiu a cabeça, mas não estava bravo.
— Você e Sam. Você e Sam. — Ele deu um sorriso. — Você chegou a beijar essa outra garota, a Erika?
Sorri.
— Não saio por aí contando quem eu beijei, pai.
Ele riu. Gargalhou, na verdade.
— Você faria qualquer coisa pela Sam, né?
— Praticamente.
Ele acenou com a cabeça.
— Admiro sua lealdade. Mas me preocupo às vezes.

— Não precisa se preocupar, pai. Minha sina é ser certinho.

— Certinho?

— Acho que você sabe do que estou falando. — Eu queria dizer a ele o quanto estava confuso. Alguma coisa estava acontecendo comigo, e eu não conseguia entender direito o que era. Comecei a ficar irritado comigo mesmo. Talvez eu não usasse drogas nem fizesse nada do tipo, mas com certeza estava começando a aprender a guardar segredos.

— É, Salvie. Acho que eu sei sim. — Ele tirou o maço de cigarros do freezer. — Quer um cigarro?

— É seu terceiro só hoje, pai.

Ele confirmou enquanto abria a porta dos fundos. Sentou nos degraus e acendeu o cigarro.

Sentei ao lado dele.

— O que foi, pai?

— É sua Mima — ele respondeu.

— O que tem ela?

— O câncer voltou.

— Achei que não tinha sobrado mais nada.

— Câncer é complicado.

— Mas ela estava livre do câncer desde que eu tinha...

— Doze anos. — Ele deu uma longa tragada no cigarro. — Mas voltou, e agora está em metástase.

— O que significa isso?

— Significa que ainda havia algumas células cancerígenas no corpo dela, e elas se espalharam para outro lugar.

— Para onde?

— Para os ossos.

— Isso é ruim?

— Muito ruim.

— Ela vai ficar bem?

Ele apertou minha mão.

— Acho que não, Salvie. — Achei que ele fosse chorar, mas não chorou. Se ele não ia chorar, eu também não ia. Ele apagou o cigarro. — Sua tia Evie e eu vamos passar o resto do dia com a Mima.

— Posso ir?

— Eu e você vamos à missa com ela amanhã. Depois vamos preparar um almoço para ela. Pode ser?

Eu sabia o que ele estava dizendo. Eles queriam conversar sobre algumas coisas e não queriam que eu estivesse por perto. Eu detestava ser deixado de fora.

— Pode ser — respondi.

Eu sabia que meu pai tinha notado a decepção na minha voz. Ele pôs a mão no meu ombro.

— Eu não tenho um mapa para essa viagem, Salvie. Mas não vou te deixar para trás, prometo.

Meu pai era uma pessoa que sabia cumprir promessas.

Fito

MEU PAI TINHA SAÍDO PARA VISITAR A MIMA. *Câncer*. Imaginei meu pai, Mima e minha tia Evie conversando. Sobre câncer. Conversa deles — eu não estava incluído. Não gostei.

Eu não queria pensar na Mima, em perdê-la, e continuava vendo a expressão no rosto do meu pai quando ele disse "Muito ruim".

Sentei na varanda da frente com Maggie e estava prestes a mandar uma mensagem para Sam. Mas não sabia o que escrever. Então fiquei ali, encarando o celular.

Levantei os olhos e vi o Fito descendo a rua. Ele andava como um coiote em busca de comida. Sério. Bom, ele era um cara muito magro. Eu sempre tinha vontade de dar alguma coisa para ele comer. Ele acenou para mim.

— E aí, Sal?

— Ah, só estou de bobeira.

Ele veio até a minha calçada, sentou ao meu lado nos degraus e tirou a mochila das costas.

— Acabei de sair do trabalho.

— Onde você está trabalhando?

— Na loja de conveniência no fim da rua.

— É? E você gosta?

— Um monte de gente maluca entra lá vinte e quatro horas por dia. Todos os drogados da vizinhança ficam esperando dar sete da manhã pra poder comprar álcool e beber até o efeito das drogas passar.

Conversar com Fito era um jeito de se informar. Com ele e Sam, eu estava feito.

— Bem, pelo menos não é um tédio.

— Na verdade, eu não reclamaria de um pouco de tédio. Tinha um cara tentando me convencer a arrumar uns cigarros de graça pra ele. Até parece... Eu preciso largar um dos meus empregos.

— Quantos empregos você tem?

— Dois. É bem melhor do que ficar em casa. Mas preciso manter minhas notas altas.

— Não sei como você dá conta.

— As coisas são assim, Sal. Eu não tenho um pai como o seu. Seu pai acha que seu trabalho é ir para a escola, tirar notas boas e tal. Já eu não vejo meu pai desde que ele foi embora daqui, há anos. Sei que ele está tentando se virar. Tipo... minha mãe fez muito mal pra ele. Eu entendo. Resumindo, ele não está por perto pra me ajudar. Minha mãe vive de assistência do governo, e acho que tenho sorte de ela não ter sido presa. Se isso acontecer, estou ferrado. A última coisa de que preciso é de um lar temporário. A boa notícia é que faço dezoito anos logo mais. Daí estou livre.

— Você vai sair de casa?

— Não. Estou economizando dinheiro para a faculdade e não quero usar para pagar aluguel. Só vou para casa para dormir mesmo. É só uma cama. Tenho que aguentar um pouco mais. Não vai me matar.

Céus, ele parecia cansado.

— Eu ia fazer um sanduíche — menti. — Quer?

— Quero — ele respondeu. — Estou faminto.

Faminto era a palavra certa. O garoto devorou o sanduíche em um nanossegundo. Fito era um cara interessante. Tinha a sabedoria das ruas e, ao mesmo tempo, um visual alinhado. Cabelo curto, óculos redondos, camisa

branca, calça de sarja cáqui e também gostava de usar aquelas gravatas pretas fininhas. Como o meu pai. Ele tinha um visual próprio. Eu não.
— Então... — ele disse. — Por que você e a Sam não namoram?
— Ela é minha melhor amiga.
— Por que não pode ser mais que amiga? Ela é gata.
Eu olhei feio para ele.
— Que foi?
— Ela é tipo minha irmã. Ninguém gosta de ouvir um cara falando essas coisas da irmã. Tipo "ela é gata".
— Desculpa.
— Tudo bem.
— E ela é muito inteligente. Na verdade, acho que você nem faz o tipo dela.
Só sacudi a cabeça.
— Vamos falar de outra coisa. — Eu não gostava de falar sobre a Sam pelas costas. Era mais fácil mudar de assunto. — Você tem namorada, Fito?
— Que nada. Só tive um lance com o Angel por um tempo.
Até ali, eu não sabia que ele era gay. Tipo... Fito não parecia gay, independente do que isso signifique.
— Ele é um cara legal.
— Ah, ele é carente demais. Não tenho tempo pra isso. Garotos são um saco.
Eu ri.
— Você já saiu com algum cara, Sal?
— Não. Não é o que curto.
— Só pensei nisso porque seu pai é gay...
Ri outra vez.
— Não é assim que funciona.
Fito começou a rir de si mesmo.
— Nossa, eu sou um babaca.
— Não, você não é — respondi. — Eu gosto de você, Fito.

— Também gosto de você, Sal. Você é diferente. Tipo, você diz coisas como "Eu gosto de você". A maioria dos caras não fala coisas assim. Bom, os gays falam, mas não estão dizendo que *gostam* de verdade. Estão dizendo que estão a fim de transar com você. Entende?

Fiz outro sanduíche para ele. Ele devorou o segundo da mesma forma que o primeiro. Depois acariciou Maggie e disse:

— Cara, eu queria ter um cachorro, viver uma vida normal e tal. — E ele simplesmente ficou falando sem parar. Falou sobre trabalho, sobre sua família disfuncional e sobre a escola, sobre como ele realmente gostava do Angel, mas era jovem demais para qualquer coisa séria e não queria ficar gastando dinheiro com um cara que talvez estivesse apenas se aproveitando dele. — A única coisa com que estou comprometido no momento é ir para a faculdade.

Se meu pai estivesse aqui, ele diria que o Fito era um amor de garoto. E solitário. Foi o que eu notei. Ele era solitário.

Finalmente, ele viu o horário na tela do celular.

— Preciso ir para a biblioteca do centro, onde estudo. É minha segunda casa.

Quando Fito saiu, fiquei pensando que ele merecia uma vida melhor.

Fiquei me perguntando como ele se tornou uma pessoa tão íntegra sem ninguém por perto para lhe ensinar isso. Eu simplesmente não entendia o coração humano. O coração de Fito deveria estar partido. Mas não estava.

Mesmo quando ele mandava mensagem dizendo que a vida era uma droga, eu sabia que não acreditava nisso. Era só porque a vida o machucava às vezes.

Acho que a vida machucava todo mundo. Eu não entendia a lógica dessa coisa que chamávamos de viver. Talvez não fosse para entender.

Sam (e eu)

Sam estava na minha casa (de novo). Ela levou a mochila e nós estudamos a tarde toda. Era uma das coisas que gostávamos de fazer. Sam não era muito estudiosa quando estávamos no ensino fundamental. Mas, assim que começamos o ensino médio, ela passou a ser uma ótima aluna. Era extremamente competitiva e gostava de vencer. Na verdade, ela só pensava em vencer. Sempre foi melhor que eu no futebol. E tirar notas altas era como vencer. Várias meninas não gostavam muito da Sam. Não que ela fizesse alguma coisa pra mudar isso.

— Fodam-se essas vadias.

Eu odiava aquela palavra.

— Tenha um pouco de respeito, Sammy. Vadia é uma palavra muito ofensiva. Odeio isso. Que tipo de feminista você é?

— Quem disse que eu sou feminista?

— Você disse, no oitavo ano.

— Eu não sabia de bosta nenhuma no oitavo ano.

— Então não use essa palavra perto de mim. Me irrita demais.

Ela parou de usar aquela palavra perto de mim. Mas às vezes ainda dizia coisas como "Ela é uma V".

Eu olhava feio para ela.

Eu tinha uma teoria de que Sam competia comigo. E não só nas notas. Ela queria provar para si mesma (e para mim) que era tão inteligente quanto eu. E era. Mais inteligente, eu diria. Muito mais. Sam não precisava provar nada — pelo menos não para mim.

Mas Sam era Sam. Então estudávamos juntos. O tempo todo. E era por causa dela que eu tirava dez (tudo bem, oito) em matemática e ciências. Se não fosse por ela, eu não saberia distinguir seno e cosseno. Trigonometria, biologia, estatística, tudo relacionado a números e ciências era difícil demais para mim.

Mas Sam era brilhante — excepcional. E também era bonita. Muito bonita. Bom, mais do que bonita. Era linda. Para concluir, ela tinha um rosto lindo e uma mente linda. Mas havia mais na equação que compunha as pessoas do que rosto, corpo e mente. Havia outra coisa chamada psicologia. A constituição psicológica de Sam era, bem... complicada. Nos estudos, Sam era uma aluna exemplar. Para escolher namorados, ela era um zero à esquerda.

Li o trabalho dela sobre *Macbeth*. Estava bom. Muito bom. Ela tinha estilo, e eu achava que até poderia ser escritora. Tinha a sensação de que sua vida se encarregaria de fornecer muita inspiração.

— O que você acha? — Ela estava sorrindo. Já sabia que estava bom.

— Excelente.

— Está tirando com a minha cara? — Ela cruzou os braços.

— Não. E pode descruzar os braços.

Ela se jogou na poltrona de leitura do meu pai.

— Você está quieto hoje.

— É.

— Tem algo errado?

— Comigo? Nunca tem nada errado comigo. Você não sabia?

— Agora tenho certeza de que tem alguma coisa muito errada. Você anda meio diferente ultimamente. Como se alguma coisa estivesse te consumindo.

— É, talvez eu esteja refletindo sobre algumas coisas.

— Tipo o quê?

— Tipo eu não querer realmente ir para a faculdade.

— Isso é loucura.

— Podemos não falar sobre faculdade? Por favor. — Passei os dedos nos cabelos e comecei a roer a unha.

— Você não faz isso desde o quinto ano.

— O quê?

— Roer as unhas.

— É a Mima — eu disse.

— O quê?

— Mima. Lembra que ela teve câncer?

— Claro. Já faz muito tempo, Sally.

— O câncer voltou. Está em metástase. Sabe o que é isso?

— Claro que sei.

— Claro que você sabe. — Tentei sorrir.

— É sério?

— É, acho que sim.

— E o que vai acontecer?

— Acho que sabemos como vai terminar. Meu pai não está otimista.

— Aaah, Sally...

— Que merda, Sam. Eu... estou só... sei lá.

— Ah — ela disse. — Eu entendo. Mas... sei lá, desde que as aulas começaram você está um pouco... não sei.

— Eu também não sei. Mas agora essa coisa da Mima. Ai.

— Ai — ela disse.

De repente, ela estava sentada ao meu lado no sofá. Pegou na minha mão.

— Sei o quanto você a ama — ela sussurrou. Eu devia estar chorando, mas era Sammy que tinha lágrimas correndo pelo rosto.

— Não chore, Sammy.

— Eu também amo a Mima, sabia?

— Sim. — E amava *mesmo*. Ela tinha muita empatia. Talvez por isso gostasse de todos aqueles garotos problemáticos. Eles eram excluídos. Era como se ela quisesse recolher os marginais e cuidar deles. Como se pudesse ver além do exterior bruto e enxergar o sofrimento. Talvez ela achasse que era capaz de extingui-lo. Estava errada, claro. Mas eu não conseguia culpá-la por ter um bom coração.

— Sally, você sabe que vai ter que agir como adulto em relação a isso, não sabe?

— Eu acho que não sei agir como adulto — respondi.

— É uma droga, eu sei, mas mais cedo ou mais tarde...

— É, mais cedo ou mais tarde.

Ficamos em silêncio por um bom tempo.

— Quer arremessar umas bolas?

Ela sorriu.

— Sim, acho uma ótima ideia.

Nós dois fazíamos isso. Pegávamos luvas de beisebol e treinávamos arremessos. Eu adorava o fato de que Sam era uma boa jogadora. Ela arremessava bem e sabia como lançar a bola. Aprendeu com o meu pai, nós dois aprendemos. Sabe, para um cara gay, meu pai era bem hétero.

Jogamos bola até escurecer. Sam e eu nem sempre conversávamos quando treinávamos arremessos. Era como se pudéssemos estar juntos e separados ao mesmo tempo. Depois que guardamos as luvas, contei a ela sobre o Fito.

— Você sabia que ele era gay?

— Não, mas já vi ele e Angel juntos e achei que formavam um par estranho. O Angel é tão gato. E o Fito é um esquisitão esquizofrênico. Quero dizer... eles não combinam.

— Não dá pra te levar a sério, você não gosta do Fito.

— Olha, eu gosto mais dele agora que sei que é gay.

— Isso não faz sentido.

— Faz muito sentido.

— No seu mundo, talvez. Ele é só um cara, Sammy. Uma alma perdida. Eu gosto dele.

— Ah, agora você gosta de cuidar dos perdidos.

— Não, Sam, essa é a *sua* especialidade. — Olhei feio para ela.

— Não quero discutir sobre isso.

— Sei que não. Ou você seria obrigada a explicar sua obsessão por garotos superdesajustados.

— Não tenho que explicar nada pra ninguém.

— Errado. Às vezes você precisa explicar coisas para si mesma.

— Olha quem fala.

— *Touché*.

Sam riu.

— Bom, agora que concordamos em não falar sobre o que realmente importa, sobre o que vamos falar?

Dei de ombros.

Então ela disse:

— Sabe aquele dia, quando você apareceu em casa e havia algo errado com você, mas eu deixei de lado e comecei a falar dos meus sapatos?

— Sei.

— O que tinha acontecido?

Sam. Ela me conhecia de verdade.

— Dei um soco no estômago de um cara — eu disse. Como se não fosse nada.

— Quê?

— Isso mesmo que você ouviu.

— Por quê?

— Ele me chamou de *pinche gringo*, e eu simplesmente... droga. Soquei ele.

— O que está acontecendo, Sally? Está querendo virar lutador de boxe?

— Não quero falar sobre isso.

Dava para ver que Sam estava confusa, mas ela não disse nada.

Eu a acompanhei até sua casa. Foi ideia do meu pai. Ele disse que não gostava que Sam andasse sozinha à noite.

— Nunca se sabe — ele disse. Às vezes eu achava que ele se preocupava mais com Sam do que a própria mãe dela.

Quando paramos em frente à casa de Sam, ela olhou para mim e disse:

— Tem alguma coisa diferente em você.

Dei de ombros.

— Você é muito mais complicado do que eu pensava.

Eu não sabia por que estava cabisbaixo.

Ela pôs a mão no meu queixo e levantou minha cabeça com cuidado, olhando diretamente nos meus olhos.

— Não importa o que esteja se passando nessa sua linda cabecinha, você não consegue esconder de mim.

Eu não disse nada.

Ela deu um beijo no meu rosto e disse:

— Eu vou te amar até o dia que eu morrer, Sally.

Chorei até chegar em casa.

E se

Sam e eu tínhamos um jogo. Acho que começou como um jogo de celular, quando ganhamos os nossos, no nono ano. O nome dele era "E se". A gente ficava conversando ou trocando mensagens e, de repente, alguém dizia algo como "E se os beija-flores perdessem as asas?". E o outro tinha que pensar em uma resposta que começasse com "Então". Na verdade, essa foi uma das primeiras perguntas que fiz para Sam: "E se os beija-flores perdessem as asas?". Tínhamos vinte e quatro horas para pensar em uma resposta, e ela levou exatamente dez horas e sete minutos para me responder: "Então choveria durante vários dias e o mundo conheceria a ira do céu enlutado". Bem, ela demorou um bom tempo para responder — mas foi uma resposta incrível. Pelo menos eu achei.

Uma vez, quando estávamos indo para a escola, perguntei a ela:

— E se nunca tivéssemos nos conhecido?

— Então não seríamos melhores amigos.

— Não — respondi. "Não" significava que a resposta era inaceitável. Se alguém levasse três nãos, estava fora. Como no beisebol.

— Seu merda. — Ela odiava ser *negativada*. Depois sorriu. Eu sabia que ela encontraria uma resposta. — Se nunca tivéssemos nos conhecido, então existiriam apenas três estações.

— Huuum — eu disse. — Eu tenho que adivinhar a estação?

— Sim.

Pensei por um instante, então sorri.
— Primavera. Então a primavera não existiria.
— Primavera — ela confirmou.
— Às vezes você é incrível, Sam.
— Você também — ela disse.
Era um jogo divertido, mas muito sério. Às vezes nos deixava tristes. Pensei: *e se eu não tivesse socado o Enrique?* Então... então o quê? Então as coisas estariam do jeito que sempre foram? Não. Não, não, não. As coisas não estariam do jeito que eram antes. Último ano. Faculdade. Mudança. *E se o câncer da Mima não tivesse voltado?* Então eu a teria para sempre. *Não.*

Meu pai, eu e o silêncio

MEU PAI LIGOU NO MEU CELULAR. Ele ainda estava na casa da Mima.
— Você vai sair hoje à noite?
— Não.
— Quer pizza?
— Quero.
— Em casa ou na pizzaria?
— Em casa. Vamos ver um filme.
— Chego em uma hora. Vai ligando para a pizzaria.

Assim que desliguei o telefone, Sam me mandou uma mensagem: **Devo usar vermelho ou preto?**

Eu: Vermelho. Vai sair com o Eddie?

Sam: Tá com ciúmes?

Eu: Haha, divirta-se

Sam: Acho que vou de preto

Eu: É o q eu usaria se fosse sair c ele

Sam: Ñ seja idiota

Eu: Posso tentar

Sam: Vc ñ é divertido

Eu: Diversão é uma coisa supervalorizada

Sam: Arrume 1 namorada

Eu: Já passei por isso

Sam: Tente +1 vez! Tenho q ir

Sam sempre tinha que estar com um cara. Eu, bom, a última garota com quem fiquei vivia grudada em mim. Eu me sentia um pouco como o prêmio de uma competição que ela havia ganhado. Eu estava muito a fim dela — muito, muito a fim mesmo. Acontece que ela também estava saindo com um cara que estudava em outro colégio. O jeito educado que ela encontrou de me dar um fora foi me dizendo: "Sabe, Sal, você é inteligente demais para mim". Melissa — esse era o nome dela — gostava de caras bonitos e burros. Não que eu fosse feio. É só que, bem, Melissa precisava ser a inteligente da relação. Temos relacionamentos no ensino médio? Talvez. Mas, de qualquer modo, eu não ia fingir que era burro. Além disso, ela odiava a Sam. E, antes da Melissa, teve a Yolanda. Ela me disse que era ou ela ou a Sam.

— Sam? — perguntei. — Eu a conheço desde os cinco anos de idade. Somos só amigos. — Ela me largou sem olhar para trás. E me esqueceu em questão de minutos. Eu não sabia direito o que procurava em uma garota. Alguns caras só queriam saber de sexo. Não que eu não quisesse sexo, mas, bom, já não estava acontecendo. *Ainda* não. Sempre havia esperança.

Sam tinha uma opinião sobre meu padrão de relacionamentos:

— Você está muito empenhado em manter sua identidade de bom menino.

Droga, eu não sabia ser rebelde. Mas eu realmente achava que Jeff Buckley cantando "Hallelujah" era muito foda. Isso não contava?

E eu não era um bom menino. No fundo, não era. E qual era mesmo o sentido desses rótulos de certinho e revoltado? O que essas coisas significavam?

Meu pai estava um pouco reservado quando voltou.

— Sua tia e eu vamos levar a Mima para a clínica Mayo.

— Onde fica isso? — perguntei.

— Em Scottsdale.

— Scottsdale?
— Fica perto de Phoenix. A umas sete horas daqui. De carro.
Acenei com a cabeça.
— Quando?
— Depois de amanhã.
— Já?
— Tempo é uma coisa que não temos — ele respondeu. Ele estava com uma cara de quem preferia falar sobre aquilo no dia seguinte. Às vezes eu olhava para ele com a mesma cara. Ele tinha esse direito.

Comemos pizza e assistimos a um filme antigo: O *sol é para todos*. Meu pai adorava filmes antigos. Ele gostava do Gregory Peck. Bem das antigas. Ninguém no colégio sabia quem era Gregory Peck. A não ser Sam. Ela adorava curiosidades sobre cinema. Foi uma de suas fases: entre a dos beija-flores e a dos arquitetos famosos, depois a dos beija-flores de novo. Atualmente, estava na fase dos sapatos. Por um bom tempo antes disso, ela só usava tamancos e tênis. Eu achava que a fase dos sapatos tinha chegado para ficar.

Foi uma noite calma. Antes de ir para a cama, perguntei para o meu pai:
— Ainda vamos fazer o almoço para a Mima amanhã?
— Nós vamos almoçar na casa dela. Mas a Mima disse que ninguém além dela vai mexer na sua cozinha.

Nós sorrimos. Era assim que ela amava as pessoas: fazendo comida para elas.

Antes de deitar, fiquei olhando para uma foto minha com a Mima. Estávamos sentados na varanda da casa dela, rindo de alguma coisa. Todas as fotos que eu tinha de nós dois eram imagens felizes. Fiquei me perguntando se a felicidade desapareceria quando ela morresse. Mas talvez ela não morresse. Talvez.

Abri meu laptop e pesquisei sobre a clínica Mayo. Parecia que aquelas pessoas sabiam o que estavam fazendo. Depois pesquisei sobre câncer. Coisa séria. Mas não fazia ideia de em que estágio o de Mima estava. Estágio um: muita esperança. Estágio quatro: nem tanto. Mas eu não pretendia jogar a esperança pela janela. Não me considerava um católico muito sério. Bom, meu pai era gay, e a Igreja Católica não era muito fã dos gays. Acho que podemos dizer que eu guardava um certo rancor, embora meu pai não se importasse. Mas a Mima e a Igreja Católica se davam muito bem. Peguei meu terço e rezei. Mima tinha me dado quando fiz a primeira comunhão. Então rezei. Talvez ajudasse.

Sam

Quando meu celular tocou, eu ainda estava segurando o terço. Ele não parava de tocar, mas, quando tirei do bolso da calça, já tinham desligado. Maggie estava rosnando. Ela odiava celulares. Olhei para o relógio: uma e dezessete da manhã. Era a Sam. Ela ligou outra vez.

— Sam?

— Ah, meu Deus — ela disse. — Sally, Sally, Sally... — Ela estava chorando.

— Sammy? Onde você está? O que aconteceu?

Até que ela se acalmou o bastante para dizer:

— Você pode vir me buscar?

— Onde você está?

Ela começou a chorar de novo.

— Onde você está, Sam? — Acho que eu estava quase gritando. — Onde você está? Onde?

— Estou em frente a Walgreens.

— Qual Walgreens, Sam? Merda! Qual? — Eu estava ficando assustado. — Você está machucada? Você está machucada?

— Só vem me buscar, Sally. — Minha nossa, ela parecia machucada.

— Sam? Sam, você está bem? — Ela estava chorando de novo. — Sam? Aguente firme. Não saia daí. Já estou indo. Aguente firme.

Parte dois

*Tínhamos tanta certeza de nós mesmos,
mas agora estávamos perdidos.*

Às vezes, durante a noite

— Pai? Pai! — Ainda bem que ele tinha sono leve.
— O que foi?
— É a Sam.
Ele esticou o braço e acendeu o abajur na mesa de cabeceira.
— Ela está bem?
— Não sei. Ela não conseguia parar de chorar. Parecia muito assustada.
— Onde ela está?
— Em frente a Walgreens.
— Eu dirijo.
Não discuti.

Ela estava sentada na calçada, de cabeça baixa. Meu pai a viu assim que chegamos. A Walgreens estava bem vazia àquela hora da madrugada. Ele pulou do carro e eu fui logo atrás.
— Sam?
Ela correu para os braços dele, soluçando.
Meu pai a abraçou.
— Shhhh. Está tudo bem. Estou aqui, Sam. Estou aqui.

Sam e eu nos sentamos no banco de trás e meu pai foi dirigindo. Apertei a mão dela. Ela tinha parado de chorar, mas ainda tremia. Como se estivesse com frio. Fiquei o mais perto dela que pude, e dava para sentir ela tremendo junto do meu ombro.

— Precisamos levar você para o hospital? — Eu sabia que meu pai tinha pensado com cuidado nas perguntas que faria. E nas que não faria também.

— Não — ela sussurrou.

— Tem certeza?

— Tenho.

— Onde está a sua mãe?

— Saiu com um cara. Ela desliga o celular.

— Tem certeza de que não precisa ir ao hospital?

— Tenho. Só me leve pra casa.

Ninguém disse nada no caminho. Quando meu pai estacionou na frente da casa da Sam, saiu do carro.

— Preciso falar com a sua mãe.

— Acho que ela não está em casa.

— O carro dela está ali.

— Sim, mas o Daniel passou para pegá-la.

— Talvez ela tenha voltado. — Meu pai era insistente.

No fim, Sam estava certa. A casa estava vazia.

— Acho que não é uma boa ideia você passar a noite aqui sozinha.

Deu para perceber que Sam estava aliviada. Ela pegou algumas coisas e fomos para a minha casa. Meu pai fez chá. Ele sentou conosco à mesa da cozinha.

— Quer falar sobre o que aconteceu?

Sam não disse anda.

— Sei que não sou seu pai, Samantha. Mas tem certas coisas que você não pode esconder dos adultos mais próximos, adultos que se preocupam com você.

Sam assentiu.

— Você não precisa me contar. Mas de manhã, quando sua mãe vier te buscar, você vai ter que contar o que aconteceu para ela. Olhe para você, ainda está tremendo. Como a sua blusa rasgou?

Ela sacudiu a cabeça.

— Não quero contar para a minha mãe.

— Acho que você não tem opção, Sam. Não mesmo. — Havia tanta gentileza na voz firme do meu pai que eu quase comecei a chorar. Mas estava com raiva também. Enfurecido. Queria entrar no carro, encontrar o Eddie e dar uma surra nele.

Sam olhou para o meu pai.

— Me desculpe por ser um transtorno.

Meu pai sorriu para ela.

— Faz parte do seu charme.

Ela riu. Depois começou a chorar de novo.

— Vamos todos tentar descansar um pouco.

Todas as palavras dentro de nós tinham adormecido — então não falamos. Sam dormiu na minha cama, ao lado da Maggie. Tínhamos um quarto de hóspedes, mas ela não quis ficar sozinha. Sempre gostei mais de ficar sozinho do que a Sam. Eu estava no chão, no meu saco de dormir, sem conseguir pegar no sono. Fiquei pensando no que havia acontecido. Não era do feitio dela ficar tão quieta quando acontecia alguma coisa.

Depois fiquei pensando no que meu pai diria para Sylvia. Ele já havia trocado umas palavras com ela. Muitas vezes. Era assim que ele dizia. *Trocar palavras*. É. E então, de repente, uma onda de raiva tomou conta de mim. Eu odiava o Eddie. Odiava aquele filho da puta. Eu queria machucá-lo. E pensei: *queria ser mais como o meu pai*. Meu pai não era o tipo de cara que cerra os punhos para resolver problemas. Mas eu não era como ele. Ele era um artista. Eu não tinha nada de arte. E então pensei que eu provavelmente era mais como o meu pai biológico: o homem que passou uma noite com a minha mãe. E odiava aquele pensamento.

Minha nossa, eu queria pausar todos aqueles pensamentos que se reviravam na minha cabeça como um ratinho correndo numa roda.

Por fim, simplesmente levantei.

Eram três e doze.

Fui até a cozinha pegar um copo d'água. Meu pai estava sentado nos degraus dos fundos, fumando um cigarro.

Sentei ao lado dele.

— Quantos cigarros você já fumou hoje, pai?

— Muitos, Salvie. Além da conta.

Sam (e sua mãe)

Não foi fácil abrir os olhos quando acordei. Mas alguns dias não começam sem um empurrão. Olhei para o relógio. Já passava das dez. Minha cama estava vazia — Sam já tinha levantado. Eu estava com uma sensação estranha na boca do estômago. Uma coisa eu sabia: esse não seria um dia normal. Mas eu também tinha a impressão de que os dias normais estavam desaparecendo. Consegui me arrastar até o banheiro, lavar o rosto e escovar os dentes. Dava para ouvir a água correndo no outro banheiro, então Sam devia estar tomando banho. Sam e seus banhos. Ela tomaria uns três por dia se pudesse. Ela tinha uma coisa com limpeza. Eu ficava me perguntando se ela se sentia suja. Não que ela *fosse* suja, mas algumas pessoas se sentiam assim.

Às vezes eu me sentia sujo. Por exemplo, quando batia nas pessoas.

Fui na direção da cozinha, mas parei. Meu pai e a sra. Diaz (também conhecida como Sylvia) estavam *trocando umas palavras*. Meu pai estava quase passando um sermão nela. Eu poderia ficar ali parado, escutando a conversa — mas não era meu estilo. Então respirei fundo e entrei na cozinha.

— Bom dia — eu disse. Peguei uma xícara para me servir de café. Meu pai e a sra. Diaz pararam de falar, e eu me vi em meio a um silêncio horrível e constrangedor. Decidi apreciar o momento.

— A Sam não me contou o que aconteceu. Só para vocês saberem...

— Com certeza você deve ter alguma ideia do que pode ter acontecido.

— A sra. Diaz tinha uma voz grave. Sam sempre dizia que ela falava como a Lauren Bacall.

Fiz que não. Queria dizer que tinha minhas teorias, mas que não eram nada além disso.

— Não — respondi.

— Ela não falou nada pra você?

— Não, não falou. — Todos nos viramos quando Sam apareceu.

Ela cruzou os braços.

— Vou contar a versão resumida e poupá-los dos detalhes. Eu estava em uma festa com o Eddie. Ele queria que eu fosse para um dos quartos e transasse com ele. Acho que ele queria que todo mundo visse que podia me pegar. É o que eu acho. — Ela olhou para a mãe. — E, sim, eu tinha bebido, mas não estava *tão* bêbada. — Na noite anterior ela estava assustada e perdida, mas agora estava apenas com raiva. — Alguma pergunta?

— Você podia ter sido estuprada, Samantha. — Não dava para saber se a sra. Diaz estava zangada com Sam, com Eddie ou apenas com a situação como um todo.

— É, podia.

— Não te criei pra fazer escolhas idiotas...

Sam interrompeu a mãe:

— Mãe, você não me criou. Eu me criei sozinha. — Ela olhou feio para a mãe. Foi um olhar *daqueles*. — Vou secar meu cabelo.

— Vamos pra casa agora mesmo. — Quando a sra. Diaz terminou de dizer aquelas palavras, Samantha estava saindo da cozinha. — Como ousa dar as costas pra mim, garota?

Sam se virou e olhou direto para a mãe. Achei que fosse gritar com ela — mas não gritou.

— Alguém já te disse que você só fala usando clichês? — Ela respirou fundo e sacudiu a cabeça. — Você nunca esteve presente, mãe. Você *nunca* esteve presente.

Eu me dei conta de que Sam não estava com raiva. Ela estava magoada.

Naquele momento, ouvi toda a mágoa que ela sempre guardou. E me pareceu que a casa toda ficou em silêncio para ouvir sua dor.

Mas olhei para a sra. Diaz e, naquele instante, entendi que sua filha era um livro que ela não sabia ler — sua própria filha. Ela tinha uma expressão no rosto que parecia ódio.

— Garota mimada e ingrata. — Ela levantou da mesa da cozinha e encarou meu pai. — Tenho certeza de que acha que a culpa é minha. — Depois olhou na direção de Sam. — Faça o que bem entender. Como sempre fez.
— Ela foi para a porta.

Meu pai foi atrás.

Sam e eu ficamos lá parados, sem saber o que fazer. Finalmente, eu disse:

— Sinto muito, Sam. Sinto muito mesmo.

— A culpa é minha — ela disse.

— Culpa do quê? — perguntei.

— De tudo.

Queria dizer a ela que eu odiava o Eddie e a mãe dela. Odiava os dois de verdade. Mas achei que seria melhor ficar quieto. Ouvi meu pai e a sra. Diaz conversando na varanda. Dava para ouvir a sra. Diaz levantando a voz e meu pai tentando acalmá-la.

— Não é tudo culpa sua. Vai ficar tudo bem, Sam. — Eu não tinha certeza disso. Mas disse assim mesmo. Abri um sorriso torto. — Quer um pouco de café?

Ela fez que sim.

Sentamos à mesa da cozinha e tomamos café, com a conversa entre a mãe dela e o meu pai abafada ao fundo.

Olhei para ela e disse:

— Não é tudo culpa sua, Sam. — Queria que ela acreditasse em mim.

E, sim, o ímpeto de socar o Eddie até ele não conseguir mais andar era como um monstro crescendo dentro de mim. Fiquei feliz por não saber onde ele morava.

Sam. Promessas.

Antes do meu pai e eu sairmos para o percurso de quarenta e cinco minutos de carro até Las Cruces para ver a Mima, mandei uma mensagem para Sam: Tudo bem?

Ela respondeu: É uma droga ser eu.

Eu: Ñ diga isso
Sam: Desculpa por tudo
Eu: Ñ precisa se desculpar
Sam: Vc ainda me ama?
Eu: Sempre ☺
Sam: Ñ QUERO + SABER D REBELDES
Eu: Huuum
Sam: EU DISSE Q Ñ QUERO + SABER
Eu: Promete?

Ela não respondeu. Uma coisa sobre Samantha era que ela não fazia promessas que não ia conseguir cumprir. Era como o meu pai nesse sentido. Havia uma grande diferença, no entanto. Sam praticamente nunca fazia promessas. Dessa forma, sua consciência ficava tranquila.

Eu. E meu pai. Conversando.

Pegamos as estradas secundárias para Las Cruces. Às vezes fazíamos isso. Bem melhor do que ir pela rodovia principal. Eu queria perguntar ao meu pai sobre a conversa que teve com a sra. Diaz, então tentei uma abordagem indireta.

— Pai, você gosta da sra. Diaz?

— Essa é uma pergunta interessante.

— Essa é uma resposta interessante.

Meu pai sorriu.

— Não faz diferença se eu gosto dela ou não. — Eu sabia que ele estava pensando. Estava fazendo muito esforço para se concentrar na estrada. — Sylvia e eu somos amigos.

— Sério?

— Sim, nós somos. Não nos damos tão bem, mas aprendemos há muito tempo que, enquanto você e Sam fossem amigos, bem, teríamos que conviver. Respeitamos a amizade de vocês.

— Mas você acha que ela é uma boa mãe?

— Acho que você já sabe a resposta para essa pergunta.

— Você fica irritado, não fica? Por ela ser tão ausente?

— Sim, fico. Mas não posso fazer nada a respeito. Não posso dizer a Sylvia como criar a própria filha. Não é da minha conta.

— Não é verdade — eu disse. — Você ama a Sam, não ama?

— Eu a conheço desde que ela tinha cinco anos de idade. É claro que amo.

— Só porque a conhece desde que ela tinha cinco anos?

— Claro que não. Eu amo a Sam por muitos motivos. Mas não sou pai dela.

— Você meio que é.

Ele sacudiu a cabeça, mas notei que estava sorrindo. Também notei que estava um pouco frustrado.

— Veja, eu sempre disse a Sylvia o que acho. Mas ela nem sempre concordou com as minhas opiniões. Ela sabe que eu gosto da Sam e que me importo muito com o que acontece com ela. Ela dá valor pra isso. Ela dá mais do que valor, na verdade. E sabe que, quando a Sam está na nossa casa, está em segurança. E é grata por isso.

— Ela tem um jeito estranho de demonstrar gratidão.

— Ela é dura, Salvie. Já passou por muita coisa.

Concordei.

— Certo — eu disse —, mas eu não gosto dela.

— Sei que não. Você acha que ela não ama a Sam de verdade. Mas ela ama. As pessoas não amam do mesmo jeito, Salvie. E só porque ela não ama a Sam do jeito que eu ou você gostaríamos, não significa que ela não ame a própria filha. É muito difícil ser mãe solteira.

— Ah, porque ser pai solteiro é superfácil.

— Não estou reclamando.

Eu não soube o que dizer depois daquilo. E nem tinha chegado a perguntar sobre o que eles haviam conversado na varanda. Droga.

Meu pai e eu ficamos em silêncio por um tempo. Olhei para os campos no outono. Se não fosse pelo rio, toda aquela área não passaria de um deserto. Mas o rio levava água aos campos e transformava a paisagem em um vale fértil. Pensei que meu pai era como o rio. Ele já levou água para muita gente; principalmente para mim. Mas também para Sam.

A história de Mima e eu

Sam disse uma vez: "Somos aquilo de que gostamos". Minha resposta: "Então você é um par de sapatos?". Isso meio que acabou com a conversa. Mas eu sabia aonde ela estava querendo chegar. Não sabia por que, mas tinha pensado naquilo no caminho para a casa da Mima. Mandei uma mensagem para Sam: Somos aquilo que lembramos.

Sam: Boa

Eu: A Mima disse isso

Sam: Sabia q parecia inteligente d+ p ser vc

— Guarde o celular antes de entrarmos. — Meu pai odiava quando eu ficava mandando mensagem na presença das pessoas. Aquele lance de ser criado por lobos.

Eu: T+

Sam: Seu pai tá pegando no pé rs t+

Mostrei o celular para o meu pai, sorri e guardei no bolso.

— Feliz agora?

— Muito.

Mima estava sentada na varanda, usando um vestido florido cor-de-rosa e cercada pelas flores de seu jardim: rosas, gerânios e outras cujos nomes eu não sabia. Em poucas semanas, as flores desapareceriam.

Quando me aproximei, ela pareceu tão pequena. Dava para sentir os ossos junto ao corpo magro e envelhecido.

— Você não me ligou essa semana, malcriado. — Ela sempre me chamava de malcriado quando eu não telefonava. É, é, a história dos lobos. Eu ri.

— Te amo — sussurrei. Éramos uma família que falava muito isso, principalmente para Mima.

— *Mijito* — ela disse —, você cresceu?

— Provavelmente.

Ela pôs as mãos no meu rosto e olhou nos meus olhos. Suas mãos eram velhas, mas também eram as mãos mais macias e gentis que já haviam me tocado. Ela não disse nada. Apenas sorriu. Meu pai nos observou. Eu sempre me perguntava o que ele estava pensando quando me via com a Mima. Coisas boas. Eu sabia que ele estava pensando coisas boas.

Eu estava sentado à mesa da cozinha. Mima não parecia doente. Bom, parecia um pouco cansada, mas lá estava ela, abrindo tortilhas de trigo, e lá estava eu, sentado à sua frente, observando. Meus tios e tias estavam assistindo a um jogo de futebol americano na sala. Mais precisamente, minhas tias conversavam e meus tios estavam perdidos em um mar de uniformes dos Dallas Cowboys. Uma família que torcia para os Cowboys. Meu pai e eu não ligávamos muito para futebol americano. Meu pai lia a página de esportes. Minha teoria era que ele ficava por dentro do assunto só para poder conversar direito com os irmãos — era assim que demonstrava seu amor por eles.

Observei as mãos da Mima enquanto ela trabalhava a massa.

Ela sorriu para mim.

— Você gosta de me ver fazendo tortilhas.

Confirmei.

— Lembra do dia em que eu estava zangado com Conrad Franco?

— Lembro. Você me disse que o odiava.

— E a senhora disse: "Ah, *mijito*, você não odeia ninguém". E eu respondi: "Odeio, sim".

Ela riu.

— A senhora lembra o que me falou?

— Lembro — ela respondeu. — Eu disse que você só precisava aprender duas coisas na vida. Aprender a perdoar. E a ser feliz.

— Eu *sou* feliz, Mima. — Estava mentindo para ela, mas nem todas as mentiras eram ruins.

— Isso significa que você aprendeu a perdoar.

— Talvez não. — Eu não disse nada sobre querer sair por aí socando os outros.

Ela sorriu enquanto abria uma tortilha perfeitamente redonda. Como ela fazia aquilo? Ela pôs a tortilha no *comal*.

Eu estava a postos com a manteiga. Ela sempre me dava a primeira tortilha, e eu enchia de manteiga e devorava.

— *Ay*, Salvador, você consegue pelo menos sentir o gosto?

Nós rimos. Rir era parte do nosso jeito de conversar. Eu ouvia meus tios torcendo, e a Mima e eu nos entreolhamos.

— Odeio futebol americano — ela disse.

— O Popo adorava.

— E também adorava beisebol. Ele não precisava falar com ninguém quando estava assistindo aos jogos dele. — Ela sacudiu a cabeça. — Seu Popo não sabia como falar com as pessoas.

— Ele gostava de falar com cachorros.

— Verdade.

— Você sente saudade dele?

— É claro que sim.

— Eu também sinto. Sinto saudade dos palavrões.

Ela sorriu e sacudiu a cabeça outra vez.

— *Ave María puríssima*, seu Popo amava as palavras feias. Conhecia todos os palavrões em duas línguas. E, ao longo de toda sua vida, usou quase todos diariamente. Ele me enganou, sabia? Nunca falou um palavrão perto de mim quando estávamos namorando. A surpresa veio depois. Mas ele ia à missa todo domingo.

— Acho que Deus não se importava com o fato de ele gostar de xingar.
— Nem comece a ter ideias.
— Eu gosto de ideias — afirmei.
— Huuum — ela disse.
— Huuum — eu repeti. Eu gostava de falar *huuum*. Meu pai pegou isso dela, e eu peguei dele. Talvez uma parte de mim também fosse das antigas.
— *Como te quería tu Popo.*
— É, eu sei. Mas ele tinha um jeito estranho de amar as pessoas, não tinha?
— Sabe, quando o conheci, eu o achei tão lindo.
— A senhora que devia ser linda, Mima.
— Você se parece muito com o seu pai.
— Não muito, Mima.
— Parece, sim.
Eu não ia discutir com ela.
Logo depois ela disse:
— Você gosta de conversar. Igual ao Vicente.
— É. Ele gosta mesmo. Ele fala de coisas que importam.
Ela concordou.
— Ele devia ter virado escritor.
— E por que não virou?
— Disse que já existiam palavras demais no mundo.
Concordei.
— Ele tem razão.
— Sim — ela disse. — *Creo que sí.*
— Meu pai é mais parecido com a senhora. Ele não tem nada a ver com o Popo.
— É verdade. Eu amava seu Popo, mas já existem homens demais como ele no mundo. — Ela riu. — Eu sou má. Sua Mima é má.
— Não — eu disse. — A senhora é um doce. *Dulce*, Mima, é isso que a senhora é.

Ela parou de abrir as tortilhas e olhou para mim. Olhei para ela também — e então perguntei:

— A senhora está com medo, Mima?

— Não — ela disse. — Não estou com medo.

Eu não sabia que ia começar a chorar. Ela largou o rolo de massa e sentou ao meu lado.

— Talvez eles acabem com o câncer na clínica Mayo.

Eu não entendia como ela conseguia estar tão calma. Se eu estivesse morrendo, estaria muito triste. E com raiva. Eu *estava* com raiva. Com muita raiva.

Ela me abraçou. Eu queria me agarrar a ela e nunca mais soltar. Mas eu teria que soltar — e aquilo doía. Por que dói quando se ama alguém? O que há com o coração humano? O que há com o *meu* coração? Fiquei me perguntando se não haveria um jeito de mantê-la nesse mundo para sempre. E parecia que ela estava lendo minha mente.

— Ninguém foi feito para viver para sempre — ela sussurrou. — Só Deus tem esse privilégio. Está vendo essas mãos? Mãos envelhecem. É como deve ser, *mijito*. Até o coração envelhece.

Ela se soltou do abraço, voltou ao trabalho e me entregou outra tortilha quente.

— Isso vai deixar tudo melhor.

Ela me viu passar manteiga na tortilha fresca.

— Você tem mãos grandes — ela disse. — Seu Popo também tinha. — Ela acenou com a cabeça. Eu conhecia aquele aceno. Era um sinal de aprovação. — Você está se tornando um homem.

Eu ainda não me sentia um homem. Eu me sentia um garotinho de cinco anos de idade que não queria fazer nada, a não ser brincar em uma pilha de folhas. Um garotinho de cinco anos com um coração egoísta que queria que sua avó vivesse para sempre.

Meus tios e tias (e cigarros)

Observar meus tios e tias era muito melhor que assistir ao programa das Kardashians. Não que eu gostasse de assistir àquilo. Eu só assistia porque Sam não parava de falar delas.

Às vezes eu entrava na conversa, mas na maior parte do tempo só ouvia. Mima estava tirando uma soneca, e todo mundo estava sentado assistindo ao jogo dos Dallas Cowboys. Quando meu tio Mickey ia acender um cigarro, tia Evie olhou feio para ele.

— Vá fumar lá fora.

— Estou vendo o jogo.

— Ah, então é multitarefas. Vá fumar lá fora. Sua mãe está doente, seu idiota. — Tia Evie adorava aquela palavra: *idiota*.

Tio Mickey foi para a porta, levando o cigarro e a cerveja. Cresci em uma família de fumantes. Em geral, não curtia muito fumaça de cigarro. Mas isso não me impedia de gostar de meus tios e tias. Tio Mickey dizia que pessoas fumantes eram mais interessantes que as não fumantes. Tia Evie me disse para não escutar o que ele dizia. "Ele é um idiota." Ela nunca soava maldosa quando dizia coisas assim. Eu me perguntava como ela conseguia. Talvez fosse porque ela era meiga de verdade. Todos a adoravam. Meu tio Tony dizia que Evie era a Mima com a boca suja. "Ela herdou a boca suja do Popo." Era impossível não concordar. E minha tia Lulu, bom, ela era a única que não fumava. Nem tomava cerveja. Ela e meu pai tomavam vinho. E eram os únicos que tinham feito faculdade. Tio Mickey dizia que fazer faculdade te deixa esnobe. Meu pai normalmente só ouvia a conversa dos irmãos, sem fazer nenhum comentário.

Eu saí e me juntei ao tio Mickey na varanda.

— E então, *chico*, vai se formar ou o quê?

— Ou o quê — respondi.

— Espertinho.

— Pois é — eu disse.

Eu gostava muito do meu tio Mickey. Ele tinha cabelo comprido e cavanhaque e os dentes mais perfeitos que eu já tinha visto. Tinha a pele enrugada por trabalhar sob o sol, e parecia não dar a mínima para o que qualquer um pensasse dele. Era alto e cheio de tatuagens — muita gente tinha medo dele. Mas era um cara gentil. Quando eu era criança, ele me levantava, e eu achava que podia ver o mundo todo quando sentava nos ombros dele. Ele sempre me dava uma grana escondido — notas de um, cinco, dez, vinte —, era assim que demonstrava amor.

— Quando vai parar de fumar? — perguntei.

— Quando eu morrer, cacete — ele gargalhou. Meus tios adoravam falar palavrão. Meu pai dizia que usavam como se fosse vírgula. Era o jeito dele de me dizer que o fato dos meus tios adorarem palavrão não significava que eu tinha permissão para adorar também. Não mesmo.

Sentei ao lado dele, sem falar muita coisa.

— Você é igual ao seu pai — tio Mickey disse. — Gosta de sentar e pensar demais.

— Bom, só estava pensando que, se você parasse de fumar, ia viver mais. Podia ficar por aí e continuar me dando uma graninha de vez em quando.

Ele sorriu para mim.

— Então, *cabrón*, o único motivo para querer que eu viva mais é para te dar mais dinheiro?

— Nem é — eu disse. — Quero que você viva mais porque eu te amo pra caramba.

— Pode falar *cacete* perto de mim.

— Eu sei.

Ele esfregou os nós dos dedos na minha cabeça. Sempre fazia aquilo. Meu pai estava certo: todo mundo tinha um jeito próprio de amar.

— Estou orgulhoso de você — ele disse. — É um bom garoto. Vai ser alguém na vida.

Todos somos alguém. Foi o que pensei.

Voltei para a sala. O jogo já tinha acabado. Os Cowboys perderam, o que não deixou ninguém feliz. Meu pai conversava com meu tio Julian no telefone e tinha um semblante sério no rosto. Tio Julian e meu pai eram muito próximos, apesar de o tio Julian ser bem mais velho. Meu pai desligou o telefone e meus tios e tias olharam para ele como se perguntassem: *O que ele disse?*

— Julian concorda comigo.

Tio Tony parecia meio aborrecido.

— Cacete, que surpresa, Vicente.

Minha tia Evie olhou para o tio Tony e disse:

— Chega de cerveja pra você.

Tio Tony balançou a cabeça e apontou para o meu pai.

— Por que é sempre ele quem decide?

Meu pai estava com um olhar muito paciente.

— Ninguém decide nada, Tony. Todos nós decidimos.

— O que é que a clínica Mayo vai resolver? Nada. Esses médicos *pinche gringos* não sabem de porra nenhuma — tio Tony disse, depois colocou um cigarro na boca, mas não acendeu.

Tia Lulu cruzou os braços.

— Não é verdade. E não são todos gringos. Tem médicos bons e médicos ruins. A mamãe precisa ir para lá.

E então meu pai fez um anúncio com a sua voz mais potente.

— Evie e eu vamos levá-la e ponto final. Já marquei uma consulta. Temos que estar lá na quarta.

Isso não deixou tio Tony muito feliz.

— E depois o quê, Vicente?

— Como se ele soubesse. Não sabemos. Temos que descobrir o que está acontecendo no corpo da mamãe — disse tia Evie, que já não escondia sua impaciência com o irmão.

Tio Tony tirou o cigarro apagado da boca.

— E as suas aulas? Ou professores de arte não precisam aparecer no trabalho?

— Só quando queremos — meu pai respondeu com um sorrisinho sarcástico.

A resposta deixou tio Tony quieto por um instante até que ele disse:

— Desculpe, não quis dizer...

— Eu sei — meu pai respondeu.

Em algum momento o tio Mickey estava de volta na sala de estar.

— Quanto tempo ela vai ficar lá?

— Não sei — meu pai disse. — Vamos ver.

Tio Mickey estava com um olhar esquisito.

— Bom, só não deixe ela morrer lá.

Todo mundo ficou em silêncio por bastante tempo. Então meu pai disse:

— Mickey, não vamos deixá-la morrer lá.

Tia Lulu olhou para o tio Mickey.

— Não sabemos se ela está morrendo.

— Você tem razão — meu pai disse. — Eles vão fazer exames. E depois ela volta. Só temos que saber o que está acontecendo.

Tio Mickey concordou. Depois olhou para o meu pai e sussurrou:

— Pelo menos você sabe falar com os médicos. Pra alguma coisa você tem que servir, *maricón*.

E todo mundo na sala começou a rir. Meu pai, meus tios e minhas tias — se tinha uma coisa que sabiam fazer, era rir. Meu pai dizia que aquilo era como fingir não ter medo do escuro. Bom, acho que, uma vez que se está no escuro, o melhor é fingir não ter medo. O dia não dura para sempre, e a escuridão sempre volta. O sol nasce, o sol se põe. E lá está você, no escuro outra vez. Você precisa fingir que não tem medo, ou o silêncio e a escuridão te engolem.

O problema é que eu não sabia fingir. Acho que teria que aprender.

Palavra do dia = oração

Eu passei pelo quarto da Mima e vi que a porta estava entreaberta. Espiei lá dentro, como fazia desde criança. Ela estava acordada, rezando o terço. Fez um sinal para que eu entrasse, dando tapinhas na cama. Sentei perto dela. Ela passou a mão pelo meu braço.

— Você é forte — ela disse.

Não acreditei, mas assenti.

— Pra quem está rezando? — perguntei.

— Seu tio Mickey.

— Ele precisa de orações — eu disse.

Ela sorriu e concordou.

— Todos precisamos de orações.

Ela fechou os olhos e continuou a rezar. Ouvi os sussurros dela e minha mente viajou. Eu não conseguia mais parar de pensar. Sabe, se quer rezar, você tem que se concentrar. Pensar não era rezar, isso eu sabia. Nunca fui capaz de me concentrar e manter todos os pensamentos longe. Talvez orações fossem uma coisa muito das antigas para mim. Meu pai dizia que, quando era criança, queria ser são Francisco — até descobrir que não tinha vocação para aquilo. Eu ainda não sabia qual era a minha vocação e qual não era, mas são Francisco definitivamente não estava no meu futuro.

Enquanto Mima rezava, fechei os olhos. Disse a Deus que precisava da Mima muito mais do que Ele. *Você já tem mais do que seria justo.* Eu me perguntei se Mima aprovaria minha oração. Provavelmente não. Ela teria me chamado de malcriado. Pensei em mais tarde mandar uma mensagem para Sam: **Palavra do dia = oração**. Fiquei imaginando se era normal caras da minha idade pensarem em oração. Talvez fosse. Talvez não. Qual era o meu problema com essa palavra tão *comum*?

Enquanto ouvia as suaves ave-marias da Mima, pensei: *e se as orações desaparecessem do mundo? O mundo ainda continuaria bem?* Não que o mundo estivesse bem. O mundo real não era o mundo do meu pai. O mundo real acreditava em punhos, armas, violência e guerra. E eu começava a achar que fazia mais parte do mundo real do que gostaria de admitir.

Via caras como Enrique Infante e aquele imbecil do Eddie, caras que não tinham respeito por ninguém. Aquilo me irritava, me fazia sentir pequenas explosões dentro de mim e querer bater até em Deus porque Ele estava levando minha Mima embora — algo superestúpido, porque Deus não era exatamente alguém em que se podia bater e, de qualquer forma, que tipo de cara eu era? Um cara que queria bater em Deus? Meu pai não acreditava em bater ou socar. E acho que eu *acreditava*. Quer dizer, o tal do Eddie, eu estava de olho nele. E sabia que meu pai ia dizer que machucar outro ser humano só porque ele te machucou não era um bom jeito de viver a vida. E talvez estivesse certo. Mas essa ideia não existia dentro de mim.

Eu (e as orações)

ANTES DE SAIRMOS DA CASA DA MIMA, mandei uma mensagem para Sam: E se as orações desaparecessem do mundo?
Sam: Difícil essa. Ñ é a minha praia
Eu: Nem a minha
Sam: Hora de consultar a Sylvia rs
Eu: Sério vc acha q o mundo precisa de orações?
Sam: Ñ sei. Faz a gente se sentir melhor, acho
Eu: Se ngm rezasse o mundo iria pro inferno?
Sam: O mundo já foi pro inferno
Eu: Fala sério
Sam: Tô falando sério!
Eu: Vc ñ tá ajudando
Sam: Vou rezar por vc
Eu: Engraçadinha
Sam: Sério Sally
Eu: T+
Sam: Ñ fica bravo
Eu: Se fosse telefone, eu desligava

Quando estávamos indo embora, meu pai olhou para mim e perguntou:
— O que é tão engraçado?
— Nada — respondi.

— Estava falando com a Sam, não estava?
Confirmei.
— Você e Sam... que dupla.
Não tinha como discordar. Parte de mim queria ficar sentado no silêncio dos meus pensamentos, e outra queria conversar com meu pai. Então me ouvi perguntando:
— O que aconteceria se as orações desaparecessem do mundo?
— Essa é fácil — ele disse. — O mundo desapareceria também.
— Está falando sério?
— Acho que sim.
— Tem provas?
— Não dê uma de espertinho. Não, não tenho provas. Não preciso de nenhuma.
— A Mima reza por nós. Isso quer dizer que nosso mundo vai desaparecer... quando a Mima morrer?
— Não.
— Não?
— Porque ela vai nos deixar. E vai deixar outros também... outros que rezam.
— Você?
— Sou um deles. Sim.
— Para o que você reza?
— Por mais bondade no mundo. E por você.
Se meu pai não estivesse dirigindo, teria abraçado ele. E então pensei: *como esse homem pode me amar tanto?* Eu me senti um babaca. Como eu podia pensar no cara de quem tinha herdado os genes? E, de qualquer jeito, por que a composição genética importava, comparada ao homem que me criou e que me amava? Eu era *muito* babaca.
E as orações? Como eu podia rezar para Deus se queria bater nele?

Meu pai

Meu pai não falou muito no caminho para casa. Mas silêncios às vezes são confortáveis e às vezes não. Por fim, eu disse:
— Hoje foi diferente, na casa da Mima.
— É — ele disse. — Acho que vai ser assim por um tempo. Espero que...
— Ele não terminou a frase.
— Espera o quê?
— Que todos nós consigamos lidar com isso.
— Ficamos bem quando o Popo morreu.
— Acho que sim. Mas o Popo era o Popo e a Mima é a Mima. Não é a mesma coisa.
Eu sabia o que ele queria dizer.
— É, acho que não.
— Famílias podem ser complicadas. As pessoas ficam irritadas quando estão com medo.
— Principalmente o tio Tony.
— É, o tio Tony, ele...
— Eu entendo, pai. Mesmo.
Meu pai concordou.
— Estamos fazendo o melhor que podemos.
— Eu sei — eu disse —, mas eu e você não somos complicados. E somos uma família, não somos?

— Somos, Salvie. Em se tratando de famílias, você, eu e a Maggie somos o mais descomplicados possível. Mas não somos uma unidade isolada. Pertencemos a algo maior que apenas nós, certo? Sabe, quando eu era jovem, tentei ao máximo me distanciar da minha família.

— Por quê?

— Era muito difícil, muito confuso, muito complicado. Eu meio que vivi em um exílio autoimposto por uns bons anos. Fui para a faculdade, vivi minha vida, corri atrás dos meus sonhos, tentei enfrentar alguns demônios. Achei que poderia fazer todas essas coisas sozinho. Que, por ser homossexual, minha família ia me odiar ou não ia entender ou ia me mandar pra longe. Então resolvi ir sozinho pra longe. Para mim, era mais fácil fingir que não pertencia a uma família. Tentei fingir que não pertencia a ninguém.

— O que mudou, pai?

— Eu mudei. Foi isso que aconteceu. Eu. Não queria viver sem minha família. Não queria. E então você apareceu.

— Eu?

— É. Sua mãe morava aqui. Precisava de ajuda. E eu voltei.

— Você amava mesmo a minha mãe, não é?

— Ela foi a melhor amiga que já tive. Você me trouxe de volta para minha família. Quero que saiba disso.

— Eu?

— Sim. — Ele parou de falar. Estacionou no acostamento da estrada. — Vamos lá, pegue o volante.

Eu? Eu o tinha trazido de volta à família? Uau. Precisava pensar naquilo. Ficava feliz por ele conseguir falar sobre o que sentia. E pelo convite para que eu dirigisse — por querer que fizesse algo por ele. Isso também me deixava feliz.

Enquanto dirigia pela I-10, fiquei pensando se meu pai ia continuar a conversa que tinha iniciado. Às vezes ele começava a contar alguma coisa a seu respeito e parava bem no meio.

— Preciso de um cigarro — ele disse.

— Nada de fumar no carro — eu disse.

— Nem trouxe mesmo.

— Que bom.

— Que bom — ele disse. — Você ama seus tios e suas tias, né?

— Amo. Gosto que eles não fingem ser o que não são. São eles mesmos, nada mais. Gosto disso.

Meu pai concordou.

— Eu também. Se tem uma coisa que essa família não faz é fingir que é normal. Não somos uma foto bonitinha no Facebook. Nos comportamos mal, xingamos, bebemos cerveja demais e falamos todas as coisas erradas. Não tentamos ser o retrato da família americana. Apenas somos assim: imperfeitos. Mas sabe de uma coisa? Eu estava errado em não confiar neles. Mima falava uma coisa: *Solo te haces menos*. Sabe o que significa?

— Eu entendo espanhol, pai.

— Sim, mas entende o que quer dizer?

— Acho que quer dizer que não são os outros que fazem com que alguém se sinta solitário. A pessoa faz isso consigo mesma.

— Garoto esperto. Vivi longe da minha família porque não confiava neles. Não acreditava que me amavam o bastante. Que vergonha. Nunca vou ter aqueles anos de volta. — Ele olhou para mim. — Nunca subestime as pessoas que te amam.

Eu assenti.

— Sei que às vezes você acha que as pessoas são como livros. Mas nossa vida não tem uma trama perfeitamente lógica, nem sempre dizemos coisas bonitas e inteligentes como os personagens de um romance. A vida não é assim. Não somos como cartas...

— Como a que minha mãe deixou para mim.

— Não estava me referindo a isso, mas agora que mencionou... Olha, não dá para colocar o que sentimos e pensamos... Não dá para pegar o que somos e enfiar em um envelope e dizer "Isso sou eu". Não sei o que estou tentando dizer. Acho que só tenho alguns arrependimentos. Sinto informar, mas se arrepender faz parte da vida.

— Mas tem mesmo que ser assim?
— Sim, acho que *tem mesmo* que ser assim. Porque sempre cometeremos erros. — Ele respirou fundo. Estava tentando explicar algo para mim. Talvez até para si mesmo. — Me mostre um homem sem arrependimentos e eu te mostro um homem que não tem consciência. Entende?

Concordei.

— Bom, pai — eu disse —, pelo menos consciência você tem.

Ele começou a rir.

E então eu comecei a rir.

Os dois fingindo não ter medo do escuro.

Palavra do dia = criação? natureza?

Quando chegamos em casa, meu pai foi direto para o ateliê. Trabalhar era melhor que fumar. Sabia que ele ia começar uma pintura nova. Ia pegar uma tela já esticada e pôr a mão na massa. E então ia conseguir dormir. Ele tinha me dito uma vez que arte não era o que *fazia*. "É o que eu sou."

Já que eu não tinha o dom da arte nem nada do tipo, fui para o meu quarto.

Mandei uma mensagem para Sam: Tá em casa?

Sam: Onde mais estaria?

Eu: Aula amanhã

Sam: É, terminei com o Eddie

Eu: ☺

Sam: Caras são 1 lixo. Entendo pq seu pai não namora

Eu: Kkkk

Sam: Sério

Eu: Não dá pra tirar todos os caras do planeta

Sam: Pq não? Kkkk

Eu: Vc viveria sem mim?

Sam: Convencido de merda

Eu: Kkkk vou dormir

Sam: Bons sonhos

Eu: Idem

Coloquei o celular para carregar e programei o alarme para as seis e meia.

Respirei fundo e tentei lembrar se tinha escovado os dentes. Não importava — se não tivesse, nem escovaria mais. Fiz carinho na Maggie quando ela deitou na cama ao meu lado.

Antes de apagar, pensei sobre o que meu pai tinha dito: a vida não era toda legal e certinha como em um livro, nem tinha uma trama cheia de personagens que diziam coisas inteligentes e bonitas. Mas ele não estava certo sobre isso. Porque ele, meu pai, dizia coisas inteligentes e bonitas. E era real. Era a coisa mais real do mundo. Então por que eu não podia ser como ele?

Tive uma ideia e entrei na internet para buscar informação. Achei uma discussão: "Natureza e criação na psicologia. Este debate sobre psicologia pretende explorar até que ponto aspectos específicos de comportamento são um produto de características herdadas (p. ex., genéticas) ou adquiridas (p. ex., aprendidas)".

Li alguns artigos e achei que ninguém tinha uma resposta de verdade para aquela pergunta. Para a *minha* pergunta: o que importava mais? O que fazia meus motores funcionarem: as características genéticas que herdei do meu pai biológico ou as que adquiri do meu pai, o homem que me criou?

Qual dos meus pais teria a *maior* influência no homem que eu me tornaria?

Eu (no escuro)

ACORDEI NO MEIO DA MADRUGADA. Sonhei que estava andando na chuva, perdido. Lembrei do primeiro dia de aula, daquela chuva e de como me senti sozinho. Olhei para o celular. Não conseguia engolir o que estava acontecendo. Sam e o susto que passou com aquele escroto do Eddie. *Não queria pensar naquilo.* Sam e a mãe dela. *Não queria pensar naquilo.* Eu e a carta da minha mãe. *Não queria pensar naquilo.* Mima e o câncer. *Não queria pensar naquilo.* Eu e as mudanças que sentia ganhando vida dentro de mim. *Não queria pensar naquilo.* Eu, a faculdade, o futuro e a redação de admissão que nem tinha pensado em escrever ainda. *Não queria pensar naquilo.*

Então comecei a pensar na minha família e em todas as coisas que lembrava sobre eles: a vez em que o tio Mickey me pegou nos braços quando um cachorro que tinha fugido correu direto para a minha garganta; a manhã em que a tia Evie acabou no hospital porque caiu da escada ao tirar as luzes de Natal e a sequência de palavrões que saiu da boca dela quando estava estatelada no chão; a tarde em que o Popo caiu do telhado e só limpou a sujeira da roupa, rindo, enquanto Mima balançava a cabeça e fazia o sinal da cruz; o fim de semana em que o tio Mickey passou na cadeia e perdeu minha festa de aniversário; a manhã de verão em que joguei pedras em um ninho de vespas, fui parar no pronto-socorro e a tia Lulu teve que passar um tipo de unguento em mim por três dias seguidos; o verão que passei com a Mima porque meu pai estava dando aula em Barcelona; os churrascos na casa da Mima, em que eu juntava as latas de cerveja e ganhava umas moedas vendendo-as para o posto de reciclagem de alumínio; e a vez em que fizemos uma pirâmide humana no quintal, no meu aniversário de quinze anos, e eu fiquei no topo. Foi como se todas as cenas da minha vida passassem pela minha cabeça como uma matilha de cães correndo pelas ruas. Os cães corriam e corriam, incapazes de parar, mesmo cansados.

Sorri sozinho. Um monte de gente no mundo tinha a vida ruim de verdade e nem era culpa delas. Como o Fito. Algumas pessoas simplesmente haviam nascido na família errada ou sido adotadas pela família errada ou nascido com alguma coisa errada dentro delas. Não tinha nada de errado dentro do meu pai, embora algumas pessoas achassem que *sim* porque ele era gay. Mas essas pessoas estavam erradas. Elas não o conheciam.

Eu. E meus punhos.

Passei pelo cara que soquei por ter me chamado de pinche gringo. E ele olhou feio para mim. Parte de mim queria dizer "Desculpe" e "No fundo, não sou assim". Mas, bem. Eu *era* assim. Estava em dúvida se deveria confessar o incidente para o meu pai, porque contava para ele a maior parte das coisas que aconteciam comigo. Mas ainda não tinha efetivamente dito nada. Sam sempre dizia: "Se não consegue falar, é simplesmente porque não consegue".

Estou cerrando os punhos.

Este é meu punho.

Quero socar uma parede e dizer para Deus fazer a Mima ficar bem. E depois disso, socá-lo também.

Quero nocautear o Eddie e obrigá-lo a pedir desculpas para a Sam.

Continuei achando que acabaria me transformando no cara cujos genes eu tinha dentro de mim. E continuei odiando aquela ideia.

Sam

Sam me ligou depois da aula. Ela ficou em casa, estava doente.
— Está doente mesmo?
— Sim. Doente de cansaço da Sylvia.
— O que aconteceu?
— Nós discutimos.
— Que novidade.
— Vá se foder. — Às vezes, quando Sam brigava com a mãe, entrava em depressão. Outro indício de que ela estava supermal foi o fato de ter me ligado. Não falávamos muito por telefone. Na maior parte do tempo, a gente mandava mensagem.
— Quer conversar sobre isso?
— É claro que quero, porra. Liguei pra você, não foi?
— Acho que devia vir para cá — eu disse.
— Tudo bem.
— Faço alguma coisa pra você comer.
— Estou com uma fome do cacete.
— Certo, certo, já deu de palavrão.
— Estou te ofendendo, Sally?
— Há outras palavras no seu léxico. Use a imaginação.
— Senhor certinho.
— Boca de bueiro.

— Branquelo.
— Mulher de malandro.

Entrei no ateliê do meu pai. Ele revirava umas fotos antigas.
— Oi — eu disse.
Ele sorriu para mim.
— Oi.
— O que tá fazendo?
— Procurando uma foto da Mima. Uma em especial.
— Pra quê?
— Preciso dela pra uma pintura.
Acenei com a cabeça.
— A tia Evie, eu e a Mima vamos para Scottsdale amanhã à tarde. — Nós meio que analisamos um ao outro por um instante. — Sei que quer vir...
Eu o interrompi.
— Pai, eu cuido do forte.
Ele sorriu — e então gargalhou.
— Lembra disso?
Fiz que sim com a cabeça.
— Lembro.
Foi o que ele me disse para fazer na primeira vez que me deixou sozinho em casa.
— Vou ser sincero com você.
— Você sempre foi sincero comigo, pai.
— Até onde você sabe.
Eu ri.
— Até onde eu sei.
— Estou com um pouco de medo. Não, me deixe reformular. Estou com muito medo.

— Por causa da Mima?

— É. Estou com esse pressentimento. Sabe onde estou tentando chegar? Você vai ter que ter paciência comigo. É meio como aprender a falar uma língua nova. Não é uma coisa que se domina com facilidade.

Sam mandou uma mensagem: **Solte a Maggie para ela me receber na porta.**

Abri a porta e observei Maggie correr até a Sam, balançando o rabinho. Vi a familiar lambida no rosto, o sorriso da Sam e depois o abraço.

Sam e Maggie subiram os degraus da varanda saltitando. Sam me olhou de cima a baixo.

— Sabe, você devia fazer uma tatuagem.

— Não faz o meu estilo.

— Fato. Não é seu estilo. Gosto do seu jeito. Um tantinho.

— Um tantinho?

— É. Gosto de você não ser igual aos outros meninos de quem eu gosto.

— É, eu sei.

— Parece frustrado, Sally.

— Bom...

— O que foi?

— Nada... E se você descobrisse que eu sou outra pessoa? Sabe, alguém que acabasse sendo diferente de quem acha que eu sou?

— Eu te conheço, Sally.

— Mesmo?

— Você não está falando coisa com coisa. Vem. Vamos entrar.

Meu pai estava fazendo seus famosos tacos. Sam adorava os tacos do meu pai. Eu também. Com Maggie, éramos três. Sam e eu fomos para a sala, e dava para sentir o cheiro das tortilhas de milho enquanto meu pai moldava e fritava os tacos. Meu Deus, como eu amava aquele cheiro. Sam continuava cruzando e descruzando os braços enquanto falava.

— Minha mãe é uma vadia mesmo.
— Retire o que disse — eu falei.
— Uma vez que uma coisa foi dita, não dá para retirar nunca mais.
— Dá, sim.

Sam podia olhar para você de uma forma que fazia com que parasse no meio de uma frase. Mas eu também sabia olhar daquele jeito.

— Retiro. — Ela cruzou os braços. — Ela é má. Ela pode ser realmente má.

Concordei com a cabeça.

— Sabe o que ela me disse? — Sam perguntou. — "Se não se cuidar, menininha, vai acabar dançando em volta de um poste, seminua, cercada de velhos nojentos e babões. E ainda acha que quer estudar em Stanford?" Ela não tinha o direito de falar uma coisa dessas.

— Tenho que admitir que nesse momento não gosto muito da sua mãe.

Sam sorriu.

— Que bom. — Ela se jogou no sofá. — Posso fazer uma pergunta?
— Claro.
— Já gostou da minha mãe em algum momento?
— Bom, não a conheço direito. Ela não parece muito interessada em se deixar conhecer. Pelo menos, não por mim.
— É, acho que é meio isso mesmo.
— Você quer ser mãe algum dia, Sam?
— Nunca pensei sobre isso.
— Nunca?
— Não pra valer. E você, Sally? Quer ser pai algum dia?
— Claro que quero. Quero três filhos.
— Três?
— Talvez quatro. Seria incrível.

— Bom, boa sorte pra tentar convencer uma garota a casar com você.

Aquilo me fez sorrir. Mas então percebi que ela estava com uma expressão triste.

— Sabe, Sally — ela disse —, acho que teria medo de ser mãe. Acho que não seria uma mãe muito boa.

— Ei — eu disse. — Acho que você seria uma mãe excelente.

— E o que leva você a achar isso?

Apontei para o coração e bati no peito.

— Porque isso aqui você tem muito. É só o que precisa.

— Você é igual ao seu pai, sabia? Quer dizer, sei que ele não é o seu verdadeiro...

— Ele é.

Ela concordou.

— É, ele é mesmo.

Naquele momento, desejei de todo o coração que tivesse sido meu pai o homem que participou da minha concepção.

Então a voz dele ecoou pela sala:

— Alguém quer taco?

Maggie comeu um taco. Foi só o que deixamos. Meu pai comeu três. Sam e eu comemos cinco cada um.

Acompanhei Sam até a casa dela. A noite estava tranquila, o tempo quase perfeito demais.

— Meu pai viaja amanhã.

— Vai levar sua Mima para a clínica Mayo?

— Sim.

— Você não quer falar sobre isso agora, né?

— Não, acho que não.

— Faça um favor para mim: não toque em assuntos sobre os quais não quer conversar.

— Certo, certo. Me dê uma folga. Eu quero e não quero conversar sobre isso.

— Entendi. Sua Mima é muito fofa.

— É, ela é muito.

— Está com medo?

— Nunca perdi ninguém que amava. Bom, não é verdade. Perdi o Popo.

— E perdeu sua mãe.

— É, perdi. Mas não lembro. Se você não lembra de uma coisa, ela não te machuca.

— Sally, não seria incrível se pudéssemos apertar um botão "delete" na nossa mente e esquecer das vezes que alguém machucou a gente?

— Seria legal. Ou nem tanto. Tipo, o sofrimento faz parte da vida, certo?

— Certo — Sam disse. — Às vezes isso é uma merda.

— Acho que não dá pra escolher lembrar só das coisas boas, né?

Observei Sam entrando em casa. Fiquei ali parado por um momento. Ela botou a cabeça para fora da porta e sorriu para mim. E acenou de um jeito bem fofo. Acenei também.

Eu e meu pai.

Acordei com o vento e a chuva que batiam na minha janela. Então os relâmpagos começaram. E os trovões, como se o céu tentasse se partir ao meio.

Peguei minha calça e fui até a varanda, e Maggie veio atrás. Eu precisava assistir ao espetáculo: era um dos meus hobbies. Não fiquei surpreso ao ver meu pai ali parado, fumando um cigarro. Observando os relâmpagos e a chuva caindo. Parei do lado dele. Ele me abraçou. Encostei nele, vendo os raios e ouvindo o estalo dos trovões e a chuva que desabava. Não sei quanto tempo ficamos ali. Às vezes havia momentos em que o tempo não existia. Ou talvez existisse, mas, bem, isso não importava.

Não dissemos uma palavra. Meu pai estava certo. O mundo tinha *mesmo* palavras demais. O som da chuva era tudo do que precisávamos.

A tempestade era feroz. Mas eu não tinha medo. Sabia que o amor do meu pai era mais feroz do que qualquer tempestade.

— Você vai ficar bem? — ele sussurrou.
— Sim.
— Sem festinhas animadas?
— Só a Sam — eu disse. — Acho que já é animado o suficiente.
Ele riu.
— Vou te ligar todos os dias.
— Quanto tempo vai ficar fora?
— Não sei.

Balancei a cabeça.

— Vamos dormir um pouco. Tenho que acordar cedo.

— Não — eu disse. — Vamos esperar a tempestade acabar.

Entre tempestades

O AR ESTAVA LIMPO, E O CÉU, do azul mais vivo que eu já tinha visto.

Lembrei o que meu pai tinha me falado num dia de verão. Eu tinha caído, e meu joelho estava todo ralado e sangrando. Sentamos na varanda dos fundos, ele limpou meu machucado e pôs um curativo. O céu tinha se aberto depois de uma chuva de verão. Eu chorava, e ele tentava me fazer rir. "Seus olhos são da cor do céu. Sabia?" Não sei por que lembrei disso. Talvez porque sabia que ele estava dizendo que me amava.

De qualquer forma, meus olhos não chegavam perto de serem tão bonitos quanto o céu. Nem um pouco.

Sentei nos degraus da entrada e inspirei o ar enquanto tia Evie e Mima paravam na frente de casa. Mima saiu do carro e sorriu como se não houvesse nada de errado com ela. Ela estava de pé na calçada, com um vestido azul-claro que lembrava um dia de verão. Ela tinha o mesmo aspecto de sempre: uma pessoa linda, forte e feliz. Pulei os degraus e a abracei.

— *Mijito de mi vida* — ela disse —, você está tão lindo.

— Aparência não é importante.

— Não mesmo. — Ela segurou meu rosto entre as mãos, como já havia feito tantas vezes antes. — Todo mundo é bonito — ela disse.

— Nem todo mundo — eu disse.

— Sim. Todo mundo.

Eu sorri. Não ia discutir com ela.

Meu pai desceu as escadas com uma mala. Observei ele e minha tia ajeitarem tudo no porta-malas.

Tia Evie piscou para mim.

— Ei, querido. — Esse era o lance dela. Todo mundo era *querido*.

— Oi — eu disse.

— Vai se comportar?

— Sempre me comporto, tia.

— Sempre?

— Bom, a maior parte do tempo.

— É o suficiente pra mim.

Meu pai abriu a porta para Mima.

— Preparada?

Ela confirmou com a cabeça, e um semblante triste tomou o rosto dela.

Ela acenou para mim.

Eu também acenei.

Abracei meu pai.

Ele parecia sério.

— Cuide bem da Maggie.

— Vou cuidar.

— Diga para a Sam que conto com ela para manter você longe de confusão.

— Digo.

A tia Evie me abraçou e sentou no banco traseiro. Fiquei olhando enquanto iam embora. Lembrei da tempestade da noite anterior. Uma tinha terminado; outra estava começando.

Eu. Fito. Amigos.

Meu pai ligou à noite só para avisar que Mima estava dando entrada na clínica Mayo. Ele tinha deixado um cartão do banco comigo, caso eu precisasse de alguma coisa. "Não vá estourar o limite do cartão." Era uma brincadeira. Eu sabia. Estava sentado na poltrona de couro dele, com Maggie deitada aos meus pés. Quando acabei de conversar com ele, dei uma olhada na casa. Observei atentamente um quadro que meu pai tinha pintado, pendurado na parede. Era uma pintura enorme que tomava quase a parede inteira. Ela retratava um bando de crianças em volta de uma *piñata*. As crianças eram os irmãos e as irmãs dele. Meu tio Mickey tentava acertar a *piñata*. E a criança que representava meu pai estava em um canto. Eu adorava aquele quadro. Mas ao olhar para ele, voltei a me sentir sozinho. Não queria me sentir assim. Sabia que começaria a pensar sobre certas coisas. Merda.

Enquanto colocava leite gelado no copo, um pensamento invadiu minha cabeça: *se eu cruzasse com meu pai biológico, nós nos reconheceríamos por sermos parecidos? Saberíamos?* Ele não é meu pai, ele não é meu pai, ele não é meu pai.

Mandei uma mensagem para a Sam: Tô sozinho. Quer dormir aqui?

Sam: Ahh. Ñ dá. Dia de semana. Sylvia tá mto brava
Eu: Q aconteceu?
Sam: Tipo, se irritou pelo lance do Eddie e tá com os formulários da facul. Tá puta. Eu tô puta. Inferno!
Eu: Sinto muito
Sam: Tenho q ir. Sylvia entrou no quarto. Tava escrevendo alguma coisa no espelho do meu banheiro. Bjs

Decidi mandar uma mensagem para o Fito: Meu pai saiu. Quer colar aqui?
Fito: Tá meio tarde
Eu: Onde vc tá?
Fito: Trabalhando na loja de conveniência. Ñ dá p ficar no cel
Eu: Q bosta. Qdo sai?
Fito: 11
Eu: Vem p cá quando sair?
Fito: Blz. Fico um pouco. Não q eu tenha hora p chegar em casa
Eu: Blz blz. Faço uns sanduíches
Fito: Fechou

Maggie e eu saímos e sentamos nos degraus da entrada pouco depois das onze horas para esperar pelo Fito. Eu não costumava ficar acordado até tarde em dias de semana a não ser que fosse para fazer a lição de casa, mas não fiquei muito tempo lá fora. Maggie latiu e Fito surgiu do meio da escuridão.

— E aí? — eu disse.
— E aí. Qual o rolê?
— As estrelas — eu disse.
Fito sorriu.
— Não tenho tempo de olhar as estrelas.

— Que saco.
— Pois é.
Entramos e fiz um sanduíche para ele.
— Você não quer um? — ele perguntou.
— Não. Acho que vou fazer pipoca.
— Você tem pipoca aí?
— Tenho. — Peguei um pacote e pus no micro-ondas. Fito devorava o sanduíche. — Você nunca come?
— Ah, sim, minha mãe é chef de cozinha. — Ele meio que riu. — Ela recebe benefício do governo pra comprar comida, mas vende a porra do cartão que eles dão pra comprar droga.
— *No bueno* — eu disse.
— *No bueno*, exatamente — ele disse. — E cadê seu pai?
— Minha Mima está doente. Câncer. Ele foi com ela para a clínica Mayo em Scottsdale para ver como as coisas estão. Então vai ficar uns dias fora.
— Que saco esse negócio com sua Mima.
— É — respondi. — Tenho pensado bastante nisso.
— Isso não é bom. Quando invento de pensar, acabo ficando bem mal.
— Acho que eu também. Mas sabe aquele lance de vida sem reflexão de que a sra. Sosa vive falando?
— Sim, sim, a sra. Sosa. — Então ele imitou a voz da nossa professora de inglês e fez uma cara muito engraçada. — "Uma vida sem reflexão não vale a pena ser vivida. Está me ouvindo, Fito? Pode me dizer que filósofo disse isso?" — Ele riu. — Ela sempre acha que não estou ouvindo. Porra, eu *sempre* estou ouvindo.

As pessoas — inclusive Sam — nunca davam o devido crédito ao Fito. Eu odiava isso.

Era bom sentar ali e conversar com ele. Falamos sobre a escola, os professores, comemos muita pipoca e tomamos umas cocas. Até que ele disse, do nada:

— Sabe, algum dia vou procurar meu pai.

— Sério? — perguntei.
— É. Tipo, eu e ele temos uma chance. De ter alguma relação, sabe.
Eu assenti.
— Você vai procurar seu pai bio algum dia? — Foi como ele chamou, *meu pai bio*.
— O que eu ia dizer pra ele?
Fito deu de ombros.
— Talvez nada. Quem sabe ficar de cara com ele não respondesse alguma questão que você tem na cabeça.
— Talvez — eu disse. — Não sei. Tento não pensar nisso.
— É, eu entendo — Fito era bom em ler as pessoas. Então ele perguntou: — E de onde veio o seu nome, Salvador?
— Boa pergunta.
— Quer dizer, sua mãe era gringa certo?
— É.
— E imagino que seu pai bio não era mexicano.
— Acho que não. Sei lá. Ela só gostava do nome, acho.
— É um nome com significado bem forte.
— É, acho que sim. — Então olhei para ele e perguntei: — Qual seu nome de verdade, Fito?
— Adam.
— Não zoa! Adam?
— É. Quando nasci, minha mãe estava sóbria fazia um tempo, e Adam, bom, ele era o novo homem e eu deveria representar uma nova vida. E sabemos no que isso deu. E, não sei, meus irmãos sempre me chamaram de palafito, porque eu tinha pernas finas como uma palafita. Palafito virou Fito. — Ele deu de ombros. — Que idiota. Tenho uma família idiota.
— Eu gosto de Fito — eu disse.
— Eu também — ele disse.

Meu pai ligava todos os dias

Nós conversávamos, mas ele estava diferente. E não tinha muita coisa para falar. Ou talvez houvesse coisas demais para falar. Ainda assim, era bom ouvir a voz dele, e eu gostava de ouvi-lo dizer que me amava. Eu me perguntava se era mais fácil para ele dizer "Eu te amo" porque era gay. Perguntei para a Sam o que ela achava. Ela respondeu: "Deixa de ser idiota, Sally".

Até um cara inteligente podia ser idiota. Eu era a prova viva.

No resto da semana que meu pai passou fora, entrei no Facebook — não que fosse muito fã dessa rede ou postasse alguma coisa. Era um dos que só lia o que os outros escreviam. Acho que ficava atrás de alguma companhia. Meus amigos, na maior parte do tempo, só postavam coisas idiotas. Mas, de vez em quando, eu não me incomodava com a estupidez. Sempre curtia tudo. Acho que dá para dizer que eu *curtia* sem critério. Sem ofensa alguma. Era a minha forma de fazer com que as pessoas se sentissem bem. Quando desconectava, pegava uma tigela inteira de sorvete. Sentava nos degraus dos fundos e olhava para as estrelas. Lembro de ensinar as constelações para a Mima, e de como ela ficou tão orgulhosa de mim porque eu me interessava pelo céu. E eu lembrei o que o Fito tinha dito: "Não tenho tempo de olhar as estrelas".

Eu me senti muito, muito pequeno enquanto estava sentado ali, olhando as estrelas.

Eu e Sam

Sam me mandou uma mensagem: **Sexta-feira! Vou dormir aí.**

Eu respondi: **Festa do pijama!**

Meu Deus, nós éramos tão bobos. Mas, se eu dissesse isso para Sam, ela ia ficar irritada. Ela não gostava de ser chamada de boba. De jeito nenhum. Então parei para pensar que a maioria das pessoas devia achar que era *eu* quem evitava que Sam fosse para o mau caminho. As pessoas me davam crédito demais.

Ela chegou na minha casa e fez a pergunta de sempre:

— O que tem pro jantar? — Minha nossa, alguém que comia daquele jeito deveria ser gordo. Mas não, ela não era.

— Podemos pedir pizza.

— Ardovino's!

— Boa!

— Eles não entregam.

— Meu pai deixou o carro.

Ela já estava no telefone, encomendando a pizza.

— Não esquece de pedir salada.

Resolvemos assistir a um filme antigo da coleção do meu pai.

— *O sol é para todos* — Sam disse.

— Eu vi outro dia com o meu pai.

— É, mas eu *não*.

— É, mas eu *sim*.

— Uma pena, meu bem. Você não vai morrer se assistir de novo.

— Sério — eu disse. — Olha, eles publicaram a sequência e, no fim, o Atticus é um racista.

— É, é, e você leu o livro?

— Não, mas...

— Mas nada, Sally. Nessa versão, Atticus *não* é racista. Então vamos retomar o foco.

Não sei por que me dava ao trabalho de discutir com ela. O resultado era sempre o mesmo. Então, em vez de prolongar uma discussão que eu estava destinado a perder, simplesmente disse:

— Na próxima vez eu escolho.

— Combinado.

No meio do filme, Sam me cutucou e disse:

— Acho que seu pai é meio parecido com Atticus Finch.

— O que não é racista.

— Sim, esse mesmo.

— Você acha mesmo, Sammy?

— Sim. E ele é bonito como o Gregory Peck.

— Verdade — concordei.

— Por que você fica com a cama sempre que dorme aqui?

— Porque sou menina.

— Às vezes você fala tanta besteira, Sam.

— Aham.

— E por que você sempre dorme com a Maggie?

— Isso você tem que perguntar pra ela.

Olhei para Maggie:

— Traidora. — Depois olhei para Sam. — Acho que você tinha que dormir no chão de vez em quando, pra variar.

— Quieto. — Ela apagou a luz. — Vá dormir. — Mas não conseguíamos parar de rir.

O quarto estava silencioso. Então ouvi Sam dizer:

— Me conte um segredo.

— Um segredo.

— Todo mundo tem um.

— Você primeiro.

Ela ficou bem quieta. Depois disse:

— Eu ainda sou virgem.

Fiquei sorrindo por dentro, feliz por ela não ter dormido com nenhum daqueles caras escrotos.

— Eu também sou.

Ela riu.

— Disso todo mundo sabe, seu idiota. Conte um segredo de verdade.

Eu não sabia que contaria a ela.

— Tenho uma carta da minha mãe.

— O quê? Sério? Sério mesmo?

— Sim, meu pai me entregou.

— Quando?

— Faz um tempinho.

— O que estava escrito?

— Eu não abri.

— Quê? Qual é o seu problema? — Ela acendeu a luz e eu pude ver aquele olhar. — Você está com uma carta da sua mãe, sua mãe que morreu, e não abriu? Que imbecil.

— Não sou imbecil. Só não estou preparado para abrir.

— E quando vai estar preparado? Depois que o planeta implodir por causa do aquecimento global?

— Agora quem está sendo imbecil é *você*.

— O.k., converse comigo. Eu sabia que tinha alguma coisa acontecendo com você. Eu sabia!

— Pois é.

— Não me venha com *pois é*, seu cretino. Fale comigo.

— É só que, bom, não estou preparado.

— Para o quê?

— Não sei responder.

Dava para ver que ela estava irritada.

— Olha, eu posso ler para você — ela disse.

— Era *exatamente* o que eu achava que você ia dizer, e foi *exatamente* por isso que eu não contei antes.

Ela não disse nada por um bom tempo, mas sabia que ela estava emburrada. Ela apagou a luz.

— Não fique brava comigo, Sam — sussurrei.

— Está com medo de ler o que está escrito?

— Acho que sim.

— Por quê, Sally?

— Sei lá.

— Sabe o que eu acho? Acho que você está zangado com a sua mãe. Porque ela morreu. Só que você nunca se permite assumir esse segredinho sujo.

— Ah, então agora você é o Dalai Lama?

— Sou.

Abri um sorriso sarcástico no escuro.

— Bom, quando estiver preparado e ler a carta, você vai me contar o que sua mãe escreveu, Sally?

— Prometo. E você promete não ficar me enchendo com isso?

— Prometo.

— Fico feliz por sermos amigos, Sammy.

— Eu também, Sally.

Ela parou de falar, e eu ouvi sua respiração. Fiquei pensando por que as garotas não roncavam. Talvez até roncassem, mas Sam não. Eu sabia que eu roncava de vez em quando. Não era especialista em ronco. Deitei no chão, no meu saco de dormir, e comecei a fazer uma lista de coisas em que não era especialista. Câncer. Garotas. Gays. Mães. Pais biológicos. Natureza *versus* criação. Raiva. Medo. Orações. Peguei no sono no meio da lista.

Eu e meu pai

Acordei cedo. Sam ainda dormia profundamente. Cara, ela gostava muito de dormir. Eu, bom, nem tanto.

Sentei e observei o sol nascer. Meu pai ligou. Ele disse que o tio Julian tinha tirado folga e ia para Scottsdale ficar com a Mima enquanto ela estivesse na clínica Mayo.

— Pego um avião para casa hoje à noite.

— Avião? Vocês não foram de carro?

— Não. A viagem de carro seria muito cansativa para a Mima. E o voo dura apenas uma hora.

— Ah.

— Achei que tinha te contado.

— Devo ter esquecido. Que bom que você vai voltar para casa — eu disse. — O forte não é o mesmo sem você.

— O quê? Você não destruiu a casa?

— Nããão. Sam veio dormir aqui. Fizemos a festa do pijama de sempre.

— Vocês não praticaram mais beijos, né?

— Claro que não. Nunca devia ter te contado aquilo.

— Só confirmando.

Percebi que ele não disse nada sobre a Mima. Se as notícias fossem boas, ele teria dito alguma coisa.

Sylvia

Eu estava fazendo omelete e Sam estava dando bacon para Maggie.
— Isso faz mal pra ela — eu disse.
— Acho que ela pensa diferente.
Olhei feio para ela.
Ela olhou feio de volta. Depois começou a escrever uma mensagem no celular.
— Mensagem pra quem?
— Assunto particular.
— Se é tão particular, por que está fazendo na minha frente? — Dei um de meus melhores sorrisinhos forçados.
— Já que quer saber.
— Quero.
— Estou mandando uma mensagem pra Sylvia. Combinamos de fazer compras hoje.
— Legal. Mais sapatos.
— Isso foi só uma fase.
— Até parece. Os beija-flores foram uma fase. Tudo bem que você teve uma recaída. Mas não os sapatos. Isso é crônico.
— Crônico?
— É. E então, qual é a nova fase?
— Vinil.

— Vinil?

— Sylvia tem uns discos antigos e uma vitrola. Peguei outro dia e ouvi umas coisas. Era do tio dela. Tenho que dar o braço a torcer nesse aspecto, ela não consegue manter a casa limpa, mas mantém a coleção de discos impecável. Vai entender essa porra.

— Você com os palavrões de novo.

— Repita comigo. — Aquela garota sabia sorrir.

— Não.

— Vamos. Não vai te matar.

— Eu falo palavrão às vezes.

— Aposto que você vai casar com uma garota desbocada.

— Não vou.

Ela sacudiu a cabeça. Não parava de mexer no celular.

— Sylvia não me respondeu. Ela prometeu. Está tentando compensar o fato de que não posso mais sair com nenhum cara a menos que ela o conheça antes. E ela prometeu que, se eu me comportasse, discutiríamos minha inscrição em Stanford. *Se eu me comportasse?* O que isso quer dizer? Quem vai avaliar meu comportamento? Eu ou ela?

— Acho que isso é com ela — eu disse. — E pelo menos ela está agindo como mãe. É um progresso.

— Não no meu mundo.

— Você quer que ela se envolva mais ou não?

— Se envolva? Foi ela que me deixou viciada em frieza. O que posso fazer?

— Vai fundo.

— Vou dar uma chance. Mas, se não funcionar, vou falar pra ela cair fora.

Pus a omelete na frente dela.

— Do jeito que você gosta.

Ela sorriu enquanto ligava para a mãe.

— Você podia trabalhar como cozinheiro.

— Ah, sim, é meu sonho de vida.

— Merda!
— O quê?
— Caiu direto na caixa. As coisas nunca mudam. Os namorados sempre estão em primeiro lugar.
— Calma. Ainda não é nem meio-dia.
— Ela costuma chegar em casa às dez.
— Bem, talvez esse cara seja especial.
— Todos eles são especiais.
De repente, o celular dela tocou.

Foi tudo tão estranho, quase como se estivéssemos caminhando em uma direção e, do nada, fôssemos para outra. De repente estávamos em uma estrada estranha, tentando encontrar o caminho certo no escuro, mas não sabíamos para onde ir. Tínhamos tanta certeza de nós mesmos, mas agora estávamos perdidos. Perdidos como nunca antes. Ouvi a voz de Sam atendendo o telefone:
— Sim, aqui é Samantha Diaz... — E vi Sam acenando com a cabeça, e logo as lágrimas começaram a correr por seu rosto e ela não parava de sussurrar, incrédula: — *Mas como? Quando? Não, não...* — Então ela olhou para mim com aqueles olhos magoados, implorando que eu dissesse que aquilo não era real, que não estava acontecendo, e então disse, chorando: — *Sally, Sally, Sally. Ela está morta. Ela está morta.*
Eu me lembrei do que meu pai disse quando fomos buscá-la em frente à Walgreens aquela noite.
— Eu estou aqui — sussurrei. — Eu estou aqui, Sam. — E a abracei.

Sam e eu e a morte

O QUE EU SABIA SOBRE A MORTE? Droga, eu nem sabia muito sobre a vida. Sam chorava no meu ombro enquanto eu ligava para o meu pai.

— Você já está quase chegando?

— Estou no aeroporto.

Eu também estava tremendo e chorando — embora não soubesse por que estava chorando. Na verdade, eu sabia, *sim*. Estava assustado. Muito assustado. E não conseguia aguentar ver Sam tão triste.

— O que aconteceu?

— A Sylvia, pai. Ela e o namorado...

— Ela e o namorado o quê, Salvie?

Se eu dissesse as palavras, então tudo seria real. E eu não queria que fosse real.

— Salvie?

Então falei de uma vez.

— Eles morreram em um acidente de carro.

Meu pai ficou em silêncio do outro lado da linha.

— Onde Sam está?

— Ela está aqui comigo.

— Ótimo. A tia dela já sabe?

— Não sei.

— Como a Sam está?

— Ela está chorando no meu ombro.

— Ela vai precisar desse ombro. Ligue para a tia dela. Eu já vou entrar no avião.

— Pai?

— O que foi, filho?

— Não sei. Eu não sei... não sei o que fazer, pai. — Estava tentando não desabar, sabia que Sam precisava de mim, então simplesmente engoli tudo, como se estivesse tomando um comprimido com um copo de água, e me obriguei a parar de tremer. — Pai, vem logo pra casa.

— O voo demora só uma hora — ele disse. — Apenas fique calmo.

Sam e eu ficamos abraçados. Era o que fazíamos: sustentávamos um ao outro.

— Eu estou aqui, Sam. Eu estou aqui. Sempre vou estar.

— Promete? — ela sussurrou.

— Prometo.

Pensei na Sylvia.

Sylvia nunca mais voltaria. Nunca.

Pensei na minha mãe.

Parte três

De certo modo, por ela estar com as emoções à flor da pele, aquilo me ajudava a não ir pelo mesmo caminho. Não fazia sentido algum, mas o que eu e Sam compartilhávamos... Bom, tinha uma lógica própria.

Palavra do dia = cuidar

O QUE ACONTECEU ENTRE O MOMENTO EM QUE LIGUEI para o meu pai e o momento em que ele chegou, bom, não está muito claro. Eu me lembro de Sam sentada na poltrona dele, em choque ou entorpecida ou... sei lá, não sei explicar. Tudo estava meio *sei lá, não sei explicar*. Tudo. Eu *lembro* que Sam entrou no banho. Dava para ouvir ela chorando. Eu não conseguia aguentar. Não sabia exatamente o que estava acontecendo no coração dela — algum tipo de revolta, acho. Talvez ela estivesse lutando consigo mesma, se sentindo culpada porque ela e sua mãe tinham um relacionamento muito difícil — e muito hostil. Difícil. Acho que às vezes o amor é difícil e complicado. Achei que soubesse disso. Mas, não. Eu não sabia.

Acho que nunca vi a dor escrita em um rosto. Não aquele tipo de dor. Era horrível. E eu tinha essa sensação na boca do estômago, que nunca desaparecia.

Lembro de pedir para Sam o telefone de sua tia.

— O nome dela é Lina — ela sussurrou ao me entregar o celular. Eu devo ter ligado para Lina, mas não lembro. Eu *devo* ter ligado, porque ela apareceu na porta de casa, e sei que não foi Sam quem ligou. Acho que eu sabia da existência dela, mas não a conhecia pessoalmente. Ela se parecia com Sylvia, só que era um pouco mais velha. E era uma mulher muito mais suave que Sylvia. Ela olhou para mim e eu olhei de volta.

— Então você é o Sal? — ela perguntou.

Confirmei com a cabeça.

Perguntei se ela gostaria de entrar. Mas não usei palavras. Ela olhou ao redor e sorriu para mim.

— Não vejo seu pai há um bom tempo.

— Ele está voltando de Scottsdale.

Ela acenou com a cabeça.

— Sim. A Sylvia me disse que sua avó está doente.

Confirmei.

A voz dela era delicada.

— Sinto muito. Talvez ela melhore.

— Espero que sim — eu disse. — Sam logo deve sair do banho.

— Sylvia disse que você é um garoto muito amável.

Dei de ombros. Tentei imaginar Sylvia dizendo essas coisas.

Acho que nenhum de nós sabia o que dizer. Não nos conhecíamos. Estava claro que ela sabia um pouco sobre mim, mas não muito. Não gostei muito de ser reduzido a um "garoto amável". Tudo bem se meu pai ou Mima falarem algo desse tipo para mim, mas uma estranha? De qualquer modo, não era verdade. E por que raios eu estava pensando nessas porcarias enquanto Sam estava no outro cômodo com um coração que nunca mais voltaria a ser o mesmo? Era provável que o coração dela nunca se curasse. Talvez o sofrimento vivesse nela para sempre. Então por que raios eu estava pensando em coisas tão idiotas e sem importância?

Estava de cabeça baixa. Em silêncio. Eu me sentia um imbecil. Sentia os olhos dela sobre mim. Os olhos da tia de Sam.

— Está com fome? — A voz dela era gentil.

— Não. Sim. Sei lá. — Eu não sabia de nada.

Ela sorriu.

— Onde fica a cozinha? — Ela levantou os olhos e eu soube que Sam havia chegado. Eu me virei e vi aquele olhar estranho e triste no rosto dela. Observei enquanto ela e sua tia Lina olhavam fixamente uma para a outra no que pareceu um tempo muito longo. Algo estava sendo dito. Algo importante. Algo que tinha que ser dito sem palavras.

E então elas se abraçaram. Lágrimas silenciosas rolavam pelo rosto das duas. O mundo havia mudado. E o novo mundo era silencioso e triste.

De algum modo, fomos parar na cozinha. Sam parecia mais calma. Calma demais. Ela não era uma pessoa calma, e me assustava o fato de estar daquele jeito. Continuei observando. Finalmente, ela disse:

— Você está me encarando. Estou ficando assustada.

Sorri. A Sam que eu conhecia estava lá.

— Desculpe.

A tia da Sam abriu a geladeira.

— Seu pai tem um bom estoque de comida por aqui.

— Gostamos de cozinhar — eu disse.

— Pode me chamar de Lina — ela disse. — É como a Samantha me chama.

Concordei. Ela era como minha tia Evie, logo assumiu o comando. Sam e eu tínhamos conseguido aguentar as pontas. Tínhamos conseguido — mas era difícil quando não sabíamos o que fazer. Lina parecia saber exatamente o que fazer. Ela tinha mais experiência com essas coisas do que nós. E, naquele momento, experiência contava muito.

— Vocês gostam de tortilha?

— Sim, tem algumas na geladeira.

— Não essas — ela disse.

Sam sorriu.

— Você vai fazer para nós?

— É claro, *amor*. Eu vou fazer tortilhas pra vocês.

Sam e eu ficamos observando enquanto ela fazia a massa, sem medir nada, trabalhando apenas com os anos e anos de memória. Como Mima.

Acho que algumas mulheres simplesmente sabiam fazer tortilhas, gostavam de prepará-las, alimentavam as pessoas com sua arte. Acho que existiam pessoas pelo mundo que sabiam cuidar dos outros. Cuidar era a palavra do dia. Gostava mais dessa palavra do que de *morte*.

Ninguém disse nada. Havia apenas o som de Lina abrindo as tortilhas na mesa da cozinha.

Eu estava pensando na Mima.

No meio de nosso silêncio, meu pai entrou em casa.

— Cheguei — ele disse. — Olá, Lina.

— Vicente.

— Tortilhas — ele disse.

Lina acenou com a cabeça.

— Tortilhas. É o que eu sei fazer.

Até então, eu nem sabia que eles se conheciam. Que já haviam se encontrado. Minha nossa, eu não sabia de nada.

Meu pai olhou para Sam.

— Oi — ele disse.

Sam caiu nos braços dele e começou a chorar.

— Estou sozinha agora — ela não parava de repetir.

E meu pai sussurrava:

— Não, você não está, Sam. Você não está.

E tudo o que eu fiz — tudo o que pude fazer? — foi assistir.

Meu pai e Lina (e segredos)

Meu pai e Lina tomavam café e comiam tortilhas na cozinha. Conversavam sobre a organização do funeral. Conversavam sobre o seguro de Sylvia — se ela tinha algum ou não. E testamento? Será que ela tinha feito? Meu pai parecia ter todas as respostas. Sim, ela tinha seguro. Sim, ela tinha testamento.

Lina ficou surpresa.

Sam também.

— Tenho as cópias — meu pai disse. Tive uma sensação engraçada de que, de algum jeito, meu pai tinha ajudado Sylvia a organizar a vida dela. Ela não era a pessoa mais organizada do mundo, a julgar pelo jeito que mantinha a casa. Podemos pensar mal dos mortos? Isso era permitido?

Mas então comecei a pensar que era estranho se preparar para a própria morte. Eu não entendia. Entendia um pouco, na verdade. Afinal, foi bom Sylvia ter deixado um testamento. Sam não ficaria à própria sorte.

Lina e meu pai começaram a fazer uma lista do que precisava ser feito. Acho que era parte do que os vivos faziam — eles cuidavam de seus mortos.

Sam e eu ficamos entediados. Ou talvez só não tivéssemos capacidade de lidar com tudo aquilo. Mas fiquei feliz por toda aquela conversa entre meu pai e Lina, porque aquilo pareceu acalmar a Sam. Eles estavam assumindo o controle. Adultos podem ser bons nisso. Alguns deles, pelo menos.

E esse pensamento invadiu minha mente: Sylvia estava morta, e nunca mais voltaria. E não havia nada que o meu pai ou Lina pudessem fazer; era algo além do controle deles.

Sam e eu escapamos para a sala de estar, sem saber o que fazer. Continuei olhando para a cara dela.

— Pare com isso — ela disse. A Maggie deitou no colo de Sam. — Diga pra ele, Maggie, diga pra ele parar de olhar pra mim.

— Não estou olhando. Só estou preocupado com você.

— Bom, estou preocupada comigo também. — E houve um instante de verdadeiro luto na voz dela. — Estou estranha — ela disse. — E vazia. Me sinto vazia.

— Você parece cansada.

— É por causa daquela choradeira toda.

— Chorar é bom.

— Mas cansa. — Ela não parava de acariciar a cabeça da Maggie. — Ela se foi, Sally. Ela se foi. — Ela não ia chorar, não naquele momento. Acho que só precisava dizer aquilo.

— Sim — eu disse.

— Não falei pra ela que a amava.

— Ela sabia.

— Você acha?

— Samantha, ela sabia.

Ela concordou.

— Queria dormir para sempre.

— Dormir. É, tente dormir um pouco.

Observei ela se levantar em silêncio e ir para o quarto de hóspedes, com Maggie na sua cola. *Durma, Sam, e quando acordar, vou estar aqui. Eu prometo: vou estar aqui.*

Eu não devia ter ouvido a conversa. Mas não me sinto mal por isso. Meu pai e Lina estavam sentados nos degraus dos fundos. E a porta estava aberta. Dava para ouvir cada palavra. Os dois estavam fumando. Tudo bem, eu poderia simplesmente ter aparecido no quintal e eles mudariam de assunto, mas... só fiquei ali parado, escutando.

— Vicente, estou com tanta raiva dela.

— Não adianta muito ter raiva dos mortos.

— Eu sei disso. Acha que eu não sei? Ela estava dirigindo bêbada. Meu Deus, quem faz uma coisa dessas? Quem apronta uma merda dessas? Ela tinha uma filha.

— Calma, Lina. Só...

— Só o quê?

— Vamos fazer o que é preciso. Pela Sam. A mãe dela morreu. Foi um acidente.

— Toda a vida dela foi um acidente.

— Por quanto tempo vai continuar brava? — Houve uma pausa, e eu conseguia imaginar meu pai dando uma tragada no cigarro. — Há quanto tempo está brava com ela?

— Minha vida inteira.

— Então vai continuar guardando rancor? Ela morreu. Sério! Deixa isso pra lá.

— Simples assim, é? Simples assim? Você não faz ideia do que passei por causa da minha irmã.

— Ah, faço uma *boa* ideia. Posso não saber dos detalhes, mas consigo imaginar tudo. — Houve mais uma pausa, e então ouvi meu pai dizer: — Prometa uma coisa, Lina. Só me prometa uma coisa.

— Prometer o quê?

— Não conte para a Sam como a mãe dela morreu.

— Quer que eu minta pra ela?

— O que você sugere? Magoá-la um pouco mais? É isso que você quer?

— Não é isso o que quero.

— Então tudo o que temos que dizer é que foi um acidente de carro. Como isso pode ser tão difícil? *Foi* um acidente de carro.

— É mentira.

— Prometa.

Eu sei que não devia ter ouvido aquela conversa. Devia ter me afastado da cozinha, ido para longe deles. Mas não me sentia mal por aquilo. Não me sentia nem um pouco mal. Enquanto ia até a varanda da frente, eu me perguntava quem estaria certo, Lina ou meu pai. Não sabia que ele era capaz de mentir sobre coisas importantes. Mas acho que entendia que Sam era mais importante para ele do que a verdade por trás do relatório do acidente. Fiquei feliz por ter ouvido. Aquilo me ajudou. Era hora de crescer — embora eu sempre tivesse desejado que as coisas continuassem iguais. Eu não tinha controle sobre o mundo ao meu redor. Meu pai gastou a maior parte de suas energias me protegendo. Talvez tenha havido um momento para isso. Agora a hora de ser protegido estava chegando ao fim. Mas eu não estava pronto para virar homem. Essa era a verdade. E Sam não estava pronta para virar mulher. E eu achava que um pouquinho mais de proteção não seria necessariamente ruim. Porque Sam e eu ainda precisávamos ser protegidos.

Batom

— Quero ir pra casa.
Eu só olhei para ela.
— Você vem junto?
— É claro. — Eu sabia que estava com cara de dúvida.
— Preciso pegar algumas coisas.
— Vamos de carro.
Sam concordou.

Sam ficou parada do lado de fora da casa por um bom tempo, só encarando a porta. Ela me entregou a chave. Eu abri a porta e peguei na mão dela.
— Está tudo bem — eu disse.
— Não, não está nada bem.
— Estou aqui — eu disse.
Ela olhou ao redor da casa como se nunca a tivesse visto antes. Foi na direção do quarto da mãe dela. A porta estava aberta.
— Ele arrumou a cama dela — ela sussurrou e olhou para mim. — Ela nunca arrumava a cama.
Eu olhava fixamente para ela.
— Está fazendo de novo.
— Desculpa.

— Não consigo entrar nesse quarto.

— Então não entre. Não precisa entrar.

Eu a segui até o quarto dela.

— É um desastre — ela sussurrou. — Eu sou um desastre.

— Shhh — eu disse. — Pare de se criticar. Esse é o meu trabalho.

Ela sorriu. Tirou uma mala, começou a guardar algumas coisas e foi ao banheiro. E, de repente, começou a chorar. Logo vi o porquê. A mãe dela tinha deixado um recado no espelho do banheiro, escrito com batom: *Só porque meu amor não é perfeito não quer dizer que eu não te ame.*

Sam caiu nos meus braços. Minha camiseta ficou molhada com as lágrimas dela. E ela continuava sussurrando sem parar:

— O que eu vou fazer, Sally? O que eu vou fazer?

Sam, eu e alguma coisa chamada casa

SENTAMOS NA CAMA DE SAM E OLHAMOS PARA O QUARTO. Não sei bem o que estávamos procurando. Ela me mandou uma mensagem. Fazíamos isso às vezes, mandávamos mensagem mesmo estando no mesmo cômodo: **Não posso morar aqui.**
Eu: vc ñ precisa
Sam: onde é a minha casa?
Eu: eu vou ser sua casa
Ela se encostou em mim.
— Vamos embora daqui, Sally.

Antes de sair da casa da Sam, tirei umas fotos com o celular do último recado que a Sylvia deixou para a filha. Queria que Sam tivesse uma cópia. Para que ela nunca se esquecesse — como se isso fosse possível.

Meu pai e Sylvia

— Como isso foi acontecer?

Estávamos sentados à mesa da cozinha, tomando sopa. Fazia frio, e parecia que o inverno tinha chegado mais cedo naquele ano.

Ouvi meu pai responder à pergunta de Sam:

— Pessoas morrem em acidentes o tempo todo, Sam. Já leu aquelas placas de aviso na estrada? A última que vi dizia que houve três mil, novecentos e vinte uma mortes nas estradas do Texas só nesse ano. Dirija com cuidado. Acidentes são uma parte cruel da vida. É parte da equação disso que chamamos de viver. Acidentes são normais, se parar pra pensar.

— Nossa, isso sim é reconfortante — ela disse.

Fiquei feliz por ela ser sarcástica. Era um bom sinal.

— Não tenho nenhuma explicação, Sam. No fim das contas, a vida e a morte são mistérios.

Sam apenas olhou para o meu pai.

— O que não explica nada.

— O que explica tudo. Não é à toa que dizemos coisas como: "É a vontade de Deus".

— Você acredita nisso?

— Não, não acredito, por isso não digo. Não consigo dizer. Mas algumas pessoas acreditam. Elas dizem todo tipo de coisa para tentar explicar o inexplicável. Só sei que sua mãe e o namorado dela morreram em um acidente de carro. É tudo o que sei.

— E o que vou fazer agora?

— Bom, você pode morar aqui se quiser.

— Posso? Não preciso ir morar com minha tia Lina?

— Não.

— Não?

Meu pai estava com uma expressão séria. Quando tomava uma decisão, ele ficava com um olhar característico.

— Preciso te contar uma coisa, Samantha.

Ele a chamou de *Samantha*. Aquilo era sério. Imaginei se ia contar a verdade sobre como a mãe dela morreu.

— Quando você e Salvie tinham uns seis anos, sua mãe foi presa por dirigir embriagada.

— Sério?

— Sim. Não estou tentando sujar a imagem da sua mãe aqui, Samantha. Não mesmo. Só me escute. Foi assim: ela me ligou no meio da noite. Disse que estava na cadeia. Era dia dois de julho. — Ele olhou para mim. — Vocês estavam fazendo uma daquelas festas do pijama. Pedi pra sua tia Evie pegar os dois na manhã seguinte. Vocês passaram o fim de semana do feriado de Quatro de Julho na casa da Mima. Vocês dois. Não sei se lembram disso.

Sam e eu nos entreolhamos.

— Eu não — eu disse.

— Eu lembro — Sam disse. — Foi a primeira vez que soltei fogos de artifício. Mas é a única coisa de que me lembro.

Meu pai acenou com a cabeça.

— Tirei sua mãe da cadeia. No fim das contas, ela conseguiu manter a habilitação. Não eram tão rígidos naquela época quanto são agora com esse tipo de coisa. Mas fiz sua mãe escrever um testamento. Acho que podemos dizer que passei um sermão nela.

— E o que ela disse?

— Acredite em mim, não vai querer saber de todos os detalhes.

— Eu quero — Sam deu um daqueles olhares para o meu pai. — Eu quero ouvir *todos* os detalhes.

Meu pai balançou a cabeça.

— Eu disse para sua mãe que ela podia viver a vida dela do jeito que quisesse, porque a vida dela não era da minha conta. Mas também disse que ela tinha que pensar em você. Ela veio pra cima de mim com um papo de não ter escolha. Lembro de perder a paciência com ela. Também sei dar uns berros. Podemos dizer que trocamos uns bons berros naquele dia. — Meu pai riu. — O engraçado é que foi aí que ficamos amigos. Pelo menos chegamos a algum tipo de entendimento.

"A moral da história é a seguinte..." Lágrimas corriam pelo rosto do meu pai, e ele olhou bem nos olhos da Sam. "Quando ela me entregou uma cópia do testamento que tinha feito, ela me disse: 'Se alguma coisa acontecer comigo, Vicente, indico você como guardião legal da Samantha'. Sua mãe te amava muito, Sam." Ele fez uma pausa. "Como eu também amo." Ele levantou da mesa. "Vou fumar um cigarro."

Sam. Meu pai. Eu. Nossa casa.

SAM E EU OLHAMOS UM PARA O OUTRO. Nós dois chorávamos, mas eram apenas lágrimas. Aquelas coisas silenciosas. Então eu disse para ela:
— Você vai ter que aprender a fazer limpeza.

Ela riu, eu ri, e acho que estávamos precisando de uma boa risada, porque não conseguíamos parar. Será que estávamos aprendendo a fingir que não tínhamos medo do escuro?

Quando finalmente nos recompusemos, eu disse:
— Vamos sentar com o meu pai. — E nos sentamos nos degraus enquanto ele fumava.

Meu pai perguntou:
— Alguém quer treinar arremesso?

Então passamos a tarde toda arremessando. Às vezes alguém dizia qualquer coisa. Na maior parte do tempo, não dizíamos nada. E tudo no mundo voltou a ficar calmo. Todas as lágrimas desapareceram. Pelo menos por ora. Elas voltariam, mas tivemos esse pequeno pedaço de tranquilidade que nos ajudava a sobreviver.

Estávamos em segurança. Estávamos na nossa casa.

Palavra do dia = extinto

Sentei e fiquei olhando para o computador. Queria escrever alguma coisa, mas não sabia o quê. Vi a mensagem de Sam aparecer no meu celular. Ela estava sentada na sala, resolvendo se assistiria ou não à televisão.

Sam: Palavra do dia = extinto

Eu: ? Use a palavra em uma frase

Sam: A voz da minha mãe está extinta

Eu: ☹

Eu sabia por que as pessoas tinham medo do futuro. Porque o futuro não seria como o passado. Isso era muito assustador. Como seria o futuro da Sam agora que a voz de sua mãe estava extinta? Como seria o meu futuro quando a voz da Mima deixasse de existir?

Eu continuava ouvindo os sussurros da Sam: "O que eu vou fazer?".

Eu e Sam.
E uma palavra chamada fé.

Na manhã do funeral de Sylvia, eu estava deitado na cama, pensando nas coisas. Mandei uma mensagem para Sam: **Tá acordada?**

Sam: Tô

Eu: Vc dormiu?

Sam: Um pouco

Eu: Vc acredita?

Sam: ?

Eu: Vc tem, tipo, fé?

Sam: Ñ nós ñ temos disso. Queria, mas não. Vc?

Eu: Sei lá

Sam: Seu pai acredita?

Eu: Acho que sim. Mas não como a Mima

Sam: Queria ser como ela

Eu: Talvez a gente consiga aprender

Sam: Minha mãe = nada de fé = ☹

Eu: Ctz?

Sam: Ela me contou.

Eu: Ah

Sam: Vc acha que Deus se importa?

Eu: Acho

Sam: Sério?

Eu: Sim
Sam: Então pq o mundo é tão ferrado?
Eu: Por causa da gente, Sam
Sam: A gente é um lixo

Sylvia. Adeus

Era um dia ensolarado e frio.

O corpo de Sylvia foi cremado. Ela não gostaria de uma cerimônia em igreja. Mas, no fim das contas, pela Sam, meu pai e Lina resolveram mandar rezar uma missa discreta na catedral de São Patrício. Não havia muita gente, apenas algumas, incluindo uns colegas de trabalho de Sylvia, que pareciam genuinamente tristes. Lina estava lá com o marido e os três filhos, primos mais velhos que Sam mal conhecia — mas foram muito gentis e educados. E Fito também estava lá. Eu tinha mandado uma mensagem para ele contando o que aconteceu. Então ele simplesmente apareceu. Estava de gravata e um blazer preto. O Fito tinha certa classe, isso era verdade.

Sam estava de vestido preto e usava o colar de pérolas de sua mãe.

Por um instante, achei que ela, de repente, se tornaria uma mulher.

E eu? Eu me sentia estranho com o terno que vestia.

O que mais me impressionou foi que Sam não desabou. Ela sentou ao meu lado e, em alguns momentos da missa, pegava no meu braço e dava para ver as lágrimas escorrendo por seu rosto. Mas ela controlava cada emoção. Então pensei na palavra do dia: *dignidade*.

A Sam que eu conhecia não controlava nunca suas emoções.

Mas naquele dia ela estava exibindo dignidade.

O que é muito mais bonito que pérolas.

★

Foi só no curto percurso até nossa casa que ela se aproximou de mim no banco de trás do carro do meu pai e começou a chorar. Como um animal ferido. E depois se acalmou novamente.

— Sou a porra de um desastre ambulante — ela disse.
— Não é — afirmei. — Você é uma garota que perdeu a mãe.
Ela sorriu.
— O Fito estava lá. Foi muito gentil da parte dele.
— Foi mesmo.
— Por que eu nunca gostei dele mesmo?

Houve uma pequena recepção em casa. Acho que é isso que as pessoas fazem. Não que eu soubesse. Lina me disse que eu era um jovem bonito.

— Não tão bonito quanto seu pai — ela completou. E depois deu uma piscadinha. Ela era uma pessoa muito boa. Dava para saber. E, embora eu soubesse que ela estava com raiva da irmã, sabia que existiam motivos por trás da raiva; porque uma mulher como ela, bom, não parecia ser uma pessoa raivosa. E ela gostava muito do meu pai. Então perguntei:

— Como você conheceu meu pai? Pela Sylvia?
— Não. Na verdade, conheci seu pai anos atrás em uma galeria de arte em San Francisco. Comprei um quadro dele. — Ela sorriu. — Imagine minha surpresa quando descobri que tínhamos a Sylvia em comum.

Eu sorri.
— Você era próxima dela? — perguntei.
— Não muito. Eu não gostava muito da Sylvia. Mas eu a amava mesmo assim. Ela era minha irmã.

De certo modo, aquilo fez sentido para mim.
— Sabe, Sal — ela disse —, uma vez eu ameacei tirar a Samantha dela.
— Por que não tirou?

— Seu pai. Nós conversamos. Eu soube que ela ia ficar bem.
— Porque meu pai disse.
— Sim.
— Confiou tanto nele?
— Homens como seu pai são muito raros. Espero que saiba disso.
— Acho que sei — respondi. — Não se importa que a Sam more com a gente?
— Por que me importaria? Quero ser próxima dela. Sempre quis. Mas a mãe dela não permitia. Se eu a levasse pra morar comigo, ela passaria a me odiar e provavelmente acabaria fugindo, direto para cá. Correria para o que conhece, para o que ama.

Concordei.

— É — eu disse. Queria dizer que achava que ela tinha um bom coração. Mas percebi que haveria tempo para isso. Ou talvez estivesse apenas com medo de dizer uma coisa dessas para uma adulta que eu mal conhecia.

Sam estava segurando a urna que continha as cinzas de sua mãe.
— O que faço com isso?
— Sei lá.
— Você não serve pra nada.
— Não mesmo.

Ela finalmente colocou a urna na frente da lareira. Nós meio que ficamos olhando um para a cara do outro.

Sam, Fito e eu estávamos sentados nos degraus da frente de casa. Sam olhava fixamente para um pedaço de bolo como se não soubesse o que era aquilo. Eu tomava uma xícara de café. Fito estava no terceiro prato de salada de batata. Juro, aquele cara não parava de comer nunca.

Então Fito olhou para Sam e perguntou.

— E o seu pai?

— Meu pai? Eu o vi uma vez. Ele apareceu na porta pra pedir dinheiro pra Sylvia. Um verdadeiro vencedor.

— Então por que sua mãe se casou com ele?

— Essa é fácil. Ele era bonito.

— Devia ter outro motivo.

— Minha mãe não era tão complexa. — Ela riu. Acho que estava rindo de si mesma. — Só estou sendo má. Ela não era tão rasa quanto eu dou a entender. É, meu pai devia ter algumas qualidades. Talvez fosse inteligente. Quem sabe? Ele não tinha dinheiro nenhum, disso eu sei.

— Bom, pelo menos você o conheceu. Já é alguma coisa.

Mas o quê?, pensei. *Por que já era alguma coisa? Quê?*

— Você pode procurá-lo, Sam — Fito disse.

— Por que eu faria isso? — ela perguntou. — Não estou nem um pouco interessada.

— Por quê? — questionei.

— Por causa do dia em que ele apareceu lá em casa. Ele não estava interessado em mim. Nem um pouco. O engraçado é que eu também não estava interessada nele. Foi apenas um momento esquisito e incômodo. Ele não estava nem aí. E, por algum motivo, não fiquei chateada.

Fiquei pensando naquilo. Acho que Sam, Fito e eu tínhamos muito em comum, como essa questão do pai ausente. Só que eu *tinha* um pai que cuidava de mim e me amava. E agora eu e Sam tínhamos esse lance da mãe morta — só que era diferente. Sam conhecia sua mãe de verdade. E, assim como a questão do pai não a magoava, acho que a questão da mãe não me magoava. Sam dizia que eu sofria, sim, com isso. Mas eu não tinha essa sensação. Não tinha.

E então foi como se Fito estivesse lendo minha mente.

— Você pensa na sua mãe?

— Sim, mas é estranho, porque eu não me lembro dela de verdade.

— E você nunca vai procurar seu pai bio? Bem, você me disse que às vezes pensa nele.

Sam resolveu entrar na conversa.

— Sally, você nunca me contou que pensa no seu pai biológico. Nunquinha.

— Eu nunca pensei muito nele. Até recentemente.

— Quão recentemente? Desde a carta?

— É. Talvez um pouco antes.

— Huuum — ela disse. — Tem muita coisa que você não está me contando ultimamente, Sally.

Fito estava olhando para nós.

— Que carta?

Sam respondeu à pergunta. Óbvio.

— Sally tem uma carta da mãe dele. Ela escreveu antes de morrer. E ele está com medo de abrir.

— Abra, cara. Eu abriria. Qual é o problema?

— Eu não disse que não vou abrir. Só não abri ainda.

Fito sacudiu a cabeça.

— O que você está esperando, cara? Talvez descubra alguma coisa legal sobre seus pais e tal.

— *Eu tenho pai!*

— E ele é incrível, cara. Mas parece que você ficou irritado e tal. Certeza que tem alguma coisa rolando com você.

— Tem alguma coisa acontecendo com todo mundo, Fito.

Sam continuava olhando para mim. Ficou me analisando como fazia sempre. Depois abriu um sorriso.

— Pelo menos você tem alguma coisa pra pensar além do fato de a minha mãe estar morta.

Todos tinham ido para casa.

Exceto Lina.

Ela e meu pai estavam tomando uma taça de vinho. Sam e eu trocamos de roupa.

Caía uma garoa fria, e eu fiquei imaginando se o inverno seria frio. Maggie estava arranhando a porta. Eu a deixei entrar. E depois pensei que talvez a vida fosse assim — sempre haveria algo arranhando a porta. E continuaria arranhando e arranhando até você abrir.

Sentei à mesa da cozinha.

Lina olhou para Sam.

— Tenho uma coisa pra você.

Ela pegou a bolsa e tirou um anel. Pôs na palma da mão de Sam.

Sam ficou olhando fixamente para o anel.

— É um anel de noivado — ela sussurrou.

— Ela estava usando na noite do acidente.

— Não estava quando saiu de casa.

Lina assentiu. Estava com um sorriso triste.

— Acho que sua mãe ficou noiva no dia em que morreu.

— Do Daniel?

Lina confirmou.

— Então ela conseguiu o que sempre quis.

— Sim, ela conseguiu o que sempre quis.

— E o Daniel?

— A família levou o corpo para ser enterrado em San Diego.

Sam ficou olhando para o anel e acenando com a cabeça.

— Então ela deve ter morrido feliz.

Ela apoiou a cabeça sobre a mesa e chorou.

Eu estava deitado na minha cama, pensando nas coisas. Dava para ouvir o vento do lado de fora. Maggie estava emprestada para a Sam. Não que eu a tivesse realmente emprestado. Maggie parecia saber que Sam estava triste. Então, tudo bem. Ainda assim, eu sentia falta dela.

Então recebi uma mensagem da Sam: O mundo mudou.

Eu: Nós vamos superar

Sam: Eu amo vc e seu pai. Vc sabe, né?

Eu: Nós tb te amamos

Sam: Eu ñ vou + chorar

Eu: Chore o qto quiser

Sam: Eu ñ odiava ela

Eu: Eu sei

Sam: Festa do pijama?

Eu: Claro

Saí da cama, acendi a luminária e vesti minha calça de moletom. Tirei o saco de dormir do armário. Sam e Maggie entraram. Sam se jogou na minha cama. Maggie lambeu meu rosto.

— Vamos ouvir uma música, Sally — Sam disse.

— Tá — respondi. — Que tal "Stay With Me"?

— Sam Smith é gay. Sabia?

— Você tem algo contra os gays?

E lá estávamos nós, rindo novamente. Por que estávamos rindo? Não era para estarmos com vontade de rir. Mas estávamos. Eu e Sam, rindo.

Aprendendo a fingir não ter medo do escuro?

Aprendendo a fingir não ter medo do escuro.

— Me diga uma música, Sally?

— O quê?

— Preciso de uma música. Me diga uma.

Pensei por um instante.

— Já sei — respondi. — Chama "River".

— Quem canta?

— Emeli Sandé.

— Eu gosto dela.

— Eu também — concordei. Peguei meu laptop e achei a música no YouTube.

Sam apagou a luz.

Ficamos lá, no escuro, ouvindo a voz de Emeli Sandé.

E quando a música acabou, pareceu que o mundo havia ficado completamente em silêncio.

Então ouvi a voz de Sam no escuro:

— Você vai ser o meu rio, Sally? — Ela estava chorando de novo.

— Vou — respondi. — Eu percorreria qualquer distância por você. — Poderia citar a letra da música inteira, mas não tenho uma voz tão boa para cantar.

— E você moveria montanhas só por mim?

— Sim — sussurrei.

Então comecei a chorar também. Não era um choro descontrolado. Era suave, como se viesse bem de dentro, de um lugar silencioso e suave também, e era melhor do que o lugar árido de quando eu cerrava os punhos.

Talvez o rio fosse feito das nossas lágrimas. Minhas e de Sam. De todo mundo que tivesse perdido alguém. Todas aquelas lágrimas.

Cigarros

ACORDEI CEDO, minha cabeça tentava acompanhar tudo que havia acontecido. Até agora a vida havia sido lenta e fácil e, de repente, eu tinha a sensação de que estava em uma corrida de revezamento sem ninguém para entregar o bastão. Estava deitado na cama, repetindo os nomes dos meus tios e tias. Eu sempre fazia isso quando estava estressado. Do nada, entrei em pânico. *Escola! Ah, merda, a escola!* E então me dei conta de que era sábado. Eu tinha perdido uma semana inteira de aula. Fiquei me perguntando se meu pai tinha ligado para eles. É claro que tinha. Quando levantei, Sam ainda dormia profundamente, e Maggie olhava para mim como se dissesse que estava na hora de sair para seus assuntos matinais. Maggie. Sua vida era simples. Eu costumava achar que a minha também era.

Maggie e eu fomos até a cozinha.

Meu pai estava pegando uma xícara de café. Abri a porta dos fundos para deixar Maggie sair. Ela olhou para mim, latiu, abanou o rabinho e correu até o quintal. Cães são incríveis. Eles sabem como ser feliz.

Meu pai pegou outra xícara e serviu café para mim. Peguei e tomei um gole. Meu pai fazia um café muito bom.

— Como você dormiu?

— Bem. A Sam foi para o meu quarto e fizemos festa do pijama.

— Ficaram conversando a noite toda?

— Não. Acho que ela só não queria ficar sozinha. Precisava dormir.

— Dormir é bom — ele disse.

— E você?

— Bem. Dormi bem.

Ele abriu a gaveta onde ficavam os cigarros. Não estava mais guardando os maços no freezer.

— Está um pouco frio — ele disse. — Quer pegar um casaco pra mim?

Fui até o armário na entrada, vesti um casaco e peguei um para o meu pai.

Ele me entregou seu café enquanto vestia o casaco.

— Às vezes eu queria dormir enquanto estão acontecendo coisas ruins — eu disse ao sentar. — Sabe, como aquela música "Wake Me Up". Me acorde quando tudo acabar. Seria tão bom dormir até acordar mais sábio.

— Gosto dessa música, mas as coisas não funcionam desse jeito, né, Salvie?

— É, eu sei. Não gosto da morte.

— Acho que ninguém gosta. Mas é algo com que temos que conviver. — Ele deu uma tragada no cigarro e olhou para mim. — Não tenho boas notícias sobre a Mima.

Acenei com a cabeça.

— Ela está voltando para casa. Não há muito a fazer além de deixá-la confortável.

— Ela vai morrer?

— Sim, Salvie, acho que vamos perdê-la.

— Odeio Deus.

— Dizer isso é fácil, mas vou contar um segredinho, Salvie. Odiar Deus dá muito trabalho.

— Ele não precisa dela. *Eu preciso*.

Ele apagou o cigarro e me abraçou.

— Durante toda a sua vida, tentei te proteger das merdas do mundo, de todas as coisas ruins. Mas não posso protegê-lo disso. Não posso proteger você nem a Sam. Tudo o que tenho é um ombro. E isso vai ter que bastar.

Quando você era pequeno, eu te carregava no colo. Às vezes sinto falta daquele tempo, mas aqueles dias acabaram. Posso andar ao seu lado, Salvie, mas não carregá-lo. Entende o que estou dizendo?

— Entendo — sussurrei. Depois levantei. — Vou dar uma volta.

— Caminhar faz bem, filho.

Eu estava tentando não pensar em nada enquanto caminhava. Mas era difícil manter a mente vazia. Então pus os fones de ouvido e comecei a ouvir música. Tinha esse cara de que eu gostava, um cantor, Brendan James, e ele tinha uma música chamada "Nothing For Granted", e eu ouvi várias vezes e cantei junto. Assim não teria que pensar em nada.

Mas, quando estava voltando para casa, me veio a ideia de que eu queria tomar um porre. Eu nunca tinha ficado bêbado. E achei que poderia ajudar. Quem está bêbado não fica pensando nas coisas, fica? Eu estava tendo pensamentos muito idiotas. Estava ficando meio maluco.

Sam (de mudança)

Quando cheguei na varanda, a chuva fria começou a cair. O carro de Lina estava estacionado na frente de casa. Imaginei que estivesse lá para visitar a Sam.

Senti cheiro de bacon quando entrei. Lina e Sam estavam tomando café e conversando. Maggie estava sentada paciente esperando alguma migalha cair no chão.

Estava quente na cozinha e me senti seguro. Fiquei observando meu pai servir ovos mexidos e bacon para todos. Sam e Lina falavam sobre ir para a casa de Sam e ver as coisas de Sylvia.

— Você vai querer guardar algumas coisas, Samantha.

Sam parecia bastante calma. Não estava muito normal, mas também não estava desabando. Eu queria muito saber o que se passava na cabeça dela. Não, não era isso. Eu queria saber o que se passava no coração dela.

Ouvi a voz do meu pai enquanto mastigava meu bacon.

— Você está quieto.

— É, não há muitas palavras vivas dentro de mim hoje.

Sam sorriu.

— Acontece.

— É — eu disse. — Acontece.

Ainda bem que o quarto extra era grande. E melhor ainda que tivesse um armário grande também. Meu pai e eu tiramos as porcarias que estavam guardadas lá: roupas que não usávamos mais, coisas aleatórias das quais nunca nos desfizemos. Meu pai chamava essas coisas de "sobras".

— Sempre existem sobras na vida das pessoas.

Ele disse que tudo iria para a Sociedade São Vicente de Paulo, uma organização beneficente católica. É. Mima ia gostar. Ela adorava tudo que era católico.

Levamos a noite toda para arrumar as coisas da Sam.

— São muitos sapatos — eu disse. — E muitas blusas e saias e calças e vestidos e...

— Cala a boca — ela disse.

Meu pai e eu fomos pegar uma penteadeira antiga que pertencia a Sylvia. Ela tinha um espelho grande preso atrás, e montamos tudo no quarto da Sam. Foi a única peça de mobília que ela quis.

— Você pode ficar sentada o dia todo, olhando para a própria cara — eu disse.

— Fica quieto, vai — Sam exclamou.

Nós ficamos fazendo piada a noite toda. Tudo ficou arrumado e organizado, como se nada tivesse acontecido. Sam estava apenas se mudando para a minha casa. Nada de mais. A vida continuava. E talvez fosse bom. Sylvia estava morta e Mima estava morrendo, mas Sam, meu pai, Lina e eu estávamos vivos. E o que nos restava era continuar vivendo. E era o que estávamos fazendo. Estávamos vivendo. Ou pelo menos tentando.

Eu estava feliz porque Sam ia morar conosco. Muito feliz. Mas e Sam? Talvez ela não estivesse tão feliz.

Bom, droga, eu também não estava *tão* feliz.

Atrasados

Quinta-feira. Um dia normal. De volta à escola. No fim do dia, quando encontrei Sam perto de seu armário, um cretino passou e olhou para ela de um jeito bem maldoso. Eu mostrei o dedo do meio e fiquei encarando o cara.

— Você está nervoso hoje — Sam disse.
— Não gostei do jeito que ele olhou para você.
— Por que você está prestando tanta atenção em cretinos ultimamente?
— Desculpe, Sam.
— Essas coisas não te incomodavam antes. — Mas em seguida ela deve ter visto algo escrito em meu rosto. — E você também não costumava descontar em si mesmo.
— Talvez descontasse — respondi. — Talvez só escondesse bem.
— Ahhh, Salvie. — Ela se aproximou e deu um beijo em meu ombro. — Vamos pra casa.

Em casa. Era onde Mima estava. Ela tinha voltado para sua casa em Las Cruces.

Sam e eu estávamos voltando à rotina escolar. Estávamos atrasados, então tínhamos muita tarefa. Ficávamos acordados até tarde todas as noites para recuperar o tempo perdido e, de certo modo, o dever de casa nos ajudava. Sam estava extremamente determinada a manter sua média. Ela estava meio louca.

— Nada de oitos — ela afirmou. — Apenas dez.

— Eu aceito uns oitos — eu disse.

— Não se acomode — ela disse.

— Não estou me acomodando — respondi. — Só não estou a fim de enlouquecer.

— Eu já enlouqueci. — Ela virou a página do livro que estava estudando. — E você não está muito atrás.

— Ha-ha-ha — Eu ri. Não adiantava falar com ela. Queria que ela voltasse a comprar sapatos ou algo assim. Ela estava com as emoções à flor da pele. Mas estudar ajudava Sam a se concentrar, então acho que não fazia mal ela mergulhar nas águas da lição de casa. Pelo menos ela sabia como nadar ali. E, de certo modo, por ela estar com as emoções à flor da pele, aquilo me ajudava a *não* ir pelo mesmo caminho. Não fazia sentido algum, mas o que eu e Sam compartilhávamos... bom, tinha uma lógica própria. Meu pai estava trabalhando muito. Disse que estava com trabalho atrasado. É, atrasado... todo mundo estava atrasado.

E fazia muito frio — o que não era normal para essa época do ano. O que estava acontecendo com o clima? *No bueno.*

Fiquei olhando para Sam enquanto ela lia. Seus olhos pareciam ao mesmo tempo tristes e determinados. Meu pai estava conversando com Mima no celular. Estava com uma expressão característica. Eu tinha uma palavra para definir a expressão: *preocupado*. E fiquei imaginando que expressão eu levava no *meu* rosto. Eu não tinha uma palavra para aquele dia.

As tragédias dos outros

Sam entrou na cozinha quando eu estava tomando uma xícara de café.

— Hoje é sábado — ela disse.

— É.

— Nova fase.

— Nova fase?

— Casa de penhores.

— Casa de penhores? Você já passou por essa fase.

— É, bem, às vezes as fases voltam como bumerangues.

— Legal. A história se repetindo. Isso se chama reincidência.

— Palavra que eu te ensinei.

— Palavra que você vive.

— Cala a boca, Sally. Vou ignorar sua falta de entusiasmo. Não vou interpretar como falta de empatia por uma pessoa na minha situação.

— Sam, às vezes você é uma manipuladora sem-vergonha.

— Vai, Sally. Penhores do Dave. Na El Paso Street. É pra lá que vamos.

— Aquele com um Elvis na frente?

— Esse mesmo.

— Por que você vai voltar à fase das casas de penhores?

— Porque, como já tentei te explicar no passado, existe uma história triste por trás de todos os itens à venda nas lojas de penhores.

— Tentou me explicar? — perguntei. — Como fui esquecer? Então es-

tamos atrás de tristeza. Não, pior ainda, estamos atrás de voyeurismo? Procurando ou inventando as tragédias dos outros. Ótimo.
— Me parece perfeito.
— Você é estranha. Fantasticamente estranha.
— Sou fantástica em muitos aspectos. — Ela me lançou um sorriso falso.
— Faça minha vontade. — Então ela me mandou uma mensagem. Peguei o celular e olhei para ela. Li o texto: **Estou sofrendo. Vc ñ pode me negar nada.**
Respondi com outra mensagem: **Vc precisa de terapia.**
Ela leu a mensagem e sorriu. Depois guardou o celular.
— Não — ela respondeu. — Preciso da tragédia dos outros.

Mima

Esperei Sam se arrumar para irmos à casa de penhores. Ela sempre precisava se arrumar.

— O que foi? Vamos encontrar algum garoto revoltado com quem você vai querer trocar uma ideia? — Ela me olhou feio.

Resolvi ligar para Mima. Odiava esperar. Ouvi a voz dela.

— Oi — eu disse, como se não houvesse nada errado.

Quase deu para ver o sorriso dela.

— Estava pensando quando você ia me ligar. — Ela dizia essas coisas quando sentia saudades.

— Desculpe, Mima.

— Tudo bem.

Ficamos conversando. Contei a ela tudo o que consegui lembrar a respeito do que tinha acontecido com Sylvia e sobre Sam estar morando conosco agora, e como ela estava triste, e como eu odiava a morte e ela só ficou ouvindo. Depois disse que sentia muito, que não havia problema em ficar confuso e que eu deveria confiar em Deus. Mesmo eu não gostando dessas conversas sobre Deus, não me importava de ouvir quando era Mima quem falava. Então finalmente consegui perguntar como ela estava se sentindo, se estava bem e ela disse que estava cansada o tempo todo, e perguntei outra vez se estava com medo.

— Não, não estou com medo.

Ficamos em silêncio no telefone, e ela disse:

— Eu quero que você cuide do seu pai. — E eu quis responder "Não é ele quem tem que cuidar de mim?", mas não fiz isso. Fiquei bravo comigo mesmo: *quando você vai parar de ser tão criança?* Aí ouvi Mima dizer: — Ele está muito triste.

— Eu sei.

— Seu pai tem o coração mole.

— Eu sei.

— Sempre me preocupei com ele.

— Por quê?

— Seu pai sabe se doar. Mas às vezes precisa receber também.

— Receber o quê?

— Amor.

— Mas eu o amo.

— Eu também o amo.

— Não estou entendendo.

— Quando eu me for...

— Não quero falar sobre isso.

— Salvador, todo mundo morre. É uma coisa muito normal.

— Não parece normal. Quando a sra. Diaz morreu no acidente... não foi normal.

— As pessoas morrem em acidentes o tempo todo.

— Foi o que o meu pai falou.

— Seu pai está certo.

— Não gosto disso. Quero que a senhora viva para sempre.

— Então eu seria Deus. Não quero ser Deus. Querer ser Deus é pecado. *Ay, mi Salvador,* já falamos sobre isso. — Mima ficou muito quieta, depois disse: — Seria uma maldição viver para sempre. Vampiros vivem para sempre. Você queria ser um vampiro?

Caímos na gargalhada.

E começamos a falar de outras coisas. Coisas normais. O que eu queria dizer a ela era que não ligava para pecados ou para Deus. Queria dizer que Deus não passava de uma ideia bonita e que eu não ligava para ideias bonitas e que Ele era só uma palavra com a qual eu ainda não havia me deparado, que ainda não havia conhecido e, por causa disso, Ele não passava de um estranho. Queria dizer que *ela* era real e era muito mais linda do que uma palavra. Mas sei que ela não ia gostar do que eu tinha para dizer e não queria discutir com ela, então fiquei quieto.

— Você precisa ter fé — ela afirmou.

Queria que aquela palavra fosse minha amiga.

— Estou tentando, Mima.

— Ótimo — ela disse. — Amanhã, quando vocês vierem, fale pra Samantha que eu quero falar com ela.

— Sobre o quê?

— Só quero conversar com ela.

Isso queria dizer que ela não ia me contar. E fiquei um pouco chateado, com a sensação de que estava sendo deixado de lado.

— Eu vou falar pra ela.

Acho que ela notou que fiquei mexido.

— Ela não tem mais mãe.

— Isso é triste.

— Como você.

— Eu não lembro da minha.

— Não tem problema. Você era pequeno. Mas ela era linda, sua mãe. É difícil perder a mãe.

Pensei na carta.

— Mas eu tenho meu pai — afirmei. — Isso basta. — Não sabia ao certo se era verdade, mas queria que fosse.

— É, você tem o seu pai. Mas ele está solitário. Não sabia?

— Ele falou isso para a senhora?

— Ele não precisa falar. Sou a mãe dele. Posso ver.

Quando *eu* ia aprender a ver?

Eu e Sam (e casas de penhores)

Quando desliguei o celular, notei que Sam estava na sala. Olhei para ela.

— Estava escutando minha conversa?
— Só um pouquinho. Não gosto de te ver triste — ela disse.
— Eu também não gosto de te ver triste — repeti.
— Nós vamos conseguir — ela disse.
— Acredita mesmo nisso?
— Sim — ela afirmou.

Fé. Sam tinha fé. Ela só não havia assumido para si mesma.

Lá estava, aquele Elvis idiota com um microfone, saudando a gente em frente à Penhores do Dave. Sam tirou uma selfie com ele.

— Dê um beijo nele.
— Não.
— Vai.
— Não.
— Minha mãe morreu.
— Não comece.
— Bom, ela morreu mesmo.
— A minha também.

Ela me olhou feio. E eu olhei feio para ela. Éramos, de fato, dois seres humanos muito estranhos.

Entramos na loja de penhores. Estava repleta de lixo. Sam foi direto para a parte de joalheria.

— Veja aquele anel.

— Parece um anel de noivado.

— Exato. Aposto que ela penhorou depois de dar um pé na bunda dele. Certeza que ele estava traindo ela.

— Bem, talvez ela ainda esteja casada com o cara e eles simplesmente precisavam de dinheiro. Talvez tenham perdido o emprego. Às vezes as pessoas ficam na pior.

— Gosto mais da minha história.

— Sim, é mais trágica.

— Não, provavelmente é mais próxima da verdade.

— Você não dá muito crédito para a natureza humana, não é?

— Seu problema, Sally, é achar que todo mundo é como você, seu pai e sua Mima. Sinto informar, mas não é bem assim.

— Seu problema, Sammy, é achar que todo mundo é como os garotos problemáticos com quem você gosta de sair.

— Pra começar, não saio mais com garotos assim. E, em segundo lugar, o mundo é cheio de pessoas problemáticas. — Ela se virou e passou os olhos pela loja. — Está vendo aquilo? É um laptop. Aposto que algum viciado roubou e colocou no prego.

— Isso não é ilegal?

— Certo, digamos que ele estava na fissura...

— Fissura?

— Você sabe, louco pela próxima dose.

— Como você sabe esse tipo de coisa?

— Você precisa *mesmo* sair mais. — Ela deu um daqueles sorrisinhos sarcásticos. — Você me fez ficar com vontade de fumar.

— Péssima ideia.

— Então o tal viciado teve que penhorar seu laptop pra poder comprar outra dose. Ou isso ou ele estava devendo dinheiro para o traficante.
— Você vai mesmo ser escritora.
— Bem, o mundo está cheio de histórias tristes.
— E você vai fazer o possível para contar todas elas.
— Ninguém quer ler histórias felizes.
— Eu quero.
Os olhos dela recaíram sobre uma pulseira riviera.
— Olha todos esses diamantes.
— Por que chama "riviera"?
— Porque foram inventadas na Riviera francesa.
— Verdade?
— Estou chutando, não sei porra nenhuma. — Ela riu.
— Cara, você não para de falar palavrão de jeito nenhum.
— Minha mãe morreu.
— Pare com isso.
Ela ficou olhando fixamente para a pulseira.
— Ela tinha uma pulseira igual a essa.
— Bom, essas pulseiras são todas parecidas.
— Não são, não.
— E?
— Estou achando que aquela pulseira pode ter pertencido à minha mãe.
— Isso é loucura.
— Por quê?
— Porque sim.
— Bom, a pulseira não estava nas coisas dela.
— Tem certeza?
Ela me olhou com cara feia.
— Talvez ela tenha perdido.
— Não é difícil. Uma vez ela perdeu um par de sapatos de quatrocentos dólares.

— Ela gastou quatrocentos dólares em um par de sapatos? Que insano.

— Ela era dessas.

— Como alguém perde um par de sapatos?

— Ela saiu pra dançar com um cara. Tirou os sapatos. Largou em algum lugar. Quando voltou, surpreeesa. Não estavam mais lá.

Pensei em Mima e na história dos sapatos roubados. Sapatos. Havia muitas tragédias envolvendo eles. Fiquei sacudindo a cabeça.

— Vamos embora.

Ela olhou para a pulseira mais uma vez.

— Talvez ela tenha perdido e algum cara penhorou.

— Sério? Vamos logo embora daqui.

Na volta para casa, fiquei pensando que o mundo não era apenas louco. Era superlouco. Laptops e pulseiras de diamantes e sapatos de quatrocentos dólares. Loucura. Piração. Acho que estava pensando alto, porque Sam disse:

— Quatrocentos dólares por um par de sapatos não é algo tão absurdo.

— É muito dinheiro pra gastar com sapatos, Sammy. Sabia que quando a Mima era pequena ela só tinha um par?

— Mas isso foi na idade da pedra.

— Está chamando a Mima de dinossauro?

— Não, não, não é disso que estou falando. O mundo era diferente naquela época, só isso. Hoje, quatrocentos dólares por um par de sapatos não é nada.

— Bom, só posso dizer que eu poderia fazer muita coisa com quatrocentos paus.

— Tipo o quê?

— Sei lá. Coisas. Quero dizer... não sou muito consumista.

— Está tentando me dizer que é pão-duro? Odeio gente mesquinha.

— Não sou pão-duro. Só não ligo pra dinheiro. E acho que não gosto de gastar. Além disso, meu pai compra tudo o que preciso. Bom, algumas coisas eu mesmo preciso comprar, mas tudo bem. Tem algo errado com isso?
— Bom, eu gosto muito de gastar.
— É, o mundo inteiro sabe disso. Não é à toa que você está sempre sem dinheiro.
— É, não sou como você que esconde todo o dinheiro.
— Eu não escondo. Eu guardo.
— Você tem conta em banco?
— Tenho.
— Quanto dinheiro você tem?
— Ah, sei lá. Uns quatro ou cinco mil.
— Caraca!
— Eu disse... não gosto de gastar. Quando ganho dinheiro dos meus tios e da Mima no meu aniversário e no Natal, guardo no banco. E meu pai me dá quando eu preciso. Eu fico com uma parte e deposito o resto. E assim vou juntando. Faço isso desde que tenho uns cinco anos. Economizo.
— Nossa, você é um velho maldito.
— Para com isso. Olha, se você quiser, eu te dou.
— Não quero o seu dinheiro, Sally.
— Só estou dizendo que não ligo. Posso te dar.
— Você me daria mesmo, né? Você me daria todo esse dinheiro?
— É claro que sim.
— Você é fofo demais. — Ela se aproximou e me deu um beijo no rosto. — Pena que não faz meu tipo.
— A essa altura, seria praticamente incesto.
Ela riu.
— Eu sei. Eca! — Ela me olhou daquele jeito de novo. — Você é fofo — ela disse. — Mas...
— Mas o quê?
— Não precisa ser fofo o tempo todo.

— Que bom, porque eu não sou.
— Mas você fica se culpando.
— Você vai ser psicóloga ou escritora?
— Independente disso, espertinho, sempre vou ser sua melhor amiga.

Eu, Sam e Maggie

Eu estava dormindo com Maggie, até que ouvi Sam chorando. Seu quarto ficava bem em frente ao meu, e minha porta estava aberta. Então Sam estava sempre perto. Perto e longe. Eu não conseguia ficar lá deitado, ouvindo seus soluços abafados. Meu pai tinha me dito que seria assim. Uma constante montanha-russa de emoções. Saí da cama.

— Vem, Maggie. — Ela me seguiu, e eu abri a porta do quarto de Sam. — Vai lá. — Maggie entrou no quarto da Sam e eu fechei a porta.

Sam precisava da Maggie mais do que eu.

Decifrando caras

ACORDEI BEM CEDO. Estava muito frio lá fora, mesmo sendo fim de outubro. O clima tinha voltado mais ou menos ao normal. El Paso era assim. Fiquei surpreso ao ver Sam sentada à mesa da cozinha.

— Você está um lixo — eu disse.
— Obrigada.
— Tenho uma ideia, Sammy.
— O quê?
— Por que não começamos a correr todas as manhãs? Sabe, isso nos faria muito bem.
— Sério?
— Lembra como você era boa no futebol?
— Eu *era* boa.
— E você quase fez teste para a equipe de corrida. Só que disse que não gostava do técnico. Talvez fosse bom a gente começar a se mexer. Faz sentido.

Sam estava pensando. Eu gostava da cara que ela fazia quando pensava.

— Até que parece legal.
— Só legal?
— E por que não? Vamos correr!

Foi assim que começou o lance da corrida. Sam corria um pouco à frente. Eu achei que talvez ela estivesse chorando enquanto corria, mas talvez fosse uma coisa boa. Quero dizer... ela tinha muitos motivos para chorar.

Quando voltamos para casa naquela manhã de domingo, depois da nossa primeira corrida, sorri para ela. Sentamos nos degraus da varanda e esperamos o coração desacelerar.

— Sabe — eu disse —, você não está um lixo de verdade.

— Eu sei — ela respondeu. — Isso é impossível.

De repente, vi uma figura familiar caminhando pela calçada.

— É você, Salvador?

Observei o rosto dele por um minuto. Ele não tinha mudado muito. Agora tinha cabelos grisalhos; na última vez que o havia visto, seus cabelos eram escuros, sem nenhum sinal de envelhecimento. Mas o rosto era o mesmo.

— Marcos?

— Você lembra? Caramba, você já é praticamente um homem.

— Sou praticamente várias coisas — eu disse. Não sei por que disse aquilo. Sam estava me cutucando.

Ele riu.

— Achei que você tinha se mudado — afirmei.

— E tinha. Mas voltei faz uns meses. Estou morando a alguns quarteirões daqui, por sinal.

— Você encontrou meu pai?

— Não, não encontrei. Ainda não, mas, você sabe, eu estava fazendo uma caminhada e pensei em passar aqui para ver como ele estava.

Sam me cutucou.

— Esta é a Sam. Você lembra dela?

Ele confirmou.

— Sim, eu lembro. — Ele sorriu para Sam. — Continua bonita.

— É claro que continuo — ela disse. — E eu lembro de você também. Acho que não ia muito com a sua cara.

Ele riu muito do comentário.

— É, acho que não mesmo.

Sam estava olhando para ele.

— Você não gostava de ir ao cinema com a gente. Só lembro disso.

— Bem, nunca fui muito de cinema.

Sam não estava acreditando, dava para perceber. Mas, por algum motivo, ela resolveu ser legal.

— Bom — ela disse —, éramos apenas crianças. Devíamos ser uns pentelhos. — Ela abriu um sorriso para ele. Ela conseguia ser encantadora quando queria, isso era verdade.

Foi quando meu pai apareceu na varanda. Vi a cara dele quando olhou para Marcos.

Não entendi muito bem aquela expressão.

Não sabia se era boa ou ruim.

Nunca tinha visto aquela expressão no rosto dele antes.

Foi um daqueles momentos estranhos — sabe, um daqueles momentos em que você deseja poder sair de fininho, sem ninguém notar. Meu pai parecia genuinamente desconfortável, e ele quase nunca ficava daquele jeito. Era o tipo de cara que levava as coisas numa boa. Ele pigarreou e perguntou:

— Como você está, Marcos? Já faz um bom tempo...

— Estou bem — Marcos respondeu.

Fez-se mais um silêncio constrangedor e eu cutuquei a Sam.

— Hora de tomar banho.

— É — ela disse. — Estou fedida.

Entramos em casa e fomos direto para o meu quarto. Fechei a porta.

Sam olhou para mim.

— Você acha?

— Acho o quê?

— Não se faça de idiota. Você acha que aquele cara foi namorado do seu pai?

Acenei com a cabeça.

— Sabe que nunca pensei sobre isso. Eu tinha doze anos a última vez em que o vi. O que eu sabia aos doze? Certamente naquela época eu não entendia direito esse lance gay e o que significava realmente. E você?

— Huuum. Acho que não. Não mesmo.

Demos de ombros.

— Mas, Sammy, acho que me lembro do meu pai ter ficado realmente chateado com alguma coisa quando o Marcos foi embora. E uma vez perguntei a ele por que o Marcos não vinha mais em casa, e ele disse: "Bom, ele simplesmente se mudou". Lembro de ter perguntado para onde ele tinha se mudado, e meu pai respondeu que foi para algum lugar na Flórida. Ele só disse isso. Tive a impressão de que ele não queria falar sobre o assunto. E pensei que talvez eles tivessem brigado, sabe, como as pessoas fazem. Sei lá. Tem horas que eu não sei nada.

— Você entendeu bem. — Depois Sam fez uma pausa. — Sally, tive a impressão de que seu pai não ficou muito feliz em vê-lo.

— Bom, eu tive outra impressão.

— E...?

— Vi uma expressão no rosto do meu pai. Sei lá. Nunca tinha visto aquela cara antes. E, acredite, sou especialista em decifrar as caras dele.

— Ah, agora você é capaz de decifrar caras?

— Sim. Tem gente que lê cartas. Eu leio rostos.

— Você lê o meu?

— É claro que sim.

— Talvez eu aprimore minha expressão impassível.

— Vai me matar de rir. Você não tem essa capacidade, Sam. Você demonstra tudo o que sente nesse seu lindo rostinho. Ele é o mais fácil de decifrar de todo o planeta.

— Até parece.

— O.k., então.

Sam sorriu.

— Então seu pai estava apaixonado por ele?
— Talvez.
— Talvez?
— É um cenário plausível.
— Danem-se os cenários plausíveis. Você devia perguntar a ele.
— Que nada. Qual é o seu problema, Sammy? As pessoas têm direito a privacidade.
— Ninguém te avisou, cara? Não existe privacidade desde que inventaram o Facebook.
— Meu pai não está no Facebook.
— Mas ele tem celular, não tem?
— Sim.
— Você não está curioso?
— É claro que estou. Mas ele é meu pai. Não é da minha conta.
— Ele é seu pai, exatamente. *E é por isso que é da sua conta.*

Samantha Diaz tinha uma linha de raciocínio muito interessante. Só que ela achava que tudo na minha vida era da conta dela. E, em sua cabeça, isso incluía também os assuntos do meu pai.

Na estrada (para a casa da Mima)

Estávamos na estrada para Las Cruces para visitar a Mima. Sam estava no banco de trás, mandando mensagem para alguns amigos. Ela tinha categorias: amigos da escola, amigos do Facebook e amigos da vida real. Na verdade, ela não saía com vários amigos da vida real porque a maioria das pessoas dessa categoria eram ex-namorados, e nunca permanecia amiga de nenhum daqueles caras depois que terminavam. E, de qualquer modo, com Sam era tudo ou nada. *Você não me ama? Então vai se ferrar.*

Meu pai estava muito quieto enquanto dirigia.

Eu queria *muito* perguntar sobre o Marcos. Eles haviam sentado nos degraus dos fundos e conversado por um bom tempo. Dessa vez, eu não tinha escutado a conversa — embora quisesse. Quando Marcos saiu, ele me disse que tinha gostado de me ver. E Sam se meteu na conversa para perguntar:

— Foi bom me ver também? — Seu tom de voz estava repleto de sarcasmo. Marcos deu um sorriso amistoso.

— É claro que sim — ele respondeu. — Foi ótimo ver você também, Samantha. — Ela revirou os olhos de um jeito nada sutil.

Eu estava no banco da frente, imaginando por que Sam não gostava dele. Não que eu fosse fã do cara. Só que Sam não mentia para si mesma sobre o que sentia. E quando não ia com a cara de alguém, bom, era um inferno. Sam era assim. Eu? Às vezes eu não sabia o que achava. Talvez não quisesse.

Fiz uma tentativa:

— O que está passando na sua cabeça, pai?

— Só estava pensando.

— Em quê?

— Coisas.

Eu odiava quando ele fazia isso.

— Algo que eu deveria saber?

Ele olhou para mim e sorriu.

— Às vezes temos o direito de guardar nossos pensamentos para nós mesmos.

— Você disse que não devíamos ter segredos.

— Eu disse isso?

— Disse.

— Foi idiotice minha.

Acho que ele encerrou a conversa.

Depois disse:

— No que *você* está pensando?

Decidi abrir o jogo:

— Bom, eu estava pensando sobre como a Sam não parece gostar muito do Marcos.

Meu pai riu.

— Ele não era muito bom com crianças.

— Para dizer o mínimo, sr. V — Sam disse. — Tenho boa memória.

— Vou traduzir isso pra você, pai — eu disse. — A Sam gosta de guardar rancor.

— Só até a pessoa se desculpar — ela disse.

— Pelo que ele precisa se desculpar, Sammy? Nós tínhamos doze anos a última vez em que o vimos. Ele não nos tratava mal.

— Ele não quis brincar de pega-pega comigo.

Meu pai e eu começamos a rir.

— Podem rir.

Meu pai não chegou a coçar a cabeça, mas estava com aquela expressão confusa no rosto.

— Você lembra disso, Sam?
— Eu lembro de muitas coisas, sr. V.
— Bom, todos lembramos — meu pai disse.
— Tudo bem se eu não gostar dele, sr. V?
— Você pode desgostar de quem quiser, Sam.
— Ah — ela respondeu. — Se você gosta dele, posso gostar por você.
— Huuum. Depois falamos sobre isso.

Sam e eu estávamos trocando olhares de cumplicidade, sem precisar de contato visual. Logo depois, pegamos a saída para a casa da Mima. Meu pai olhou para mim.

— Nada de mensagens de texto.
— Ouviu, Sam? — perguntei.

Palavra do dia: tortilhas

Mima estava sentada na entrada da casa, conversando com a tia Evie quando chegamos. Ela parecia um pouco cansada, mas estava toda arrumada, maquiada e com os brincos de sempre. Ganhei meu abraço e beijo e ouvi muitos "Que saudades!". Quando Mima viu Samantha, apenas a abraçou.

— *Que muchacha tan bonita* — ela disse. — Você já é uma mulher. *Que guapa!* Ah, fazia tanto tempo que não te via. — E depois fez uma brincadeira, porque Mima adorava brincar. — Ainda tem a boca suja?

Sam ficou vermelha.

— Tem, Mima — respondi.

Mima deu um beijo no rosto de Sam, e me dei conta de como minha avó parecia frágil e pequena.

Nos divertimos naquele dia. Meus tios, tias e dois primos apareceram. Meus primos eram mais velhos que eu, e eram legais — apesar de me tratarem como criança. Assistimos ao jogo dos Dallas Cowboys, e os xingamentos rolaram soltos. O time ia de mal a pior.

Mima entrou na sala em determinado momento e fez um sinal com o dedo para Sam. Eu vi as duas desaparecerem no corredor, e fiquei me perguntando por que não tinha sido incluído na conversa — mas simplesmente tive que me conformar. Além disso, sabia que Sam me contaria. Ou não. Ou talvez contasse apenas algumas partes. Por que eu era assim? Por que eu tinha esse medo de ser excluído?

Fui para fora e sentei na varanda da frente. Meu tio Mickey estava fumando um cigarro e falando com alguém no celular. Ele piscou para mim. Ele gostava de piscar. Eu achava legal. Fito diria que meu tio era descolado. Para Fito, alguns caras eram descolados. Não sei de onde ele tirava isso.

Fiquei olhando as tatuagens do tio Mickey. Acho que havia dois tipos de pessoa no mundo: pessoas que gostavam de tatuagem e pessoas que não gostavam. Eu já sabia em que categoria me enquadrava.

— Então — meu tio perguntou —, ela agora é sua namorada?

— Não. Seria estranho demais.

— É, acho que sim. Eu lembro dela desde que vocês eram pequenos. Ela gostava muito de gritar.

— Ainda gosta — afirmei.

Nós rimos.

— Ela está morando com a gente agora, sabia? A mãe dela morreu.

— É, fiquei sabendo. Coitada. Que droga!

— É, uma droga.

Ele pôs a mão no bolso e pegou a carteira. Tirou uma nota de cinquenta dólares.

— Aqui está, entregue a ela por mim.

Assenti. Eu sabia que o tio Mickey era terrível com palavras. Mas ele se importava e demonstrava do único modo que sabia. Eu sorri.

— Você é uma boa pessoa — eu disse.

— Pra um cara ferrado, até que dou pro gasto.

Tio Mickey. Ele estava sempre se depreciando. Eu me perguntava o porquê. Mas logo pensei: "Bom, eu entendo. Entendo demais".

Entrei na cozinha e não acreditei no que estava vendo: Sam abrindo massa de tortilha enquanto Mima observava. Sam estava choramingando:

— A minha não está redonda, Mima.

— Você precisa ter paciência, Samantha. Elas não saem perfeitas na primeira vez.

Eu adorava o jeito da Mima pronunciar o nome dela. *Samantha*, como se fosse um nome mexicano.

— Mima, Sam não é paciente.

— Isso não é verdade.

— É, sim.

— Você também não é paciente, Sally.

Mima sorriu e balançou a cabeça.

— Paciência é um dom que exige esforço. — Ela olhou para mim. — A Samantha vai aprender, se quiser.

Abri um sorriso torto para Sam.

— Estou impressionado. Achei que você não sabia nem o que era um rolo de massa.

— Mima, diga pra ele parar de ser chato comigo.

Eu tinha que dar o braço a torcer. Sam sabia se virar. Mas eu estava me divertindo com sua primeira tentativa de tarefa doméstica. Ela olhou com repulsa para a tortilha de trigo horrorosa que tinha acabado de abrir.

— Parece mais um mapa da América do Sul do que uma tortilha.

— Não — eu disse. — Parece mais a África.

— Austrália — ela afirmou. — Sem sombra de dúvida.

A Mima balançou a cabeça.

— Está ótima. É a primeira vez que você faz. — Ela piscou para mim. — Não ria da Samantha.

Na verdade, achei ótimo Sam estar se esforçando. Ela não era muito de agradar outras pessoas. Não fazia seu estilo. Ela estava mudando. Mudando de verdade.

Olhei para elas.

— Tudo bem se eu ficar e assistir à aula?

Sam deu uma risadinha.

— Por que não?

Ficamos na cozinha: Sam tentando aprender a abrir tortilhas e Mima contando histórias sobre como eram as coisas quando ela era pequena e como o mundo havia mudado. Ela pareceu um pouco triste.

Sam, tia Evie e eu a ajudamos a cozinhar. Mima normalmente não gostava de ninguém em sua cozinha, mas eu achava que ela estava começando a desapegar. Quando se está morrendo, é preciso desapegar das coisas que se ama. E Mima amava sua cozinha, então, sim, o lance do desapego estava começando a acontecer. Quanto a mim, não pretendia desapegar de nada por enquanto. Não estava pronto. Simplesmente não estava pronto.

Ralei o queijo para as enchiladas. Mima ensinou a Sam a fazer molho vermelho e tia Evie fritou as tortilhas de milho. Sem tortilhas fritas, as enchiladas não ficam boas. Alguns restaurantes não entendem isso. Na nossa família, fritar a tortilha de milho era uma regra. Ninguém tinha permissão para quebrá-la.

Sabe, foi lindo estar naquela cozinha naquele momento. Acho que existem momentos de beleza silenciosa na minha vida. Meu pai tinha me dito isso uma vez. Na época, não fazia ideia do que ele estava tentando dizer.

Sorri para o tio Mickey, que olhava fixamente para o prato de enchiladas.

— É assim que eu gosto. — Ele adorava dizer isso. Mima sempre o servia primeiro. Não sei por quê.

Ao observar a Mima servindo todo mundo naquela tarde de domingo, fiquei imaginando quantas refeições ainda restavam para ela.

Sam. Eu. O futuro.

No CAMINHO PARA CASA, meu pai perguntou para mim e para Sam como estavam as inscrições para a faculdade. Sam disse que já tinha toda a documentação, mas ainda precisava terminar de preencher alguns formulários.

— Sua tia e eu vamos olhar os formulários da parte financeira o mais rápido possível — ele disse.

— Obrigada, sr. V.

— Você já escreveu a redação?

— Vou cuidar disso — Sam afirmou.

— Sei que as coisas estão uma loucura — meu pai comentou. — Mas isso é importante. E você, Salvie? Como está a redação?

— Está saindo — afirmei.

— Está mesmo?

— O.k., não está. — Eu não estava com cabeça para pensar em faculdade. Simplesmente não estava a fim.

Sam abriu a mochila e tirou a lista de faculdades em que queria se inscrever.

— Você leva isso para todo lado? — perguntei.

— Sim, Sally. Pra dar sorte.

Ela me entregou.

— Leia a minha lista — ela pediu.

— Por quê?

— Quero ouvir. Quero ouvir o som do futuro.
— Sua doida — eu disse.
— Faça a minha vontade. Ainda estou de luto.
— Você vai fazer essa chantagem de novo?
— Vou.

Dava para perceber que meu pai estava se divertindo muito com a nossa conversa. Sam literalmente enfiou a lista na minha cara. Peguei o papel.

— Você quer que eu leia como se fosse um poema?

Ela cruzou os braços.

Olhei para a lista e disse:

— Beleza. Lá vai. — Fiz uma voz formal. — Número um: Universidade Stanford. É uma bela faculdade. Número dois: Universidade Brown. Uuuh. Brown. Rhode Island, lá vou eu.

— Dispenso os comentários, seu palhaço. Só leia a lista.

— Você não tem senso de humor — eu disse. Ela me olhou feio. — Certo, certo. Número três: Georgetown. Número quatro: Berkeley, Califórnia. Número cinco: Santa Bárbara. Número seis: Universidade do Texas. Ei, temos uma em comum.

— Se você for estudar lá, estou fora!

— Que seja, Sammy. Huuum. Certo, vamos continuar. Número sete: Boston College. Número oito: Universidade de Notre Dame, porque você é supercatólica!

— Quieto! Sr. V, pede pra ele calar a boca?

Meu pai estava morrendo de rir.

— Você está indo bem sozinha, Sam.

— Chegando no nono lugar: Universidade de Miami. E completando o "top dez", Universidade Cornell, de onde a Sam vai mandar mensagem a cada dez minutos reclamando do inverno.

— Você detonou a minha lista.

Abri um sorriso bem amarelo.

— Mas, falando sério, Sam, você vai entrar em todas elas.

— É, bem, não sei quanto ao dinheiro.

— Você tem dinheiro, Sam — meu pai afirmou.

— Bom, é uma droga ter o dinheiro só porque minha mãe tinha um bom seguro de vida. — Ela estava se esforçando para conter as lágrimas.

— Eu sei — respondi. — Está tudo bem.

— É, Sally, numa hora está tudo bem. E de repente estou desabando. Você sabe. Sylvia e eu brigamos o verão inteiro por causa dessa lista.

— É, eu sei.

Meu pai não se meteu na conversa.

Listas = futuro?

Fiz outra lista. Uma lista das dúvidas que eu tinha na cabeça. Mas ela não estava numerada, e todas as dúvidas estavam se atropelando: o Marcos voltaria a frequentar nossa casa? Se ele era namorado do meu pai, por que tinha ido embora? Por que meu pai não namorava? Era culpa minha? Por que algumas pessoas são gays? Por que as pessoas odeiam os gays? O quanto vou sofrer quando a Mima morrer? Quem inventou as faculdades? Por que eu não sabia o que queria ser? Por que eu não sabia cantar? Por que eu não sabia desenhar? Por que eu não sabia dançar? Que raios eu sabia fazer?

Talvez eu pudesse transformar minha lista de dúvidas na redação de admissão da faculdade.

Acho que eu sou o cara inteligente mais burro que já existiu.

Marcos?

Era Halloween. O feriado preferido da Sam. Saíamos juntos para pedir "gostosuras ou travessuras" desde que tínhamos cinco anos de idade. E o fato de estarmos no último ano do ensino médio não nos impediria de continuar com a tradição.

A princípio, Sam não gostou da ideia de Fito ir junto.

— Ele precisa mesmo ir?

Eu respondi:

— Sim. Eu fiz ele tirar a noite de folga do trabalho. Dê uma chance para o cara. A vida dele é uma droga.

— A vida de todo mundo é uma droga.

— A minha não é. Nem a sua.

— A minha é, sim.

— Não é, não. Sua mãe morreu. Isso é uma droga. É sofrido. Eu entendo. Mas sua vida? Sua vida não é uma droga, Sammy.

— Tanto faz.

— Fito mora no lugar mais barra pesada da cidade.

— Até parece.

— É bem capaz que seja.

— Quantas vezes você foi lá pra saber?

— Uma. Foi suficiente.

Ela revirou os olhos.

— Não fale como se você realmente soubesse como é aquele lugar.

— O.k., o.k. Mas você entendeu o que eu quis dizer. O Fito tenta sobreviver. Viver assim é uma droga. — Depois abri um sorriso amarelo, o que sempre fazia quando ela estava em desvantagem. — E ele foi ao funeral da sua mãe. Foi gentil da parte dele. Você mesma disse.

— Mas o Halloween sempre foi uma coisa só nossa.

— Eu entendo, Sam. É nossa tradição. Mas o Fito só... você sabe.

— Sim, eu sei. Tudo bem. Estou agindo como uma idiota. Ele pode ir.

— E você gosta dele.

— É, acho que eu gosto dele.

Então todos saímos para pedir doces. Sam foi vestida de Lady Gaga. É claro que foi. Eu fui de jogador de beisebol. Sammy revirou os olhos.

— Que tééééééédio.

Fito foi de vampiro executivo: gravata, blazer, capa preta e dentes de vampiro. Sam ficou impressionada.

Já estávamos meio velhos para pedir doces — mas não demos bola para isso. Bobos. Na verdade, era divertido — e precisávamos nos divertir. E nos divertimos. Uma moça estava entregando maçãs do amor. Sam recusou.

— Deve ter lâminas de barbear aí dentro.

Fito deu de ombros e devorou a dele, depois sorriu para Sam.

— Viu? Nada de lâminas.

— Você mastiga a comida? Ela não vai sair correndo, sabia?

— E você é a sra. Boas Maneiras? Sabe, Sam, às vezes você é uma garota superfofa, e outras, cacete, você é muito grosseira. Gros-sei-ra.

— Se você fosse menina, ia se comportar como eu.

— Se eu fosse menina, certamente não sairia com os caras que você sai.

Eu ri. Sam não.

— Ah, então você gosta de garotos legais, não é?

— Sim, eu gosto de garotos legais. Gosto de garotos que sabem ler e não são grosseiros comigo. Já tenho toda a grosseria de que preciso em casa.

Sam olhou para ele. Eu sabia que ela estava pensando. Aquela menina estava sempre pensando.
— Você tem namorado?
— Não.
— Você e o Angel não estão juntos o tempo todo?
— Angel é passado.
— Ele é uma graça.
— É, mas dá muito trabalho.
— Exemplos, por favor.
Fito apenas olhou para Sam.
— Eu não faço lição de casa para ninguém.
— Ele queria que você fizesse a lição dele?
— Sim.
— Que se dane ele.
— Foi o que eu disse.
— Garotos são idiotas.
Fito riu.
— É, são mesmo.
E eu disse:
— Eu não sou.
Fito e Sam olharam um para o outro e disseram:
— É, sim.
Caímos na gargalhada. Às vezes rir não tem nada a ver com fingir que você não está com medo do escuro.

Enquanto caminhávamos pelas ruas, batendo nas portas para pedir doces dos quais não precisávamos, Sam começou a tirar muitas fotos das crianças pequenas.
— Fofas — ela afirmou.
— Está vendo? — eu disse. — Você vai ser uma ótima mãe.

— Talvez.

Mas ela estava mais interessada em olhar para os caras que estavam por ali. Às vezes ela olhava para mim e apontava com a cabeça.

— Aquele é encrenqueiro.

— Continue andando — eu dizia.

— É — Fito dizia —, continue andando.

Sam era Sam. Sim.

Então um desses caras com tatuagens parou na nossa frente e disse para ela:

— Você é gata, putinha.

E eu perguntei:

— O que você falou?

— Você escutou.

E, do nada, acertei um soco nele. Ele caiu para trás, mas meu golpe não o deteve. Ele cerrou os punhos e veio para cima de mim.

— Vou acabar com a sua raça, seu otário — ele vociferou.

Mas Sam se intrometeu e disse:

— Ei! Ei! Parem! Parem!

O cara olhou para Sam, que continuou:

— Por favor. Foi sem querer.

Ele se acalmou e foi embora. Mas ameaçou:

— É melhor eu não te encontrar por aí sozinho, imbecil.

Sam olhou para mim e perguntou:

— Sally, o que foi? O que está acontecendo com você?

E eu respondi:

— Sei lá. Ele não tinha o direito de te chamar daquilo. — Sentei na calçada. — Sinto muito sinto muito sinto muito.

Senti o braço de Sam no meu ombro.

— Sally, muita gente acha que eu sou uma vadia. E daí? São apenas garotos idiotas. Quem liga?

Fiquei ali sentado, tremendo.

— O que foi, Sally? O que foi?

★

    Eu me acalmei e disse para Sam e Fito que tinha ficado nervoso com tanta coisa acontecendo, mas que tudo estava bem. Voltamos a pedir doces e tiramos um monte de selfies e continuamos nos divertindo. Quando voltamos para casa, meu pai estava sentado na varanda, dando doces para algumas crianças.

    Havia um homem ao lado dele.

    Quando chegamos na calçada, deu para ver o rosto do homem.

    Marcos.

Parte quatro

*Talvez a vida fosse assim. Ir e voltar,
depois acordar todas as manhãs
e ir e voltar um pouco mais.*

Meu pai. Coisas que nunca dizemos. Eu.

Apesar de meu pai e eu nos darmos muito bem — e apesar de conversarmos e de não termos muitos segredos —, ainda havia coisas das quais nunca falávamos. Conversar nem sempre era fácil — mesmo para quem conversa muito. Mas resolvi falar com ele, porque estava com muitas dúvidas na cabeça. E decidi que colocaria uma placa de "Proibido enrolação" no meu cérebro.

Sam havia passado a noite com sua tia. Elas também deviam ter coisas para conversar.

Era uma tarde agradável de sábado. Maggie rolava pela grama no quintal.

Meu pai estava sentado nos degraus, fumando um cigarro.

Sentei ao lado dele e perguntei:

— Posso dar uma tragada?

Nós dois caímos na gargalhada.

— Não quero que fume nunca. Nunca mesmo.

— Não se preocupe, pai. Não gosto dessas coisas.

— Eu também não.

— Então por que você fuma?

— Ah, o cigarro me faz companhia às vezes. Não é uma relação complicada.

— É, você fuma e eles te dão câncer.

— E enfisema.

— E doenças cardíacas.
— Vamos passar pela lista inteira?
— Não. Não quero falar de cigarro, na verdade.
— No que está pensando? — ele perguntou.
— Posso fazer uma pergunta?
— Manda ver.
— Por que você nunca teve um namorado?
— Eu *tive* namorados. Vários.
— Antes ou depois de mim?
— Ambos.
— É, mas não nos últimos tempos.
— Bom, ando meio ocupado nos últimos tempos.
— Isso é meio ridículo, pai.
— Ridículo? Eu? Essa casa também não vive cheia de namoradas suas.
— Não é o momento certo pra mim.
— Talvez também não seja pra mim.
— Por que nunca conversa comigo sobre alguns assuntos?
— Está falando da minha vida amorosa? Bom, em primeiro lugar, você é meu filho. Na minha opinião, pais não devem conversar com os filhos sobre sua vida amorosa.
— Mas, pai, você não tem vida amorosa.
— Isso está parecendo uma acusação.
— É uma acusação.
— Qual o motivo disso, Salvie?
— Sabe o que eu acho? Acho que você não sai com ninguém por minha causa. Acho que é minha culpa você não ter uma vida normal.
— Eu sou gay, Salvie. Nunca tive uma vida normal.
— Você sabe o que quero dizer, pai. Sabe exatamente.
— O que quer que eu diga? — Ele apagou o cigarro. Pegou minha mão e apertou.
— Pai — sussurrei —, o Marcos era seu namorado?

Ele confirmou.

— Era.

— O que aconteceu?

Meu pai olhava para o céu. Então respondeu:

— Ele disse que não conseguiria lidar com o fato de virar padrasto.

— Então você me escolheu.

— É claro que sim.

— Então é minha culpa.

Meu pai olhou nos meus olhos. Beijou minha testa. Soltou minha mão e pôs um cigarro na boca, mas não acendeu.

— Não seja bobo, Salvador. Você nunca foi muito bom em ligar os pontos. Olha, se o Marcos não conseguia lidar com o fato de eu ser pai... Bom, isso era problema dele. Não minha culpa. Nem sua. Era ele. Somos uma coisa só, você e eu. Não posso ficar com alguém que não aceite isso.

Concordei.

Ele acendeu o cigarro.

— Você amava o Marcos?

— Sim.

— Ainda ama?

— Sim.

— Talvez seja por isso que a Mima disse que você parecia solitário.

— Ela disse isso?

— Disse. Você nunca deixou de amar o Marcos?

— Acho que não. Acho que um cara como eu simplesmente não sabe como deixar de amar alguém.

Dava para perceber que ele queria chorar. Mas não chorou.

— Fito disse que o problema de ser gay era ter que sair com caras.

Meu pai riu.

— O Fito é engraçado. Não sabia que ele é gay.

— Nem eu. Mas agora sei.

— Ele não tem problemas com isso?

— É, acho que não. A família dele que é uma droga. Ele meio que sempre teve que se virar sozinho.

— Isso é difícil.

Foi bom conversar com meu pai. Encostei a cabeça no ombro dele.

— Pai — sussurrei —, você deveria deixar as outras pessoas cuidarem de você de vez em quando.

— Acho que não sei fazer isso.

— Bom, você pode aprender, não?

— É, talvez eu possa. Talvez você possa me ajudar.

E eu queria aprender também, aprender a cuidar do meu pai quando ele precisasse. Mas não sabia como.

Eu. Segredos.

CERTO, ENTÃO NÃO CONTEI PARA O MEU PAI que tinha começado a andar por aí batendo nos caras que me irritavam. E também não contei que tinha essa fantasia de arrebentar a cara do Eddie. Nem que continuava imaginando como seria ficar bêbado. E que sequer sabia de onde tinha vindo essa ideia. Também não contei para ele que havia essa raiva estranha dentro de mim. E que fiquei meio bravo por ele ter me dado a carta da minha mãe e que achei que ele devia ter esperado. Também não disse que estava bravo com a minha mãe por ter me deixado uma carta, para começar. E não contei para o meu pai que me sentia culpado pelo fato de odiar a Sylvia e não saber lidar com isso porque ela estava morta.

E não contei para o meu pai que talvez eu não estivesse tão seguro sobre ele ficar com o Marcos, porque apesar de achar que, *em teoria*, meu pai devia namorar, não sabia se queria que fosse com o tal do Marcos. Quando perguntei a ele se ainda o amava e ele respondeu que sim, eu não tinha certeza de que havia gostado da resposta.

Por fim, não contei que andava pensando sobre o meu pai biológico. Estava imaginando se me parecia com ele, se agia como ele, e começando a achar que talvez devesse pelo menos conhecê-lo.

Sam conheceu o pai *dela*.

Fito conheceu o pai *dele*.

E lá estava eu.

Como poderia contar para o meu pai todas essas coisas que estavam se tornando segredos?

Marcos? Hum.

Mandei uma mensagem para Sam: **Perguntei para o meu pai sobre o Marcos.**
  Sam: Uau! Conta tudo
  Eu: Qdo vc voltar
  Sam: Logo tô de volta. Lina e eu fizemos faxina. Vejo vc em 10 min.
  Eu: Palavra do dia = sacrifício
  Sam: Tipo sacrifício humano?
  Eu: Errado!
  Sam: Use em uma frase
  Eu: Meu pai sabe o significado da palavra sacrifício
  Sam: Certo

Quando Sam chegou em casa, contei para ela a conversa que tive com meu pai. Ela ouviu, fez perguntas. Ela adorava fazer perguntas. E é claro que tinha coisas a dizer sobre a situação.

— Aquele merda do Marcos magoou o seu pai. Sabia que tinha um motivo pra odiar aquele cara.

— Ele não fez nada pra você, Sam. Não é seu papel odiar o cara.

— Isso é besteira.

— Não, não é. Meu pai não o odeia. E se meu pai não o odeia, eu também não vou odiá-lo. — Meu Deus, como eu podia ser hipócrita.

Sam olhou para mim.

— Sabe, você e seu pai não são normais. Às vezes não ser normal é *no bueno*. Por que vocês dois andam por aí sendo tão legais? Quer dizer, isso não é *normal*. — Ela não parava de balançar a cabeça. — E não é justo o Marcos se safar do fato de ser um merda.

— O que sabemos sobre o Marcos, Sammy?

— Sabemos que ele é um verme que voltou rastejando para a superfície depois que a chuva parou.

Sam sempre era boa em provocar umas risadas.

— Não ria. Isso não foi uma piada.

— Talvez ele tenha percebido que estava errado.

— Sally, você sempre tem que interpretar a realidade com a ingenuidade de uma criança de dez anos? Sério mesmo?

— Sammy, eu não sei nada sobre a realidade. E não sou uma criança de dez anos.

— Então o Marcos vai ficar por aqui, empesteando o ambiente?

Não sei por quê, mas ri de novo.

Sam continuou gritando comigo, o que só me fez rir mais alto.

Mas, na verdade, eu me sentia igual a ela. A diferença é que ela estava sendo sincera.

Bolo

ERA NOITE DE SÁBADO E EU ESTAVA NO MEU QUARTO, pensando de novo sobre o lance da faculdade e sobre o fato de que eu não queria mesmo ir. Quer dizer, eu *queria* ir, mas só depois de tirar um ano sabático. Sabe, para me encontrar. Na real, isso era bem besta. Mas era a verdade. Existe esse negócio de estar meio perdido? Quer dizer, se você está perdido, então está perdido mesmo. Eu não sabia de nada. Estava fazendo as coisas por inércia. Talvez muita gente só fizesse as coisas por inércia. Talvez isso funcionasse para muita gente. Mas eu sabia que esse negócio de fazer-por-inércia não daria certo para mim. *No bueno.*

Sam estava no quarto dela trabalhando em sua redação de admissão. Eu não precisava nem imaginar o que ela ia dizer porque sabia que ela ia me obrigar a ler. E ia querer ler a minha. E eu não tinha redação nenhuma para ser lida. O que eu deveria dizer? *Me aceitem. Não vão se arrepender. Sou a melhor coisa desde a invenção do celular?* Temos que falar sobre nós mesmos. Sei. *Olá, todos me chamam de sr. Empolgação. E sou muito bom de briga.*

Sam mandou uma mensagem: Tenho 1 boa ideia para a minha redação. E vc?

Eu: Sem ideias. Ñ sou bom em me promover
Sam: Eu te ajudo
Eu: Sou inútil
Sam: É nada. Nunca diga isso

Eu: Achei q estivesse brava comigo
Sam: Não. Devíamos fazer um bolo
Eu: Q?
Sam: Vc sabe, um bolo
Eu: Sabe fazer?
Sam: Ñ. Mas vc sabe
Eu: Onde está o nós?
Sam: Me ensina. Podemos levar para a Mima amanhã
Eu: Boa ideia
Sam: E podemos levar flores
Eu: A Sam cruel foi embora?
Sam: Não se preocupe. Ela vai voltar

Eu. Sábado à noite. Sam.

Estávamos na cozinha, e eu ensinava Sam a fazer bolo de chocolate.

— Por que não fazemos com aquelas misturas de bolo instantâneas? — ela perguntou.

— Estou impressionado. Você conhece bolo instantâneo.

— Vá em frente. Pode me zoar.

Olhamos um para o outro. É, o negócio entre a gente era sempre com olhares.

— Olha, Sammy, temos todos os ingredientes. Não é tão difícil assim.

Ela me observava adicionar os ingredientes secos enquanto lia em voz alta a lista do livro de receitas.

— Quer saber o que cada um dos ingredientes faz? — perguntei.

— Está mesmo perguntando isso?

— Como vai aprender a cozinhar se não sabe o papel de cada ingrediente na receita?

— A ciência do bolo de chocolate? Não estou interessada.

— Agora quem está zoando quem?

Ela observava enquanto eu quebrava dois ovos e batia.

— Não parece tão difícil. Mesmo assim, o instantâneo é mais fácil.

— Não queremos facilidade. Queremos sabor.

— Tanto faz.

— Foi ideia sua — eu disse. — Você falou que queria aprender.

— Eu menti.

— Percebi.

Quando o bolo estava no forno, Sam observava enquanto eu preparava a cobertura.

— Você não é igual à maioria dos caras.

— Hum, obrigado. Eu acho.

— O que faz você pensar que foi um elogio?

— Não quero ser igual à maioria dos caras. Então *foi* um elogio.

Maggie sentou ali e ficou vendo nosso vôlei verbal. Sempre me perguntei o que aquela cachorra estava pensando. Nada complicado, provavelmente.

Meu pai voltou do quintal, onde trabalhava em uma pintura.

— Qual é a do bolo?

— Estamos fazendo para a Mima.

— Que gentileza.

Sam sorriu.

— É, somos jovens muito gentis. — Ela não conseguia deixar de fora aquela colher pequena de chá de sarcasmo: parte de sua receita para viver.

Meu pai sorriu.

— Vou tomar banho. Vou sair agora à noite.

Sam não conseguiu se controlar.

— Sair com alguém que conhecemos?

— Só um filme com um velho amigo.

Não ficamos surpresos quando a campainha tocou e era o Marcos. Nunca tinha notado o quanto ele era bonito. Ainda assim, não tão bonito quanto meu pai. E era mais baixo. Fiquei imaginando se a maioria dos garotos prestava atenção nos pais e na aparência deles. Talvez sim. Talvez não. Eu não tinha exatamente feito uma pesquisa a esse respeito.

Meu pai pareceu um pouco constrangido com a situação.

E Sammy não ajudou nem um pouquinho.

— Mande mensagem se for voltar tarde.
Marcos apenas deu de ombros e sorriu para ela.
Meu pai saiu o mais rápido que pôde.

— Não me importa se ele é bonitinho. Se magoar seu pai, mato o cara.
— Vamos começar com isso de novo?
— Como você não se importa?
— Eu me *importo*. Aprendi uma coisa sobre o meu pai hoje. Uma coisa muito bonita. Sabe o jogo do "E se"? Bom, Sam, e se meu pai não tivesse me adotado?
— Não sei, Sally. Não tenho resposta para essa.
— Não — eu disse. — Não, não, não.
— Já chega desses *nãos*. *Basta*.
— Não sei o que teria acontecido comigo se meu pai não tivesse me adotado, mas *sei* que eu não teria essa vida. E é a única vida que conheço. Não teria a Mima, que é a melhor avó na porra do mundo todo...
— Você acabou de falar um palavrão?
— O sarcasmo cai bem em você, sabia disso?
— Não consegui evitar.
— Eu sei. Eu sei. Mas, Sammy, se não fosse pelo meu pai, eu não ia conhecer você. Você não seria minha melhor amiga. Não estaria morando aqui. Sabe, uma vez perguntei para o meu pai se ele acreditava em Deus. Sabe o que ele respondeu?
— Conte.
— "Toda vez que olho nos seus olhos azuis. Toda vez que ouço você gargalhar. Todos os dias, quando ouço sua voz, agradeço a Deus por você. Sim, Salvador, eu acredito em Deus."
Sam se inclinou e me deu um beijo no rosto.
— Você é o garoto mais sortudo do mundo.
Eu concordei.

— Pode apostar. — É, eu *era* o garoto mais sortudo do mundo. Mas ainda era só um garoto. Merda.

Sam e eu estávamos sentados na cozinha admirando o bolo de chocolate que havíamos feito.

— Quem diria? — Sam disse. — Cobertura de chocolate e cream cheese.
— Ela estava feliz mesmo. — Quem diria que ensinar uma garota a assar um bolo poderia deixá-la feliz?
— A garota aprendeu?
— Tomei notas. — Ela apontou para a cabeça. — Aqui. E está bonito mesmo.
— Tudo depende da estética.
— Você ama essa palavra.
— Meu pai é artista.

Naquele instante, sei lá por quê, tive a ideia não-tão-legal de tomar uma taça de vinho. Então sentamos à mesa da cozinha e abrimos uma garrafa de tinto. Servi uma taça para cada um. Brindamos ao nosso bolo.

Juro que não sei o que deu em nós. Logo estávamos tomando a segunda taça.

— Acha que seu pai vai ficar bravo?
— Huuum — eu disse. — Não a ponto de matar a gente.

Nós dois demos de ombros e continuamos bebendo. O negócio é que eu não queria parar. Queria saber como era ficar bêbado. Quer me explicar isso com lógica? Bom, onde estava a lógica do amor? Onde estava a lógica de morrer em acidentes? Onde estava a lógica do câncer? Onde estava a lógica da vida? Eu estava começando a acreditar que o coração humano tinha uma lógica inexplicável. Mas também estava começando a ficar bêbado, então não confiava em nada do que estava pensando.

Quando abri a segunda garrafa, Sam e eu olhamos um para o outro com espanto.

— Você sabia que eu costumava pensar que toda pessoa era como um livro? — eu disse.

Sam riu.

— Cara, você não para *mesmo* de falar quando bebe.

— Posso ficar quieto.

Servi mais uma taça de vinho.

— Não! Não! Pode falar. Você *sabe* que sou eu quem fica com a maior parte do falatório nessa pequena sociedade de admiração mútua que temos.

— É, acho que sim.

— Você *sabe* o que isso significa, não?

— Significa que você gosta mais de falar do que eu.

— Você é um idiota. Significa que você me conhece melhor do que eu conheço você.

— Você me conhece.

Sam olhou para mim. Não ia discutir com ela. Não porque eu não ganharia a discussão, mas porque sabia que ela estava certa.

— Vou me esforçar para melhorar.

Ela sorriu.

— Então todo mundo é como um livro, né?

— É, eu costumava achar isso. Mas é bobagem. Pessoas não são como livros; não têm nada a ver com livros. Livros fazem sentido. Pessoas, não. Sabe, como a vida. Todas essas coisas acontecem e elas não estão conectadas. Quero dizer... estão e não estão, e não significa que a minha vida ou a sua... não é como se a nossa vida tivesse um enredo, entende? Não é assim. Quer dizer, como dizem algumas pessoas, nascemos, vivemos e depois morremos. Beleza, então que porra é essa? Isso não diz nada, diz?

Sam estava olhando para mim.

— Você está me analisando, Sammy. É meio assustador.

— Você é engraçado — ela disse. — Isso é exatamente como eu imaginava que você ficaria bêbado.

— Previsível assim, é? — Virei o resto do meu vinho.

— Bom, você é um pouco previsível. Mas ultimamente, não tanto quanto costumava ser. Eu não entendo esse negócio de porrada que está rolando com você. Não sei de onde vem isso. Você não é louco nem violento. Mas às vezes *fica* louco e violento. Essa é a melhor coisa em você, Sally. Você é você. É como se às vezes fosse o bom e velho Sally e, de repente, entrasse nesse modo pensativo, não quisesse conversar e estivesse com raiva do mundo. Eu entendo isso. Tenho muita raiva do mundo. Mas você não era assim. E agora, não sei mais.

— Também não sei, Sam. Só estou confuso. E tudo parece complicado. A Mima está doente. E tenho essa lembrança da minha mãe, uma carta que não quero ler, e isso me assombra e me confunde porque quero que tudo fique do jeito que era, e não dá para ser mais daquele jeito, e sua mãe morreu e isso é muito estranho, e não sei como você lida com isso, e é esquisito as mães de nós dois terem morrido, só que você se lembra da sua e eu não me lembro da minha, e eu não sei que raios estou tentando dizer.

— Então estamos os dois com raiva do mundo. Está tudo bem.

— É, Sam?

— É assim que é agora.

— Não gosto disso.

— Está tudo bem, Sally.

— Não me sinto bem. Sinto vontade de socar o mundo.

— Eu também. Só que você está levando isso muito literalmente, o que não é tão legal.

— De onde vem isso?

— Vai ter que descobrir sozinho.

— Como?

— Vai achar um jeito.

— Vou?

— Sim.

— Você tem tanta certeza.

— Eu te conheço. Vai achar um jeito.

— E você ainda me ama, apesar de eu não ser o cara certinho que você pensava? O cara que queria que eu fosse?

— Nunca quis que fosse nada, Sally. Sempre quis que você fosse você mesmo.

— Mas eu não sei quem eu sou.

— Sim, você sabe. Lá no fundo, você sabe. Se esforce e o encontre, Sally.

— Dói.

— E daí?

— Não sou corajoso como você, Sammy.

— Talvez seja mais corajoso do que imagina.

— Talvez. — Olhei para a garrafa de vinho. — Estou bêbado. E estou falando coisas idiotas. — Então sorri para a Sam. — Poderíamos muito bem acabar com a garrafa. — Eu não sei, acho que estava a fim de conversar, então foi o que fiz. Apenas continuei falando. — Sammy, lembra quando o Marcos veio aqui naquele dia? Eu disse que tinha visto um olhar no rosto do meu pai. Não entendia o olhar porque nunca tinha visto antes. Era amor, Sam. Sabe, um tipo diferente de amor. Quero dizer... posso ver amor no rosto do meu pai quando ele olha para mim. Mas aquilo foi diferente. Acho que foi exatamente o que vi. Meu pai ama o Marcos.

— Isso te assusta?

— Um pouco. Mentira. Me assusta muito. Tipo... nunca tive que dividir meu pai com ninguém.

— Isso não é verdade. Sempre o dividiu comigo. E o dividiu com a Mima e com todos seus tios e tias.

— É, acho que sim. Só quero que meu pai seja feliz. Quero mesmo. E se o Marcos faz ele feliz, tudo bem por mim. Não, não, talvez não esteja tudo bem. Não está.

— Está com ciúme?

— Não sei. Talvez. E também, poxa, o cara magoou meu pai. E se magoá-lo de novo, não sei o que eu faria. Não sei, Sam.

— Entendo. Eu não suportava nenhum dos namorados da minha mãe.

— Nenhum deles?

— Não.

— Por quê?

— Porque eu sabia que todos iam magoá-la. E foi o que fizeram. E é melhor o Marcos não magoar o seu pai, porque eu vou atrás dele. E tenho esses seus punhos do meu lado.

— Então somos uma equipe.

— É, somos.

— Eu e você contra o mundo?

— Não exatamente. Temos o seu pai. E, na boa, ele é meu pai também.

— É.

— E então?

— E então?

Então começamos a gargalhar e continuamos tomando vinho e conversando, até que a sala começou a girar e senti um negócio salgado na boca e, quando dei por mim, estava com a cabeça na privada, botando as tripas para fora, e Sam estava de pé do meu lado, segurando uma toalha morna.

— Você vai ficar bem — ela disse. — Você não é mais um virgem alcoólico.

Eu me senti horrível e a sala ainda girava e eu só conseguia gemer.

E lá estava eu vomitando de novo.

Meu pai. À mesa do café da manhã. Eu e Sam.

— Estou tentando imaginar qual dos dois gênios achou que essa era uma boa ideia.

Sam levantou a mão, como se estivesse na sala de aula.

— Foi minha ideia, sr. V.

— Errado — eu disse. — Eu pensei que, sabe, seria legal tomar uma taça de vinho.

— Eu não me importaria se tivessem tomado uma taça. Mas estou olhando para dois soldados mortos na mesa da cozinha.

— Acho que nos deixamos levar.

— Você se importa em dar uma explicação?

— Bom, ficamos em casa. Não decidimos ir dirigir bêbados.

— Não ganha créditos extras por isso. E isso não vale como explicação.

— Está falando como um pai.

— Vou tomar isso como um elogio. — Meu pai não tirava os olhos de mim. — Estou esperando.

— Não tenho explicação, pai. Nós só ficamos meio doidos. Nem tudo tem uma explicação. Nem tudo que eu faço faz sentido. Aconteceu e pronto.

— Aconteceu e pronto?

— O que quer que eu diga, pai? Estou me sentindo um lixo. Já não é castigo o bastante?

— Quem falou em castigo? Só estou pedindo uma simples explicação.

— E eu estou dizendo que não tenho nenhuma.

Meu pai olhou para Sam, que estava com a cabeça tão baixa quanto a minha.

— Sam?

— Acho que também não tenho explicação, sr. V. Eu, bom... não, não tenho explicação.

— Vou fazer uma pergunta para os dois e quero que respondam com sinceridade.

Eu e Sam assentimos. Continuamos balançando a cabeça bem devagar. Minha nossa, achei que meu cérebro fosse explodir.

— Isso tem alguma coisa a ver com o Marcos?

— O que quer dizer, pai?

— Vocês estão chateados porque saí com o Marcos na noite passada? Porque, se for esse o caso, se isso chateia vocês, não preciso sair com ele. Podemos conversar...

— Errado, pai! Errado! — Não sei muito bem por que estava gritando. — Esvaziar duas garrafas de vinho foi uma dessas coisas estúpidas que os adolescentes fazem às vezes. Só isso. Não transforme em algo maior do que isso... — E então algo inesperado saiu da minha boca de repente. — E sabe de uma coisa? Se eu *estivesse* chateado com você e o Marcos, você deveria dizer: "Então cresça, Salvie!". Pare de viver sua vida em função de mim, pai. Pare com isso!

Então lá estava eu, me sentindo mal de verdade. Cobri o rosto com as mãos.

— Desculpe. Não quis dizer isso.

Meu pai pôs a mão no meu ombro.

— Sim, você quis — ele sussurrou.

— Pai, estão acontecendo umas coisas.

— Que coisas?

— Coisas, pai. Não dá pra falar sobre isso agora. Mas são umas coisas. Coisas estão acontecendo. E eu não consigo controlar.

— Quem disse que estamos sempre no controle?
— Eu costumava ter o controle de mim mesmo.
— O controle pode ser uma ilusão, filho.
— Ninguém nunca me disse isso. — E comecei a chorar.
Meu pai me abraçou.
— Relaxe, Salvie. Apenas relaxe.
— Eu relaxei. Fiquei bêbado.
— Tente relaxar sem precisar tomar duas garrafas de vinho.

Ressaca

É, NAQUELA MANHÃ DE DOMINGO encontrei a palavra *ressaca*. Eu não queria exatamente ser amigo da *ressaca*. Sam disse para eu beber litros e litros de água. Foi o que eu fiz. Tomei um banho. Só queria dormir. Eu me sentia um lixo. Bom, do ponto de vista emocional, eu me sentia muito, muito mal. Sam disse que aquilo se chamava "ressaca moral".

— É — eu disse. — É o nome perfeito para o que estou sentindo.

— Bom, eu me sinto igual. Estou com vergonha de mim mesma. Quer dizer, seu pai é, tipo, esse cara legal, e só quer ser bom para mim, e aqui estou, me embebedando com o vinho dele. Merda, Sally! Quer dizer, além de tudo, roubamos o vinho dele.

— Somos idiotas.

— É, somos.

— E depois, o que eu disse para ele. Eu não devia ter dito aquilo. Disse pra ele parar de viver a vida dele em função de mim. Mas o negócio é que talvez eu tenha vivido a minha vida em função *dele*. É como se eu sempre tivesse tentado agradar e ser um bom garoto e tudo o mais. E eu, droga, não quero desapontá-lo.

— Talvez a verdade seja que vocês dois têm vivido um em função do outro. E talvez tenham que fazer alguma coisa a respeito. Juntos.

— É o que temos feito desde sempre.

— Ele tem que viver a vida dele. Você tem que viver a sua. Eu e a Sylvia, nós tínhamos isso acertado.

— Ah, meu Deus, o que eu vou fazer? Não podemos só fingir que nada disso aconteceu?

— Isso é conversa de ressaca moral, Sally. Sem fingir. Fingir é *no bueno*.

— Beleza. Sem fingir. Merda. Quantas vezes você ficou bêbada, Sammy?

— Não sei. O suficiente, acho. Não sei por que faço isso. Não sei por que experimento esses lixos que mexem com a cabeça. Sempre acabo me odiando depois.

— Conversa de ressaca moral — eu disse.

E então nós dois meio que rimos. Uma risada bem mais ou menos. Risada de ressaca moral. Acho que não estávamos à altura de fingir não ter medo do escuro.

Havia nuvens no céu de outono. Não fazia calor nem frio de verdade. Mas a brisa estava *quase* fria. Meu pai estava sentado nos degraus. Tinha um cigarro apagado na boca.

Eu estava com as luvas de beisebol.

— Quer treinar arremesso?

— É claro — ele disse.

Então começamos a jogar a bola.

— Desculpe por ter gritado com você — eu disse.

Ele sorriu.

— Tudo bem, Salvie. Mas vamos fazer um trato?

— Vamos.

— Acho que preciso te dar um pouco de espaço, sabe? As coisas estão difíceis pra você no momento, e você não está acostumado com dificuldade. Acho que te mimei um pouco demais.

— Aham. É por isso que estou dirigindo minha BMW pela cidade.

— Não foi o que eu quis dizer. Só protegi você; talvez um pouco além da conta. Entende aonde quero chegar?

— Acho que sim. Você nunca quis que nada de ruim acontecesse comigo. Talvez por eu ter perdido a minha mãe?

— Não queria que você perdesse mais nada. Sou um pouco superprotetor, acho.

— Só um pouco. — Não consegui deixar de sorrir. — Eu entendo, pai.

— Mas estamos bem, Salvie. Eu e você.

— Estamos bem?

— Sim, estamos bem. — Então ele sorriu. — Mas acho que você me deve umas duas garrafas de vinho tinto.

Eu queria dizer para ele que daríamos um jeito naquela situação com o Marcos. Nós daríamos um jeito. *Eu daria um jeito.*

Mima. Bolo.

MIMA FALAVA MUITO MESMO. Adorava falar. Mas, naquele domingo, quando eu e Sam lhe entregamos o bolo, o rosto dela se iluminou e ela nos abraçou, mas não falou muito. Ela segurou minha mão, a de Sam e a do meu pai. Mas não falou muito. Os olhos dela examinavam a sala silenciosa, e eu não sabia o que ela procurava.

Ela adorou as flores que demos, e pediu que eu as colocasse na mesa da cozinha. Meu pai e a tia Evie fizeram o almoço meio tarde.

A Mima não comeu muito, mas, quando chegou a hora do bolo, comeu dois pedaços.

— Quem fez esse bolo?

— Sam e eu.

Então ela começou a falar um pouco, mas eu sabia que exigia algum esforço.

— Minha mãe assava pão todo sábado em um forno a lenha. E ela sabia fazer refrigerante caseiro. Sabia disso? Ela fazia todos os meus vestidos. Tenho a máquina de costura dela. Sinto como se a visse de novo. — A voz dela soou estranha e distante, como se tivesse saído do cômodo. Mas então ela pegou o garfo, pediu um pouco mais de bolo, começou a comer e me ofereceu um pedaço.

Ela sorriu.

Eu sorri também.

Ela me deu um pedaço do bolo.
E eu me lembrei de quando era criança.

Enquanto voltávamos de carro para casa, na escuridão, começou a chover.
— Será o último Dia de Ação de Graças dela. — A voz do meu pai estava triste. Mas também estava indiferente. — Todos vão estar aqui — ele disse.
Eu não senti nada.
Eu não queria sentir nada.
Sabia que Sam estava em seu próprio canto do mundo, pensando na mãe dela.
Quando chegamos em casa, meu pai foi para o ateliê.
— Acho que vou trabalhar um pouco.
As ruas estavam molhadas e a chuva tinha parado. Estava fresco, mas não fazia frio. Sam e eu decidimos sair para correr. Eu me perguntei se correr no escuro era a mesma coisa que fingir não ter medo do escuro.
Não sei se Sam estava chorando. Ela fazia muito isso. Chorava enquanto corria. Era o sofrimento. O luto.
Eu não sei se ela chorou naquela noite enquanto corríamos. Mas eu... eu chorei.

Poesia. Poesia?

A RESSACA JÁ NÃO ERA NADA ALÉM DE UMA LEMBRANÇA, e a tristeza pela visita à Mima parecia ter arrefecido. *Arrefecido*. Outra palavra que Sam tinha me ensinado. Sam e eu íamos para a escola a pé, e eu me sentia estranhamente normal, o que quer dizer que não tinha nenhum sentimento em ebulição dentro de mim. Talvez o fim de semana tivesse me cansado. Eu me sentia bem. Como se tudo estivesse no lugar — apesar de não estar. E contei para a Sam o que meu pai disse sobre o vinho.

— Que pena que não temos idade para comprar um belo vinho para o sr. V.

— É, uma pena.

— Ei — ela disse —, talvez dê para pedir para o Marcos levar a gente pra comprar vinho.

— Então quer dizer que está começando a gostar dele?

— Só sou pragmática. O cara tem que servir pra alguma coisa.

Eu sorri.

— Pragmático. Lembra que você soletrou essa palavra naquele concurso?

— Por que tem sempre que me lembrar daquele dia?

— Ainda está irritada?

— Ainda lanço aquele olhar maligno para o cara que ganhou de mim quando cruzo com ele pela escola.

— Você sabe muito bem como guardar rancor, não?

— Nem sempre é uma coisa ruim, sabia? Mantém vários babacas fora da minha vida.

Ela olhou para mim porque eu estava rindo.

— Rindo de mim? Sério?

— E se estiver?

— E se estiver?

— De onde surgiu esse jogo de "E se"? — Sei lá, talvez só estivesse a fim de jogar. — Parece que não jogamos há muito tempo.

— É, parece mesmo, né?

— E se — eu disse.

— E se — Sam disse.

— E se a gente fosse poeta?

— Se eu fosse poeta, escreveria um poema para... — Ela sorriu. — Beleza, preciso de um tempo pra essa.

Abri a porta da escola.

— No fim do dia a minha vai estar pronta — ela disse.

— A minha também — respondi.

— E não escreva na aula de matemática. Você tem que prestar atenção.

— Tchau — eu disse.

— Tchau — ela disse.

— Bom dia — eu disse.

— Bom dia — ela disse.

E então eu vi o Enrique Infante indo na outra direção.

— Bicha — ele disse.

Eu dei um sorriso amarelo.

— Quer que eu parta essa sua cara outra vez?

— Cai dentro, branquelo.

Eu quase me virei e fui para cima dele. Mas continuei andando. Estávamos dentro da escola. Na verdade, deixei um pensamento se colocar entre mim e o reflexo do meu punho.

*

Durante o almoço, isso foi o que escrevi no meu caderno:

*Se eu fosse poeta
escreveria um poema
que faria a língua das pessoas
cair sempre que dissessem
a palavra* bicha.

Li o que tinha escrito e fiquei muito orgulhoso de mim mesmo. Mas sabia que a Sam faria uma coisa boa de verdade, e queria continuar competitivo, então pensei por um minuto e escrevi:

*Se eu fosse poeta
escreveria um poema
tão belo e tocante
que seria a cura
do câncer, e o câncer
nunca iria vencer
outro ser humano
novamente.
Nunca.*

Comecei a pegar o jeito, então escrevi mais um:

*Se eu fosse poeta
escreveria um poema
que faria o coração do meu pai
sorrir. E ele nunca
sentiria tristeza, e acordaria*

todo dia
para a beleza da manhã.

Depois da aula, nos encontramos perto do armário da Sam.
— Você está todo convencido — ela disse.
— Não estou convencido.
— Ah, está todo convencido sim. Acha que escreveu um poema muito legal, tipo do outro mundo, né?
— É.
— Certo, veremos.
Então caímos na gargalhada e decidimos esperar até chegar em casa para ler os poemas um do outro. Acho que eram poemas. Que diabos eu sabia de poemas? O único poema de que tinha gostado de verdade era um chamado "Autobiographia literaria" de um tal de Frank O'Hara. Tinha pregado no meu mural em casa. Sam gostava de lê-lo para mim.
Sam me chutou enquanto eu andava.
— Teve um bom dia?
— Sim. Teve um professor substituto na aula de inglês. Ele não estava nem aí para dar aula, então Fito e eu só ficamos trocando mensagem.
— Sobre o quê?
— A situação dele em casa está pior.
— *No bueno.*
— *No bueno* mesmo. E hoje de manhã meu grande amigo Enrique Infante passou por mim no corredor e me chamou de bicha.
— Escroto.
— É. Eu disse que ia partir a cara dele.
— *No bueno.*
— *No bueno* mesmo. Mas o que me irritou de verdade foi que ele também me chamou de branquelo.
— O-oh. — Sam começou a rir.
— Você devia estar do meu lado.

— Mas você é branco.
— Sério? Vamos entrar nessa discussão de novo? De verdade?
Ela bagunçou meu cabelo e sorriu.
— Relaxa. Não se preocupe, o Enrique vai ter o que merece. É o que eu acho. — Eu me perguntei se ela ia aprontar alguma. Ela estava com aquele olhar.

Quando chegamos em casa, dei meus poemas para Sam. Ela me deu o dela. Isso foi o que ela escreveu:

Se eu fosse poeta
escreveria um poema
que deixaria os oceanos
limpos de novo.
Escreveria um poema
tão puro que choveria por dias
e, quando o céu estivesse claro outra vez,
um milhão de estrelas brilhariam na noite de verão.
Escreveria um poema para as pessoas verem
que armas são armas, e não merecem nosso amor.
Escreveria um poema para fazer
todas as balas desaparecerem.

Olhei para ela.
— Uau. O meu é meio que estúpido comparado ao seu.
Ela sorriu para mim.
— Garoto estúpido. Você é incapaz de fazer uma estupidez.
Ela levantou do sofá e pegou o poema dela e o meu.
— Vou colocar os dois na geladeira. Para o seu pai ler.
— Boa menina — eu disse. — Ele vai gostar.

— É.

Então a Sam tirou alguns cartões-postais da geladeira e pôs nossos poemas no lugar.

— Temos que arrumar uns ímãs novos.

Sam estava começando a vir com papinho doméstico para cima de mim. Quem diria?

Sam e eu estávamos estudando na sala. Levantei os olhos e vi meu pai parado ali.

— E então, como vão meus poetas iniciantes?

Eu meio que sorri para ele.

— Sam é melhor com poesia.

Meu pai estava com um olhar incrível no rosto.

— Às vezes amo tanto vocês dois que mal consigo me aguentar. — Ele se virou e foi para a cozinha. — O que vocês querem jantar?

— Taco — eu disse.

— Então taco será.

Olhei para a Sam e vi que lágrimas corriam pelo rosto dela.

— O que foi? — perguntei.

— Seu pai. Ele diz coisas que me fazem chorar.

— Coisas bonitas — eu disse.

— É, bonitas. Por que não existem mais caras como o seu pai?

— Não faço a mínima ideia. — E então pensei: *Porque a maioria dos caras é como o meu pai biológico.* Não tinha ideia de onde tinha vindo aquele pensamento. Eu não sabia nada sobre o meu pai biológico.

Meu pai. Marcos.

Eu tinha me transformado em um bisbilhoteiro crônico. Foi o que pensei quando estava atrás da porta, observando meu pai e Marcos discutindo na frente do ateliê.

Meu pai estava com uma expressão "estou meio zangado e meio magoado". E o ouvi dizer:

— Marcos, você não pode simplesmente voltar para a minha vida como se nada tivesse acontecido. Não pode desaparecer um dia e reaparecer alguns anos depois, esperando que eu... — Ele parou de falar no meio da frase.

— Já pedi desculpas, Vicente.

— Essa é a palavra mais barata do dicionário.

— Eu estava assustado.

— Eu também estava assustado, Marcos. Mas não fui embora. Você não me viu fugindo, ou viu?

— Todo mundo merece uma segunda chance. Até eu. Nós, Vicente, você e eu. Nós merecemos uma segunda chance.

Observei meu pai. Ele não disse nada.

Marcos disse:

— Eu sei o quanto te magoei.

— Sim, você *realmente* me magoou.

— Vicente, não passou um dia em que eu não pensasse em você.

— Você demorou demais.

Vi lágrimas no rosto de Marcos.

Naquele instante, testemunhei o mundo em que eles viviam ficar completamente em silêncio. O mundo estava sendo inundado pelas lágrimas dos dois.

Marcos se afastou devagar e saiu pelo portão lateral.

Eu saí de trás da porta e fui para o meu quarto.

Meu pai. (Marcos.) Eu.

SENTADO NO MEU QUARTO, parte de mim queria agarrar o Marcos e enchê-lo de porrada. Como se fosse resolver alguma coisa. É, uma grande parte de mim queria odiá-lo. Por magoar meu pai. Mas como eu podia odiá-lo? Eu sabia o que tinha visto. Marcos amava o meu pai.

Eu tinha visto a expressão no rosto do meu pai também. Ele amava o Marcos.

Eu entendia que o amor deles não era fácil. E talvez eles não conseguissem, mas estavam tentando, e eu sabia disso. Uma parte de mim não queria que aquilo acontecesse, porque, droga, deixava tudo mais complicado, e tudo estava complicando todo o resto. Sabe, eu costumava achar que a Sam era a pessoa menos lógica do universo, e agora estava achando que essa pessoa era eu.

Eu. Eu? Quem?

CERTO, HORA DE SENTAR PARA ESCREVER minha carta de admissão. Fiz uma lista de coisas que devia incluir e que alguém entediado no departamento de admissões leria.

1. ~~Meu pai é gay;~~
2. ~~Sou adotado;~~
3. ~~Eu costumava saber quem eu era, mas agora não sei mais;~~
4. ~~Não tenho nada de especial;~~
5. ~~Minha melhor amiga, Samantha, é genial — mas eu não sou;~~
6. ~~Tenho uma carta da minha mãe morta e, cara, quantos garotos que querem entrar nessa faculdade têm isso?~~
7. ~~Sou um boxeador nato;~~
8. ~~Minha avó me ensinou mais do que qualquer professor que já tive em uma sala de aula;~~

Isso não está funcionando.
Isso não está funcionando.

Palavra do dia = punhos.
De novo?

DEPOIS DA AULA, estávamos indo para casa. Aquela caminhada familiar que sempre foi tão calma e tranquila, preenchida, na maior parte do tempo, pelas palavras de Sam e curiosidades sobre o mundo. E agora, em muitas dessas caminhadas de volta da escola, Fito nos acompanhava, e era legal. É, estávamos voltando da escola calmamente — Sam, Fito e eu. Eles estavam falando de *As vinhas da ira*. Era o livro preferido de Fito, mas eu não tinha lido. Ele disse que eu tinha que colocar na minha lista. E eu pensei: *ótimo, mais uma lista.*

E então, enquanto caminhávamos, vimos um grupo de caras insultando Angel, chamando ele de bicha, viado e *maricón*. Estavam falando todo tipo de merda, e o estavam cercando, parecia que estavam prestes a enchê-lo de porrada. Eu devo ter corrido na direção deles, embora não lembre. Só lembro que peguei um cara pelo colarinho e o bati contra uma grade. Estava bem de frente para ele, dizendo:

— Vou acabar com a sua raça.

Depois senti a mão de Sam no meu ombro. Ela não parava de dizer:

— Solte ele. Solte ele.

Lentamente, eu o soltei, e ele e os amigos foram embora.

Eu estava entorpecido, olhando nos olhos de Sam.

Olhei para o outro lado, e o Fito disse:

— Vou acompanhar o Angel até em casa.

Assenti.

Sam e eu não dissemos nada no caminho para casa.

Havia tipos diferentes de silêncio entre nós. Às vezes os silêncios significavam que nos conhecíamos tão bem que não precisávamos de palavras. Às vezes, significavam que estávamos enfurecidos.

E às vezes os silêncios significavam que não sabíamos nada um do outro.

Sam. Luto. Sylvia. Mima.

Eu ESTAVA NA CAMA, mas não me sentia cansado ou com sono. Ficava acendendo e apagando a luz. Comecei a ler *As vinhas da ira*, mas logo larguei. Era muito assustador e sufocante. Apaguei a luz. Acendi de novo. Sam me mandou uma mensagem: **Sabia q existem cinco estágios do luto?**
    Eu: ?
    Sam: É. Cinco estágios.
    Eu: Onde vc aprende essas coisas?
    Sam: Com o psicólogo da escola
    Eu: Vc foi?
    Sam: Semana passada. Andei pensando
    Eu: Q bom
Ela entrou no meu quarto. Estava com a camiseta extragrande do time de beisebol El Paso Chihuahuas, com o contorno das orelhas de um chihuahua e as palavras *"Fear the ears"*. Ridículo. Ela amava aquela camiseta.
    — Cinco estágios, então?
    — É o que os especialistas dizem.
    — E daí?
    — Você está na fase da raiva.
    — O quê?
    — A Mima está morrendo e você está na fase da raiva.
    — Bom, você deve saber o que está dizendo. Já que é especialista em fases.

Ela sentou na minha cama.

— É, você com certeza está na fase da raiva. A primeira fase é a de negação, tipo: *isso não está acontecendo.*

Mandei ela cair fora apenas com o olhar, mas não ia funcionar.

— Está ouvindo, Sally Silva?

— Por acaso tenho escolha? Você está se apropriando totalmente do meu espaço.

— Apropriando. Essa é boa. — Ela não perdeu a compostura. — A fase dois é a raiva, tipo: *estou muito irritado com Deus ou seja-lá-com-quem porque não estou feliz por isso estar acontecendo.* É você agorinha.

— Não sou, não.

— Você percebeu que estava xingando enquanto corríamos?

— Estava?

— E você anda rápido no gatilho, quero dizer... Com os punhos. — Ela me olhou com sarcasmo.

Comecei a dizer algo, mas parei.

— É. A fase três é a da negociação, que, no meu caso, é igual a: *se eu for boa pelo resto da vida e nunca mais falar palavrão, você poderia por favor trazer minha mãe de volta?* Ou, no seu caso: *se eu não pensar mal de ninguém nunca mais na vida, você vai curar a Mima do câncer?* — Ela sorriu para mim. — Sei do que estou falando.

Sorri para ela também. Havia muito sarcasmo em meu sorriso.

— A fase quatro é a da depressão. É, bem, depressão. Raiva voltada para dentro. Pois é. E, finalmente, fase cinco, que é a da aceitação. Está vendo? Uma merda de final feliz. Acontece que as fases vêm e vão, em ordens distintas.

— Por quanto tempo?

— Como vou saber? A única fase que completei até agora foi a da negação. Gabaritei o teste. Os outros estágios ainda estão presos a mim como garotos que não aceitam "não" como resposta. E o estágio cinco, bem, no momento não passa de um sonho.

Então ela começou a chorar.

— Sei que é difícil, Sally. Mas você anda muito introspectivo ultimamente, e eu sinto sua falta. Sabe a fase da negação? Essa fase tem um parceiro. Isolamento, querido.

— Isolamento?

— Sim, tipo: *não tenho mais vontade de conversar*.

— Bem, eu *não tenho* vontade de conversar.

— Estou tentando entender se você está na fase do isolamento ou da depressão, porque dá para ficar em duas fases ao mesmo tempo. Mas eu não sabia que você era multitarefas.

Depois caímos na gargalhada, mas não estávamos realmente rindo, e sim chorando.

E eu a abracei enquanto ela chorava.

— Sinto falta da Sylvia — ela sussurrou. — Sinto muita falta dela.

Correndo. No vazio. Fito.

Sam me acordou cedo para irmos correr.

— Vamos pular um dia — eu pedi.

— Levanta a bunda da cama. Vamos!

— Quero adotar o lance do isolamento.

— Levante.

— Hoje é sábado. Me deixe dormir.

— Você nunca consegue voltar a dormir depois que acorda, e sabe muito bem disso.

— Eu te odeio.

— Você vai superar.

Alguns dias, acordar parecia um compromisso muito maior do que eu estava preparado para assumir. Acordar e se fazer presente. Era o que se devia fazer na vida. Pelo menos de acordo com meu pai. Por outro lado, o tio Mickey gostava de dizer que todo mundo merecia tirar um dia de folga da vida. E lá estava eu, falando sozinho enquanto calçava os tênis de corrida.

Eu disse para Sam que devíamos fazer algo diferente, então resolvemos correr até a ponte Santa Fé.

Na verdade, era ótimo correr pelas ruas quase vazias do centro de El Paso. Eu gostava de poder ver e sentir a fronteira no ar, nas ruas e na conversa das poucas pessoas que passavam e falavam um tipo especial de idioma que não era nem espanhol nem inglês. Meu pai disse que voltou a morar aqui porque sabia que era seu lugar. Seu lugar. Fiquei me perguntando se algum dia teria esse tipo de certeza.

Sam gritou para mim enquanto corríamos.

— Foi uma ótima ideia, Sally. Adoro esse caminho.

Quando chegamos à ponte, paramos para descansar. E Sam disse:

— Devíamos atravessar a ponte e depois voltar.

— Não trouxe dinheiro — eu disse. — E não temos passaporte.

— Droga. Odeio esse lance do passaporte. — Ela fez aquela cara que sempre fazia. — Vamos tirar passaporte.

Eu sorri.

— É. Devíamos ter passaporte. — E voltamos correndo para casa. Começamos a competir. Eu corria mais rápido, mas Sam não ficava muito atrás. Se eu desacelerasse só um pouco, ela me alcançava. Ela começou a rir e eu comecei a rir também; ficou difícil correr, rir e respirar.

Quando chegamos à biblioteca, estávamos exaustos e diminuímos o ritmo. Sempre havia alguns moradores de rua dormindo nos bancos. Quando passamos por um deles, eu parei e me virei.

— O que foi? — Sam perguntou.

— Não é o Fito?

Fomos até o morador de rua adormecido, que, na verdade, *era* o Fito.

Eu o sacudi pelo ombro.

— Ei — eu disse. — Fito.

Ele se levantou com os punhos cerrados.

Eu pulei para trás.

— Ei, está tudo bem. Sou eu.

Fito estava com um olhar muito triste no rosto, e se curvou e abaixou a cabeça.

— Desculpe — ele disse.

— O que você está fazendo aqui?

— Que merda parece que estou fazendo aqui, Sam? Estou dormindo.

Nós dois olhamos para a mochila.

— O que está acontecendo?

Fito apenas olhou para nós.

— Estou me virando.

Sam sentou ao lado dele no banco.

— Certo.

— Bom, minha mãe me expulsou de casa. — E então ele explicou tudo. Disse que sua mãe estava drogada quando ele chegou em casa tarde da noite, e ela começou a brigar com ele, encontrou seu talão de cheques em uma das gavetas e exigiu que ele lhe desse todo seu dinheiro como aluguel. — "Você quer morar aqui, seu merdinha? Comece a pagar!" Ela estava com um olhar demoníaco no rosto e começou a me bater, falar um monte de merda e me chamar de bicha, e não vou nem entrar nas partes descritivas que vieram junto com essa palavra. Daí peguei minhas coisas e dei o fora. Quando estava saindo, ela apareceu na minha frente e me disse para não voltar mais e várias outras merdas e, bem, aqui estou.

— Por que você não foi pra minha casa? — perguntei.

— Sério, Sal? Você acha que eu faria isso? Não, cara, eu tenho meu orgulho. — Ele continuou falando e dizendo que encontraria um jeito e que nada o impediria de ir para a faculdade e eu fiquei me sentindo um idiota. Porque era uma coisa que eu tinha de mão beijada, como um presente debaixo da árvore de Natal que eu sequer queria abrir.

Sam e eu ficamos ouvindo ele falar. Enquanto ele falava, estávamos pensando. Pensando e ouvindo. E quando ele terminou, deu de ombros e disse:

— Isso é tudo. Essa é minha vida.

Eu disse:

— O que você vai fazer, Fito?

— Bom, eu estava economizando dinheiro para ir para a faculdade. E tenho dois empregos, então acho que vou usar o dinheiro para encontrar um lugar para morar. O problema é que só faço dezoito anos em dezembro e tal, daqui, tipo, umas três semanas. E quem vai alugar para um menor de idade? E o que vou fazer? Passar três semanas na rua? E não vou nem chegar perto de um assistente social. Nem pensar. Droga, vocês acham que um cara como eu curte supervisão de um adulto? Vivi sem isso a vida toda. Merda, não tenho ideia do que vou fazer. Parece um bom plano? Esse banco é o meu plano. Sou como um daqueles cachorros que pulam a cerca. Eles pensam: "Aaah, liberdade", depois olham ao redor confusos e tal porque não têm nenhum plano.

Samantha Diaz estava com um olhar característico. Eu conhecia aquele olhar.

Ela se aproximou de Fito e o empurrou com o ombro.

— Tenho uma ideia — ela disse. — Você e aqueles cachorros podem não ter nenhum plano, Fito. Mas eu tenho...

Minha nossa, eu adorava aquele sorriso. Ela não sorria daquele jeito já fazia um bom tempo.

Sam. Incrível.

— Certo, não podemos contar para o seu pai.

— Eu não gosto de ter segredos com ele. — Embora, na prática, tivesse alguns.

— Bom, não estamos fazendo nada errado.

— Isso é verdade. Só não estamos contando o que vamos aprontar.

— Não vamos aprontar nada. Só estamos ajudando nosso amigo. Até parece que isso é uma coisa ruim. Tipo... Os adultos sempre querem que sejamos boas pessoas e façamos coisas boas pelos outros, não é?

— Hum... Bom... É.

Estávamos voltando para a biblioteca depois de tomar café da manhã e embalar comida para o Fito. Sam o havia obrigado a esperar por nós. Ele deu de ombros e disse: "Como se eu tivesse para onde ir".

Olhei para Sam enquanto caminhávamos.

— Tem certeza de que não tem problema?

— Você é a pessoa mais avessa a riscos que eu conheço. *No bueno.*

— *No bueno* o quê?

— Você se preocupa demais. Tem dezessete anos e já se preocupa demais.

— E daí? Significa que me importo.

— Eu também me importo. E olhe para mim. Pareço preocupada?

A discussão não ia dar em nada. Balancei a cabeça.

— Olha — ela disse —, apenas não conte ao seu pai. É só o que precisa fazer. Apenas *não conte*. Não é nada complicado como trigonometria. — Ela revirou os olhos.

Eu também.

Ela disse:

— Fito é nosso amigo, não é? Então podemos ajudá-lo por conta própria. Nem sempre precisamos pedir permissão para fazer o que é certo. Ou precisamos?

Fito estava sentado em seu banco, lendo um livro em frente à biblioteca — uma imagem relativamente normal. Mas não era normal de verdade. Não para quem sabia da história. Talvez tudo parecesse normal superficialmente. No interior, bem, havia sempre algum tipo de furacão.

Então lá estava ele, sentado em um banco, lendo um livro, totalmente normal. Ele acenou ao nos ver caminhando em sua direção. É, normal.

— Entrei na biblioteca e peguei um livro. Também escovei os dentes e lavei o rosto no banheiro. — Ele não parecia tão chateado quanto antes. Acho que tinha muita experiência em lidar com esse tipo de merda.

— Tem certeza de que não tem problema se eu ficar na sua antiga casa? — ele perguntou a Sam depois que ela lhe contou seu plano.

— É claro que não. Não tem ninguém morando lá. Nós vamos pôr à venda. Mas minha tia Lina disse que precisa de uma reforma. A casa está lá, vazia. Solitária. Assim como você.

Fito abriu um sorriso. Ele não sorria muito. Não, ele quase nunca sorria. Não tinha muito motivo para isso.

Entreguei ao Fito um saquinho com sanduíches.

— Está com fome?

Ele pegou o saco.

— Sempre. — E então devorou a comida. Aquele cara não comia, ele devorava.

★

    Lá estávamos nós. Sam, Fito e eu, sentados na sala da casa de Sam. Não que ela ainda morasse lá. Havia muitas caixas, a maioria das coisas já embaladas, esperando para ser retiradas.

    — Sabe — Sam disse —, quase tiramos tudo isso daqui. Íamos levar várias dessas coisas para um depósito, mas a tia Lina disse: "Pra quê? Podemos deixar aqui mesmo". — Ela olhou para o Fito. — E agora você tem onde ficar. Não mandamos desligar a energia elétrica nem fechar a água. O aquecedor não funciona. Ele pifou e minha mãe não mandou consertar. Coitada. — Sam estava com aquela cara. — Mas temos muitos cobertores. Você não vai morrer congelado. E, sinto muito, não tem TV nem internet.

    Fito meio que deu de ombros.

    — Eu não vejo TV. E você acha que tinha internet na minha casa? — Ele olhava ao redor e acenava com a cabeça. Achei que ele ia começar a chorar. Ele desviou os olhos e abaixou a cabeça, mas se conteve. — Por que estão sendo tão legais comigo?

    — Porque somos legais pra cacete. — Aquela Sam. Ela e os palavrões. Mas ela era a melhor. Acho que, quando envelhecesse, teria um coração de ouro, como a Mima. E todos a amariam. Bem, talvez não. Havia algo selvagem nela. Mas isso não significava que Sam não tivesse coração. Ela tinha, sim. E um dos bons.

    Ficamos com o Fito a maior parte da manhã, ouvindo discos de vinil. A maior parte era dos Beatles. Ele gostava muito de *Abbey Road*. Fiquei me perguntando se ele estava fingindo que estava tudo bem, quando na verdade não estava. Quero dizer... Ser expulso da própria casa era muito drástico. E Sam e eu estávamos com outras coisas na cabeça e no coração. Enquanto ouvia Sam e Fito cantando uma música, me lembrei do sonho que havia tido na noite anterior, com a Mima — que eu não conseguia encontrá-la. Pensei na carta que a minha mãe me deixou e me perguntei o que eu temia tanto. Avesso a riscos. Foi o que Sam disse que eu era. Era um jeito simpático de dizer que eu tinha medo de tentar coisas novas. Talvez significasse que, na verdade, eu era um covarde. Talvez eu perdesse a cabeça com os caras que agiam como cretinos porque não tinha coragem o suficiente para conversar com eles.

Senti uma almofada acertar minha cabeça.

— Pensando no que aí?

Sorri para Sam.

— Ah, numas coisas.

— Eu sei — ela disse. — Vamos pedir pizza. O Fito pode contar pra gente sobre sua infância de merda e eu posso contar em que estágio do luto estou hoje.

— Certo, tudo bem — eu disse.

Fito olhou para ela com cara de dúvida.

Mandei uma mensagem para o meu pai: Sam e eu estamos com o Fito.

Não era mentira, mas por que eu não conseguia me sentir muito bem quando guardava segredos? O que estava acontecendo comigo? Eu precisava parar de me autoanalisar. Não tinha gabarito para ser meu próprio terapeuta.

Juro, aquele garoto comia demais. Como podia ser tão magro? Ele era como a Sam. Ainda bem que pedimos uma pizza grande.

— Vamos jogar. — Sam estava sempre inventando jogos. E sempre mudava as regras e dizia que podia fazer aquilo porque, surpresa, ela era a inventora do jogo.

— Que jogo? — perguntei.

— Qual foi o pior momento da sua vida? A única regra é que você precisa ser sincero.

— Tudo bem, mas só se o próximo jogo for "Qual foi o melhor momento da sua vida?".

— Justo. Não me importo se você precisa da sua dose de otimismo do dia.

Dava para ver que o Fito estava se divertindo com o modo com que eu interagia com a Sam.

Ela olhou para ele.

— Você primeiro.

— Por que eu? Sou novo no grupo.

— Vai ser sua iniciação.

— Bem, na verdade, o pior momento da minha vida é minha vida toda.

— Errado.

Eu ri.

— A Sam vai ser dura com você. Ela é assim. Sei até por que ela disse *errado*.

— Certo, espertinho, por que eu disse *errado*?

— Porque não foi específico. Não tem detalhes. Se você não puder saborear a tragédia do Fito, se isso não for possível, não tem graça.

— Eu não saboreio — Sam disse.

— Ah, saboreia sim.

— E você acha que me conhece muito bem.

— Fale o que não era verdade no que eu disse.

Ela me lançou um olhar de ódio profundo e se voltou novamente para o Fito.

— Estamos esperando.

— Meu pior momento. Entre os muitos que tenho para escolher. Vejamos… Deve ter sido quando eu tinha cinco anos. Talvez seis. Um cara chegou na nossa casa. E ele e minha mãe estavam fazendo alguma coisa. Fumando em um cachimbo, e minha mãe e ele começaram a tirar a roupa e tal e começaram a se agarrar e eu não sabia exatamente o que estava acontecendo, então perguntei. E o cara saiu correndo atrás de mim. Ele queria me pegar. Achei que fosse me matar. Lembro de sair de casa correndo para escapar. Passei a noite escondido no quintal. De manhã, só entrei em casa quando vi que o carro dele não estava mais lá. Sonhei com isso por um bom tempo. — Ele olhou para Sam. — Como me saí?

Sam se aproximou e deu um beijo no rosto dele.

— Sinto muito — ela sussurrou. — Esse jogo é idiota.

Mas Fito deu um sorriso para ela.

— Nem pense em fugir. É a sua vez.

Começamos a rir. E nem ligamos se aquilo era como fingir não ter medo do escuro.

— Certo — Sam respondeu. — Minha mãe me deixou sozinha um fim de semana inteiro. Eu tinha sete anos...

Eu a interrompi.

— Por que não foi para minha casa? Ou telefonou ou...

— Você e seu pai estavam viajando. Tinham ido a alguma exposição de arte ou algo do tipo. E eu fiquei com medo. Ela me disse pra não abrir a porta pra ninguém e que voltaria no domingo de manhã. Bom, eu estava dormindo no sábado à noite e acordei. Ouvi um barulho e sabia que alguém tinha quebrado o vidro do quarto dos fundos, da minha mãe. Não sabia o que fazer, então saí correndo pela porta da frente.

Ela parecia triste.

Fito estava com uma expressão muito afável.

— E o que aconteceu?

— Corri até a loja de conveniência no fim da rua, onde você trabalha hoje, e tinha uma viatura de polícia parada ali. Vi dois policiais na loja, comprando café. Então entrei e disse a eles que alguém estava invadindo minha casa. Um dos policiais foi superlegal. Perguntou se eu tinha esquecido meus sapatos. Mostrei a eles onde eu morava e nós entramos. Alguém tinha levado a televisão e algumas outras coisas. Os policiais me perguntaram onde minha mãe estava. Eu disse que ela tinha saído por causa de uma emergência familiar, que minha babá estava lá quando fui dormir, mas não estava mais quando ouvi o barulho.

— Por que você mentiu?

— Não queria que minha mãe tivesse problemas. Não sei o que aconteceu, mas a tia Lina se envolveu na história e falou para a minha mãe que ia me tirar dela. Eu me lembro disso. Foi assustador. Muito, muito assustador, e minha mãe nunca mais me deixou sozinha. Bom, só depois que eu fiz, tipo, uns treze anos. Mas passei muitos fins de semana na sua casa, Sally.

— Por que você sempre o chama de Sally?

Revirei os olhos e sacudi a cabeça.

— Acho que tem a ver com controle — respondi.

Sam ficou irritada.

— Controle? Sério?

— É. Se puder escolher do que vai me chamar, pode me dizer o que fazer.

— Seu merda. Talvez seja só carinho.

Uau. Eu realmente nunca tinha pensado naquilo.

— Foi mal — eu disse.

— Foi mal mesmo — Sam afirmou.

Fito ainda estava pensando na história de Sam. Ele olhou para ela e disse:

— Que droga ela ter te deixado sozinha.

— É, minha mãe era uma mulher complicada. Eu costumava odiá-la. Agora sinto falta do ódio que sentia por ela. — Ela deu de ombros. — Acho que não me expressei bem.

— Você se expressou perfeitamente bem — eu disse.

— É, é. Sua vez, Sally.

— Certo. Não tenho histórias de terror como vocês. Quando forem adultos, vocês vão ter esse monte de histórias sobre como sobreviveram à infância. Eu não vou ter nada disso.

Então, tanto Sam quando Fito olharam para mim como se tivessem ensaiado, porque os dois disseram ao mesmo tempo:

— Até parece.

— Até parece? Sério?

— Você ouviu — Sam disse.

— Está bem — respondi. — Vejamos. Acho que o pior momento da minha vida foi aquela noite que você telefonou da frente da Walgreens, Sammy.

Fiquei com tanto medo. Achei que alguém tinha te machucado de verdade. Foi o pior momento da minha vida.

Sam se aproximou e me deu um beijo na testa.

— Você é o garoto mais fofo que conheço. E, não me leve a mal, mas talvez não seja tão ruim você estar passando por uma crise. Sabe, talvez seja bom.

— Eu estou passando por uma crise?

— Você é um idiota. Mas é o garoto mais fofo do mundo.

— É mesmo. Pena que é hétero. — Fito abriu um sorriso lindo. Fiquei imaginando como ele conseguia sorrir daquele jeito. Sua vida era complicada com C maiúsculo. Acho que a vida de todos nós era complicada. Até a minha. A mãe de Sam estava morta. Fito não tinha onde morar. Mima estava morrendo e tudo estava mudando. Eu sentia a necessidade de fazer alguma coisa para consertar tudo que havia de errado com as pessoas que amava. Mas não podia consertar nada. Nadinha.

Meu pai

Quando Sam e eu chegamos em casa, meu pai estava sentado à mesa da cozinha, lendo algumas receitas.

— Dia de Ação de Graças — ele disse. — Está chegando. Acho que vou fazer as tortas esse ano.

— Legal — exclamei. — Podemos ajudar.

— Todos vão se reunir na quarta-feira.

— Está animado, pai.

— Estou. Vai ser ótimo ver o Julian. — Meu tio Julian era o mais velho. Meu pai era o mais novo, e havia uma diferença de idade bem grande. Mas, ainda assim, eles eram muito próximos. Meu pai estava com um sorriso nostálgico. Ele olhou para mim e disse, com ironia: — É claro que todo mundo vai paparicar você.

— Bom, não é culpa minha ser o caçula. Todos já estavam crescidos quando eu cheguei.

Meu pai riu.

— Você era um menino ótimo, sempre rindo. Quando estava com uns quatro anos, tinha mania de explorar o rosto de todo mundo com os dedinhos. Passava as mãos no meu rosto e, se eu não tivesse feito a barba, corria para o banheiro, pegava minha lâmina de barbear e me entregava. Por algum motivo, você odiava barba por fazer.

Eu o observava lendo as receitas.

— Que torta você vai fazer, pai?

— De abóbora. E uma de maçã para o Julian. Ele não gosta de abóbora. E talvez algumas de noz-pecã. Sua tia Evie adora.

— E a Mima?

— A Mima é como eu, tradicional. Gosta de torta de abóbora.

— Eu também — eu disse.

— Eu também — Sam respondeu. — Sabiam que eu nunca tive um jantar de Ação de Graças feito em casa?

Olhei para ela.

— O quê?

— Não me olhe desse jeito. Não sou uma alienígena.

— O que vocês faziam no Dia de Ação de Graças?

— Minha mãe e eu íamos ao desfile do Sun Bowl, que sempre demorava uma eternidade, víamos toda aquela gente, depois saíamos pra comer e ver um filme. Esse era o nosso Dia de Ação de Graças.

— Que horrível — afirmei.

— Eu gostava do desfile e do filme. E não me importava muito.

Meu pai sacudiu a cabeça.

— Bom, acho que você vai adorar.

— A melhor parte é a sexta-feira — afirmei.

Sam ficou confusa.

— Na sexta-feira nós fazemos tamales — expliquei. — É uma tradição.

Samantha levantou os braços como se estivesse assistindo a uma partida de futebol e alguém tivesse marcado um gol.

— Eu preciso postar no Facebook esse lance dos tamales. Para aqueles idiotas que pensam que eu não sei nada sobre cultura mexicana.

Meu pai só sorriu.

Eu. Sam. Fazendo juntos.

Eu estava deitado na cama. Sozinho. Maggie estava se revezando para dormir conosco. Às vezes dormia comigo, às vezes com a Sam. Aquela cachorra dava muito valor à justiça.

Fiquei com uma ideia na cabeça, que era fazer um livro para Mima. Bem, não exatamente um livro, mas um álbum de fotos com legendas. Acho que queria dar alguma coisa para ela antes de sua morte. É, ela ia morrer. Eu odiava o mundo.

Lembro de uma história que meu pai me contou sobre a Mima ter encontrado ladrões na fazenda da família. Eles estavam roubando todos os sacos de pimenta seca que ela tinha trabalhado duro para colher. Sacos de pimenta que ela ia vender para sustentar sua família. E lá estavam aqueles dois caras levando tudo embora. Ela ameaçou acabar com eles, como fazia com as ervas daninhas, e conseguiu encurralá-los até o Popo chegar. Eu adorava essa história. Tentei imaginá-la como uma mulher forte, segurando uma enxada como um jogador de beisebol prestes a rebater. Protegendo o fruto de seu trabalho. Protegendo seus filhos, que estavam enfileirados atrás dela. Eu me lembrei de uma professora que tivemos, conversando com outra no corredor, dizendo: "Os garotos de hoje não sabem nada sobre o que já passamos". Talvez ela estivesse certa. Mas talvez estivesse errada.

Vi que tinha recebido uma mensagem da Sam: **Vc acha q tá td bem com o Fito?**

Eu: Deve ser o paraíso para ele. Ele vivia no inferno.
Sam: Acho q vc tem razão
Eu: Vc foi incrível hj
Sam: Pq? Pq deixei ele ficar numa casa vazia?
Eu: Vc ñ precisava ter feito isso
Sam: O mundo ñ precisa de +1 sem-teto
Eu: Estamos mudando, Sam?
Sam: Sim. Chama crescer. Eu estava atrasada. Estou tentando chegar à altura do meu herói
Eu: ?
Sam: VOCÊ, seu idiota.
Eu: ahhhhhhhhhh
Sam: Ñ tem crédito extra por sermos seres humanos dignos. Ñ é isso que seu pai diz?
Eu: É. Acho q temos q contar p ele sobre o Fito
Sam: Pensei nisso. Vamos contar + tarde. Somos assim. NÓS ESTAMOS FAZENDO ISSO JUNTOS. NÓS. EU E VOCÊ
Eu: Vc é d+
Sam: Estou orgulhosa de nós
Eu: Eu tb
Sam: Mas vamos contar p o seu pai

Coisa de pai

Liguei para o celular da Sam quando acordei. Era o despertador dela. Hora de correr. Troquei de roupa e sentei um pouco na cama. Às vezes levantamos e não estamos totalmente acordados. Mas também não estamos dormindo.

Fui para a cozinha tomar um copo de água. Essa era a rotina agora. Beber água, sair para correr, tomar café. O café ficava com um gosto melhor depois da corrida. Bem, outro copo de água, depois o café.

Meu pai não estava lendo o jornal. Estava esboçando algo em seu bloco e tomando café. Sentei e logo Sam entrou na cozinha.

— Pai — eu disse —, temos uma coisa pra te contar.

Meu pai fez uma cara estranha.

— Calma, não é nada ruim — eu disse.

Sam sentou.

— Sr. V, nós sequestramos o Fito.

— O quê?

— Bom, não sequestramos de verdade. — Então ela explicou toda a história, todos os detalhes, desde nossa corrida até a ponte até encontrarmos o Fito dormindo no banco da biblioteca. Ela não deixou nada de fora. Bom, não contou aquela conversa sobre o-pior-momento-da-nossa-vida.

Meu pai ficou ali sentado, olhando para nós como se assistisse a uma partida de tênis, alternando o olhar entre mim e Sam.

— Parte de mim diz que não é uma boa ideia...

— Pai, ele vai completar dezoito anos em dezembro. É praticamente amanhã.

— Isso não quer dizer que ele deve morar sozinho.

— E qual é a solução?

— Não adianta ligar para o serviço social. Até toda a papelada sair, ele já vai ser maior de idade. Talvez nem se importem. — Meu pai ficou ali parado, pensando. — E por que não me contaram isso ontem?

Sam levantou a mão.

— Não sabíamos muito bem se devíamos. Meu lema é que normalmente é melhor pedir perdão do que permissão.

Meu pai cobriu o rosto com as mãos e caiu na gargalhada.

— *Ay, Samantha, que muchacha.*

— Você sabe, pai — eu disse —, temos que aprender a tomar decisões sozinhos. Sem sua supervisão. Lembra daquele lance de superproteção?

Meu pai assentiu.

— Minha nossa, vocês são muito legais, sabiam? Estão ajudando um amigo da melhor forma que podem. É lindo. Mas...

Olhei para o meu pai.

— Mas?

— Tem que haver regras. Ele não pode receber nenhuma garota.

— Ele é gay, pai. Lembra?

— Ah, é, eu tinha esquecido. — Ele sorriu. — Nada de garotos, então. Na verdade, ele não pode receber ninguém. Só vocês dois. Ele não é festeiro, é?

— Pai, ele tem dois empregos e estuda. Quer entrar na faculdade.

— Parece que ele tem mais ambição que você.

Fiquei com cara de *ué*.

— Nada de ano sabático pra você. Você vai para a faculdade ano que vem. E ponto final.

Meu pai nunca dizia "E ponto final".

— Está bem — respondi.
— Certo — ele disse. — Saiam para correr. Vou fazer uma visitinha para o Fito.
— Para quê?
— É coisa de pai. Tudo bem por você?

Meu pai, o cara

SAM E EU CORREMOS PELAS RUAS DE SUNSET HEIGHTS. Sim, estávamos perambulando pela vizinhança. Talvez a vida fosse assim. Ir e voltar, depois acordar todas as manhãs e ir e voltar um pouco mais.

Semana de Ação de Graças. Um feriado importante para Mima.

Eu estava fazendo uma lista mental das coisas pelas quais era grato. Tinha falado com a Mima pelo telefone na noite anterior. Ela disse que já tinha feito sua lista.

— Eu fiquei entre os dez primeiros lugares? — perguntei.

Ela riu. Eu gostava de fazê-la rir.

— É claro que sim — ela respondeu. Eu queria dizer que ela era a primeira da minha lista. Bem, talvez fosse a segunda. Meu pai era o primeiro. E Sam era a terceira. Talvez não fosse uma boa ideia classificar as pessoas de sua vida. O coração não funciona assim. O coração não faz listas.

Sam e eu sentamos nos degraus da varanda. Fazíamos muito isso depois das corridas matutinas. Quando tínhamos tempo. E hoje, nós tínhamos. Aos domingos, sempre tínhamos tempo.

— A corrida de hoje foi ótima — ela afirmou.

— É — eu disse. — Você é uma ótima corredora.

— Você estava lento. Estava pensando?

— É, acho que sim.

— Hoje estou feliz — ela disse. — Sabe de uma coisa? Acho que não fui uma pessoa muito feliz na maior parte da minha vida.

Eu me aproximei e a cutuquei com o cotovelo.

— Na maior parte da sua vida? Você fala como se fosse uma velhinha. Você só tem dezessete anos.

— Mas é verdade. Acho que eu gostava de sofrer.

— É, você gostava.

— Você está rindo de mim?

— Estou.

Levantei os olhos e vi meu pai chegando.

— Como foi a conversa com o Fito?

— Ele é um jovem muito legal.

— A vida dele é uma droga — eu disse.

— Eu sei. Ele é um sobrevivente. Algumas pessoas conseguem sobreviver a qualquer coisa. — Ele foi entrando. — Vou lá para os fundos fumar um cigarro. Por que vocês não vão tomar banho? Podemos levar o Fito para fazer umas compras no mercado.

Sam abriu um sorriso gigantesco.

— Você vai adotar ele também?

Meu pai sorriu.

— Tem gente que coleciona selos. Eu coleciono adolescentes de dezessete anos.

Perguntei ao Fito sobre a conversa com meu pai.

— Seu pai é legal. Nunca conheci um pai como o seu. Gostei dele.

— Sobre o que vocês conversaram?

— Ele só queria ter certeza de que eu estava bem. Ele me perguntou sobre a minha mãe e tal. Então eu contei basicamente tudo, disse como as coisas são em nosso pequeno lar problemático. Depois que terminei de contar tudo, sabe o que ele disse?

— O quê?

— "Fito, espero que saiba que merece uma vida muito melhor do que essa. Você sabe disso, não sabe?". Foi isso que ele me disse. Não é legal?

Era bem o que o meu pai diria.

— Ah, e ele me passou umas regras para morar na casa.

— Regras?

— É. Tipo... Não tenho permissão para receber ninguém. Bem, você e Sam tudo bem. Mas mais ninguém. Acredite, por mim está tudo bem. Não quero nenhum aproveitador de olho nas coisas da Sam. É uma questão de respeito. Eu concordo.

— Alguma outra regra?

— Sim. Tenho que largar um dos meus empregos. Por mim tudo bem também. Estou cansado. Muito cansado. Ele disse que eu deveria manter apenas o emprego dos fins de semana e me concentrar na escola. Me formar, ir para a faculdade e tentar me divertir um pouco. Foi o que ele disse. Me divertir. Como se eu soubesse o que é isso.

— Essa palavra faz parte do seu vocabulário?

— Não.

— Sam vai te ensinar a soletrar.

— E ele me passou mais uma regra. Seu pai é cheio de regras.

Eu ri.

— Não estou reclamando dele. Ninguém nunca se preocupou o suficiente comigo para determinar regras. Seu pai disse que eu precisava parar de passar tanto tempo sozinho. Não sei como sabia disso. Ele disse que eu fico isolado. Isolado? É isso?

— É — respondi.

— Seu pai, ah, cara, ele devia ser psicólogo. Bom, eu recebi um convite pra comer na sua casa sempre que quiser. Um convite aberto.

O sorriso dele partia meu coração.

Noite agradável

Sam mandou uma mensagem para o Fito e o convidou para tomar sopa. Eu mandei uma mensagem também: Tem lição de casa?
    Fito: Tenho matemática e tal
    Eu: Traz aqui
    Fito: Fechou
E depois, não me surpreendi com quem bateu na porta: Marcos.
— Veio tomar sopa?
— É, acho que é uma boa ideia.
Meu pai estava na cozinha fatiando pão.
Sam estava no sofá, mexendo no celular.
Ela acenou para o Marcos. Eu esperava que ela fosse simpática.
Fiquei surpreso quando Marcos sentou na poltrona do meu pai.
— Posso falar com vocês dois por um segundo?
A Sam, cara, ela levantou num pulo. Até largou o celular na mesa de centro.
— Pode falar — ela disse. — Estamos escutando.
Ele parecia um pouco desconfortável.
— Estou com essa impressão de que vocês não... — Ele parou, tentando encontrar as palavras, então pensei em ajudar o pobrezinho.
— Estamos de boa, Marcos. — Não era verdade, mas eu queria que fosse.
Sam confirmou.
— É, estamos de boa. — Ela não pareceu nem um pouco convincente.

Marcos sorriu.

— Sou um idiota. Vocês sabem disso, não sabem?

Sam sorriu para ele.

— É, tenho essa sensação quando olho para você. — Mas o tom dela não foi maldoso ou sarcástico. Um pouco sarcástico, talvez, mas também amável. Ela estava tentando.

Marcos olhou para mim.

— Cinco anos atrás, eu deixei seu pai. Foi o maior erro da minha vida. Queria que você soubesse que eu o magoei uma vez. Nos últimos cinco anos, não passou um dia em que eu não tenha pensado no Vicente. Nem um único dia.

Sam e eu estávamos olhando um para o outro. Marcos sorriu para nós.

— Vocês dois são uma boa dupla, não são?

— É, somos uma boa dupla — respondi.

Meu pai entrou na sala. Às vezes, quando Mima me via, seu rosto se iluminava. Às vezes. Porque ela me amava muito. Era o que estava acontecendo com o meu pai agora.

Sam e eu ficamos ali sentados, olhando um para o outro. Marcos e meu pai foram para a cozinha. Então Sam disse:

— Às vezes os adultos podem ser bem legais.

Marcos e meu pai olharam para ela, e ela sorriu para os dois.

— Eu disse às vezes.

Sam estava lavando a louça. Ela havia evoluído muito nessas coisas. Na primeira vez que limpou o banheiro, aposto que até os moradores de Juarez ouviram os xingamentos dela. Mas agora já estava acostumada.

Marcos era engenheiro, então estava ajudando Fito com os exercícios de matemática. Eu o ouvi explicando os conceitos. Acho que devia ter prestado atenção, mas matemática *definitivamente* não era a minha praia. Nem um pouco.

Meu pai estava sentado na poltrona, escrevendo alguma coisa em um bloco de folhas amarelas. Sam entrou na sala. Eu a vi se aproximar dele e lhe dar um beijo no rosto. Ele sorriu para ela.

— Por que isso?

— Porque sim — ela respondeu.

E eu me ouvi dizendo:

— É, agora estão rolando uns beijos *porque sim*.

— É. E você não vai ganhar nenhum.

Pensei no fato de estarmos todos juntos naquela noite, tomando sopa: meu pai, Marcos, Fito, Sam e eu. Jogamos o jogo que não terminamos na casa da Sam, aquele de dizer qual-o-melhor-momento-da-sua-vida.

Meu pai disse que o melhor momento de sua vida foi quando eu nasci.

— Uma cesariana de emergência. Sua mãe não pôde segurar você. Eu fui o sortudo que fez isso. Minha nossa, você chorou bem alto. É, foi o momento mais bonito da minha vida.

Marcos disse que o melhor momento de sua vida foi quando conheceu meu pai. Achei que foi algo corajoso para se dizer, mas também achei que era verdade. É, ser corajoso e dizer a verdade andavam juntos. Independente do que houvesse acontecido entre eles no passado, bem, havia ficado no passado. Sei que eu estava tentando descobrir todos os defeitos daquele cara, mas não estava tendo muito sucesso.

E Sam? O melhor momento da vida dela?

— Bom — ela disse —, o dia em que vim morar aqui. Foi o melhor momento da minha vida. Mesmo que tenha acontecido porque minha mãe morreu, eu me sinto segura. Aqui eu me sinto em casa.

E Fito disse:

— Querem saber qual o melhor momento da minha vida? Este momento. Este exato momento.

Achei que Sam ia chorar — mas não chorou.

E eu? Eu disse que o melhor momento da minha vida foi quando choveram folhas amarelas, e eu contei a eles sobre aquela tarde que passei com Mima. Nunca tinha contado para ninguém. Ninguém.

— Acho que nem a Mima lembra. Mas eu sim.

Meu pai sorriu.

— Talvez eu pinte essa cena. — É, eu podia imaginar essa pintura.

Por muito tempo, nossa casa havia pertencido a mim e ao meu pai. Éramos só nós dois. E a vida era boa — simples e descomplicada. Ou talvez eu a enxergasse assim. Se parasse para pensar, as coisas não haviam sido tão descomplicadas assim; não para o meu pai. Eu me lembro de ele dizer que o amor era infinito. *Infinito*, mas não como o *pi* na matemática. Ou talvez seja. O amor não tem fim — simplesmente vai se expandindo eternamente.

Foi uma noite agradável. Uma noite bonita, na verdade. É, a Mima ainda estava morrendo, e a mãe da Sam ainda estava morta, e o Fito estava vivendo longe da família, e eu ainda não estava lidando bem com a redação idiota que precisava escrever para entrar na faculdade, e ainda estava longe de ler a carta da minha mãe, como se houvesse uma cobra dentro dela ou algo assim. Mas foi uma noite bonita. Mesmo que eu estivesse tentando entender se o Marcos estava sendo sincero ou apenas fingindo para conseguir meu pai volta.

Eu. Fito. Sam.

Na quarta-feira anterior ao Dia de Ação de Graças, meu pai disse:

— Você convidou o Fito para passar o Dia de Ação de Graças na casa da Mima?

— Não — respondi.

— Não? — Ele olhou para mim como se eu tivesse cometido um crime. Ele sacudiu a cabeça. — O que está esperando?

Eu me senti mal. É, me senti bem mal. Merda. Outro escorregão.

Então Sam e eu pegamos o Fito. Sempre dizíamos isso. *A gente passa pra te pegar*. Na verdade, nós íamos para a escola a pé. Mas a casa de Sam era no caminho, e eu sempre passava lá antes de ir para a aula.

Fito estava esperando do lado de fora, e Sam e eu acenamos.

— Oi.

Fito sorriu.

— Oi. — Então ele disse que havia tido um pesadelo.

— Pesadelos são uma droga — Sam disse.

— É. Eu tenho muitos.

Fomos caminhando, e perguntei ao Fito:

— O que você vai fazer no Dia de Ação de Graças?

— Bom, tem um cara, Ernie, que quer que eu trabalhe para ele na loja de conveniência. Então provavelmente vou trabalhar.

— Fale que não — eu falei. — Diga que já tem compromisso.

— Mas não tenho.
— Agora tem. Você vai passar com a gente.
— Não — ele respondeu. — Não posso. *No bueno.*
— *No bueno?* Qual é o seu problema?
— Você sabe. Você e a Sam aparecem do nada, como se fossem anjos, e são, tipo, gentis, legais e tal, e eu sou esse cara todo problemático. Quer dizer... o que eu tenho? Preciso dar um jeito na minha vida. Bem... por que vocês continuam andando comigo? Não tenho nada a oferecer.

Sam estava com um olhar determinado no rosto.
— Ah, você acha que a gente só sente pena de você? É isso? Você só pensa merda, sabia, Fito? Talvez, quando o Sally olha para você, ele pense que você vale alguma coisa. Talvez, quando eu olho para você, eu pense que você vale alguma coisa também. Só porque você não gosta de si mesmo, não significa que as outras pessoas não gostam. E se você disser na minha frente que não tem nada a oferecer, se disser isso mais alguma vez, vou te chutar daqui até Michoacán.

— Michoacán? — perguntei. E caímos na gargalhada. Então o Fito meio que abaixou a cabeça, e estava piscando, tentando conter as lágrimas que segurou durante a vida toda.

— É só que, vocês sabem, não estou acostumado com ninguém sendo tão legal comigo.

Sam se aproximou e deu um beijo no rosto dele.
— Pode ir se acostumando, Fito.

E fomos andando. Três amigos a caminho da escola. Fito e Sam estavam sorrindo. Eu estava sorrindo. Olhei para ela e sussurrei:
— Gosto de quem você está se tornando.

Sam. Eddie. Eu.

Achei que aquela quarta-feira antes do Dia de Ação de Graças seria um dia perfeito.

Mas acabou não sendo. Nada perfeito. *No bueno*. Para começar, ninguém queria estar na escola. Dava para sentir o clima nos corredores. Parecíamos formigas enlouquecidas num formigueiro pegando fogo. Ou algo do tipo. Sam teria rido de mim se pudesse ouvir esses pensamentos. Eu até que era bom com as palavras, mas digamos que eu não seria escritor.

O que eu seria? Um lutador de boxe, talvez. Ha-ha.

Resolvi que esperaria o dia acabar.

No intervalo para o almoço, saí para tomar um pouco de ar. Precisava respirar. Sentia muita indisposição.

Mas, assim que saí, vi Sam conversando com Eddie.

Sério? Ela estava falando com o Eddie? Fiquei louco ao vê-los conversando, como se nada tivesse acontecido.

Eles nem perceberam que me aproximei.

— Sam, que diabos você está fazendo?

— Estou conversando com o Eddie — ela respondeu calma. — E por que você está gritando comigo?

— Porque você está conversando com um cara que tentou te machucar.

— Sally...

Não a deixei terminar.

— Sam, saia daqui agora. Volte pra dentro.

Foi quando Eddie resolveu entrar na conversa.

— Veja, Sal, nós só estávamos...

— Diga mais uma palavra que eu acabo com a sua raça, seu filho da puta.

Então senti o tapa de Sam.

Ela me deu um tapa tão forte que eu caí para trás.

E depois simplesmente ficamos olhando um para o outro.

— Quem é você? — ela sussurrou. — Quem é você, Sally? Quem é você?

Pude sentir meu rosto queimando pelo resto do dia.

Parte cinco

Estradas são lisas e asfaltadas,
e têm placas que dizem para que lado se deve seguir.
A vida não é nada parecida com uma estrada.

Sam. Aprendendo a conversar. Eu.

Esperei por Sam perto do armário dela depois da aula. Estava com medo e não sabia o que estava acontecendo entre nós. As coisas nunca tinham sido daquele jeito, e eu estava com uma sensação horrível. Eu a vi vindo na minha direção, mas ela fingiu não me ver, me ignorando completamente enquanto abria o armário, tirava alguns livros e fechava a porta.

— Não estou falando com você — ela disse.

Eu tinha que dizer alguma coisa. Qualquer coisa.

— Fui eu que ganhei um tapa na cara.

— Talvez precisasse de um.

— Você estava conversando com o Eddie. Ele te magoou. O que tem de errado com você?

— Ele estava pedindo desculpas, seu imbecil. Eu estava me virando bem sozinha.

— Ah — eu disse. Minha nossa, tinha essa coisa dentro de mim, essa coisa que dizia que eu era *mesmo* um imbecil de merda. Me senti um babaca. Quer dizer... queria me esconder em algum lugar, mas não tinha onde. — Ah — eu repeti.

— "Ah". É só o que tem a dizer? Muito articulado!

— Sinto muito, Sam. Sinto mesmo. — Minha nossa, aquilo foi estúpido.

— Não te entendo ultimamente. Você era tão fofo.

— Talvez eu não fosse.

— Sim, você *era*. Mas agora anda tão inconsistente.

— Bom, você é assim às vezes.

— Mas você não é como eu, Sally. E você mereceu *mesmo* aquele tapa. — Então ela sorriu. — Entendo qual é a lógica de você bater nas pessoas. Às vezes é bom.

— Pensei que não estivesse falando comigo.

— Bom, teremos que resolver algumas coisas, né, Sally?

Concordei. Não sei. Não estava a fim de conversar. Não estava. Mas ela estava falando comigo e talvez houvesse uma pequena rachadura no nosso relacionamento. Mas ele ainda não havia se quebrado. E isso era bom. Não ter quebrado. Eu queria abraçá-la, mas tinha a sensação de que Sam não estava muito pronta para um abraço.

Ação de Graças

Quando o Fito entregou as flores que tinha levado para Mima, o rosto dela se iluminou.

— Lindo — ela sussurrou. Às vezes Mima parecia uma garotinha. Até naquele momento. Inocente. E o rosto do Fito ficou todo vermelho, e dava para ver que ele só queria achar um lugar para se esconder. O cara era supertímido.

Tia Evie pegou as flores e as colocou em um vaso. Ela olhou para Fito e disse:

— Que gentileza, Fito.

— Gentileza? Não — Fito sussurrou.

A Mima pôs a mão na bochecha do Fito.

— Você está muito magro. Precisa comer.

— Eu como.

— Precisa comer mais.

— Mima — eu disse —, ele come o tempo todo.

Mima balançou a cabeça.

— Quando ele ficar velho, vai ficar gordo. Igual ao Popo. O Popo era magro também. Mas depois se casou comigo. — E soltou um riso tão frágil quanto as folhas que varria quando eu tinha cinco anos.

Todo mundo estava ocupado fazendo alguma coisa na cozinha da Mima. Todas as vozes se misturavam: dos meus tios e tias, de alguns primos mais velhos que voltaram para casa por uns dias, da Sam, do Fito. E a voz da Mima. A voz debilitada dela era a que eu ouvia mais alto.

Pedi a chave do carro para o meu pai para pegar umas pastilhas para tosse que estavam lá. Estava meio com frio e não queria pegar um resfriado, o que seria péssimo porque, quando eu pegava um resfriado, *eu pegava um resfriado*. Coisa feia. *No bueno*. Minha garganta estava começando a doer. Sabia o que aquilo significava e pensei: *merda, merda, merda!* Enquanto ia para o carro, ouvi o tio Tony e a tia Evie conversando, sentados na varanda. Eu *tinha* me tornado um bisbilhoteiro crônico.

— É o último Dia de Ação de Graças da nossa velha, Evie.

— Não fale assim, Tony.

— O que quer que eu diga?

— Vamos sentir falta dessa mulher. Ela é especial.

— É, Evie. Todo mundo vai sentir falta dela. Temos que ser muito fortes.

— Eu sei, Tony.

— Vamos conseguir passar por isso.

— Não temos escolha, né? — Tia Evie ficou um instante em silêncio e disse em seguida: — Sabe o que eu acho? Que o Mickey é quem vai sofrer mais.

— Pode ser — disse o tio Tony. — Mas eu acho que é o Vicente. Só não vai demonstrar.

E então a tia Evie comentou:

— Na verdade, acho que o Salvador vai sofrer mais. Ele e a mamãe têm algo especial. Ainda lembro do dia em que o Vicente trouxe ele aqui pela primeira vez. A mamãe se apaixonou pelo garoto no momento em que o pegou nos braços. É lindo ver os dois juntos. Acho que ele vai ficar arrasado.

Então ouvi o tio Tony responder:

— Pode ser, Evie. Pode ser.

*

Eu disse a mim mesmo que não ia pensar muito naquela conversa e só apreciaria a beleza da família que eu tinha tanta sorte de ter. Se fosse o último Dia de Ação de Graças da Mima, eu faria dele o melhor de todos.

Passei pela varanda da lateral da casa, onde estava escutando. Acenei para o meu tio enquanto ia para o carro e achei as pastilhas do lado do motorista. Meu pai as deixava lá para dar conta da tosse de fumante que andava tendo. *No bueno*. Pus uma na boca e fui até a varanda. Sorri para tia Evie e dei um abraço nela.

Tio Tony deu um tapa nas minhas costas.

— Você é um bom garoto.

Fiz uma piada.

— Até onde você sabe.

— Não dê uma de espertinho.

Estávamos fazendo tortas. Bom, eu não estava fazendo nada. Só o meu pai, na verdade. E o tio Julian. Eles são, tipo, uma equipe. São parecidos. Sentei do lado da Mima enquanto meu pai abria a massa.

Ela acenou com a cabeça.

— Eu que ensinei para ele — ela disse.

Ela estava calma e me disse:

— Devíamos fazer o pão de milho.

É, o pão de milho. O recheio da Mima era fenomenal. Juntei os ingredientes e abri espaço para mim na mesa da cozinha. Peguei uma tigela grande. Sempre fazíamos três receitas. Fazer o pão de milho com a Mima era uma coisa minha. Nossa tradição.

Observei as mãos dela enquanto batiam a massa com uma colher de madeira. Queria beijá-las.

— Pusemos o açúcar? — Mima perguntou.

Eu fiz que sim com a cabeça.

Ela piscou para mim.

Então o celular do meu pai tocou. Ele olhou para o número e atendeu. Quando ouviu a voz do outro lado, abriu um sorriso enorme, e ficou na cara que estava falando com Marcos. Mima estava certa. Ela disse que o meu pai estava triste. Mas não, ele não estava triste. Só estava se sentindo um pouco sozinho — o que ela também disse. Ele percebeu que eu estava olhando, e sorri para ele. Como se soubesse de alguma coisa. Ele também sorriu — como se soubesse que eu sabia de alguma coisa.

Eu me perguntei se Mima sabia do Marcos. Fiquei só imaginando o que ela ia pensar daquilo tudo. Talvez não fizesse diferença para ela. Ela amava meu pai. Todas as outras coisas complicadas, bom, talvez não importassem para Mima.

Sam. Conversa. Fito. Conversa. Eu. Conversa.

EM ALGUM MOMENTO ENTRE FAZER O PÃO DE MILHO e conversar com meu tio Julian, comecei a me sentir um pouco pior. Meus músculos doíam, e eu continuava tentando ignorar o que estava acontecendo no meu corpo.

Então o tio Mickey entrou na cozinha cheirando a fumaça — não fumaça de cigarro, mas como se ele tivesse saído de um acampamento.

— Hora de pôr os perus no forno — ele disse. Eu sabia o que aquilo significava, mas Sam e Fito não. Então arrastei os dois para a casa do meu tio, a duas quadras dali. Ele cavava um buraco enorme no quintal todos os anos, temperava dois perus com todo tipo de tempero, enrolava cada um deles em papel alumínio e depois em sacos de juta que tinham ficado na água por duas horas. Então, punha os perus no buraco, que estava cheio de brasa de madeira: carvão feito em casa.

Levei Sam e Fito para a casa do tio Mickey e eles assistiram ao ritual de enrolar os perus, jogá-los no buraco e cobri-los.

Os dois ficaram superentusiasmados, e o tio Mickey ofereceu uma cerveja para cada um de nós. A Sam recusou, o que me fez sorrir. Pensei nas duas garrafas de vinho que tínhamos detonado e meio que balancei a cabeça. Meu tio Mickey falava sobre toda aquela coisa de cozinhar-na-terra. E o Fito não parava de falar:

— Cara, eu sou um mexicano totalmente urbano.

Fito gostou de ganhar uma cerveja, mas eu não gostei muito da minha e estava começando a me sentir um pouco mal. Mesmo assim, o Dia de Ação de Graças tinha que continuar.

Fito e tio Mickey ficaram conversando, bom... conversando sobre perus.

— De manhã, tiro essas coisinhas daí, e você vai provar o melhor peru da sua vida.

—Você vai dormir com os meninos? — Minha tia Evie estava com aquele olhar no rosto.

— Claro que vou. Sally e eu sempre fazemos uma festa do pijama.

— Ainda chama ele de Sally, né?

— Sim. Só vou parar de chamar quando ele crescer.

Tia Evie abriu um sorriso.

— E não fazem nenhuma brincadeirinha boba?

— Brincadeirinha? — Sam riu. — Com o Sally? Com o Fito? Nem. Não gosto dessas bobeiras.

Minha tia balançou a cabeça e sorriu quando nos entregou uns travesseiros a mais.

Sam ficou com a cama, é claro. Estava com aquela camiseta estúpida dos chihuahuas. Maggie pulou na cama com ela, como era de se esperar. Se Maggie tivesse escolha entre uma cama e o chão, sempre escolhia a cama.

Fito e eu ficamos com o chão.

A Sam procurava uma música no laptop.

Fito lia um texto.

Eu estava ali deitado, pensando na vida. E não me sentia muito bem. Estava com vontade de chorar. Talvez fosse por estar me sentindo mal, o que me fazia sentir como um menininho vulnerável. Não gostava nada daquilo.

Então Fito disse:

— Queria que o Angel parasse de me mandar mensagem.

— Ele é bonitinho — Sam disse.

— É, mas age como uma menina.

Sam olhou feio para ele.

— E o que há de errado com isso?

Fito estava com aquela cara de "vacilei".

— Ele quer que eu compre coisas pra ele. Tipo, "o que vai comprar para mim"? Como assim? Agora tenho que comprar coisas pra provar que gosto dele?

— Isso é ridículo — eu disse.

Sam revirou os olhos.

— Bom, eu fazia isso também.

— Pra quê?

Sam estava bancando a especialista.

— Ele só é inseguro. Não importa o que comprar, ele não vai acreditar que gosta dele de verdade. Livre-se dele.

— É. Eu disse que não tenho tempo para essa bobagem. Ele respondeu: "Ah, agora só quer saber dos seus amigos héteros".

— A Sam e eu, no caso?

— É — ele disse. — Eu não sei. Não sei merda nenhuma sobre amor. E apesar de ser gay, não sei merda nenhuma sobre ser gay.

Eu ri.

— Bom, também não sou especialista em amor.

— Isso é uma certeza — Sam disse.

— Ah — eu disse —, e no que deu você ter saído com todos aqueles caras problemáticos?

— Pelo menos eu me dei ao trabalho. E você, Sally?

— Eu já tive umas namoradas.

— Não saiu com ninguém este ano.

— Estava ocupado.

— Tanto faz — Sam disse.

— Bom, todas as meninas acham que eu amo você em segredo.

— É, meninas podem ser umas...

— Não fale isso, Sammy. Não fale.

— Considere dito.

— Sair é um saco — Fito disse. — Sam, lembra daquele tal de Pablo com quem você saía no ano passado?

— Lembro. Tatuagens legais.

— É, bom, ele é gay.

— Ele é gay? Sério? Certeza?

— Sim. Ficamos bêbados uma noite dessas. Mano, aquele cara sabe beijar.

— Uau — eu disse.

— Uau — Sam disse. — E o que aconteceu? — Ela sempre queria saber dos detalhes sórdidos. Às vezes dava vontade de falar para ela usar a imaginação.

— Não muita coisa — Fito respondeu. — Sei lá... ele foi, tipo, "vamos tomar umas cervejas". Dava pra ver que ele já tinha tomado algumas. Ele estacionou no centro da cidade e fomos dar uma volta a pé depois de beber. Achei que o cara fosse arrancar minha roupa e tal. Estávamos, tipo, em um beco, aí ele recebeu uma mensagem e disse que tinha que cair fora. Ele me deu o número dele, e eu liguei no dia seguinte e ele, tipo, fingiu que nada tinha acontecido. "Estava bêbado e tal". Ele falou. "Ah, tá bom", eu respondi. E ele meio que disse que não importava. E eu disse: "Falou, mano". E foi isso.

Sam disse:

— Ele é um babaca egoísta, de qualquer jeito. Graças a Deus que esse lixo de ensino médio já está quase acabando. Quando você for mais velho, Fito, vai querer se casar?

— Não sei. Tenho um monte de coisas pra pensar. Só quero entrar numa faculdade e tal. Ser alguém. Ficar por aí com um cara qualquer? Não sei, não.

— Eu entendo — Sam afirmou. — Mas, sabe, depois de se formar e conseguir um emprego e tudo mais. Gostaria de se casar?

Ele olhou para mim.

— É, acho que sim, talvez. Estou meio que acostumado com essa coisa de ser sozinho. Mas, por que não? Acho que gostaria de casar com alguém como o sr. V. Ou alguém como o Marcos. Sabe, alguém decente. Alguém que lembre um ser humano. Acho que um monte de caras gays são, tipo, "Sou uma mina", ou o oposto, no melhor estilo "Sou um selvagem". Umas merdas assim. Por que não podem ser "Sou só um cara"?

Não sei por quê, mas Sam e eu caímos na gargalhada.

E o Fito disse:

— Não é tão engraçado assim.

E a Sam comentou:

— Talvez a gente esteja rindo porque a verdade é engraçada.

— É, é hilária. Mesmo. — Então o Fito se virou para mim e perguntou: — E você, Sal?

Sam respondeu por mim.

— Ele quer ter quatro filhos.

— Isso é legal. Mas eu não. Não quero pequenos Fitos rodando pelo mundo. Péssima ideia. De qualquer jeito, sou gay. Talvez seja melhor. Minha genética é podre.

— Autodepreciação. É o seu hobby, né? — Sam era capaz de passar um sermão fazendo apenas uma pergunta.

— Meu hobby é sobreviver. Fui fazer terapia uma vez. O cara me disse que eu vivia a vida em modo de sobrevivência. Sorri para ele. Mas no fundo estava pensando: "Jura?".

— Bom, talvez algum dia você queira adotar uma criança em modo de sobrevivência.

— Acho que não. Seria como viver minha infância de merda de novo. Mas você, Sal, meio que vejo você fazendo alguma coisa assim. Não sou como você ou seu pai. Quando seu pai veio falar comigo na casa da Sam, eu fiquei meio "Quem é esse cara?". Tipo, "Existem pais assim no universo?". Seu pai é, tipo, um puta santo. Aposto que devem ter uns caras se atropelando para conseguir ficar com ele.

Dei risada.

— Acho que meu pai não está nessa.

— Bom, aquele Marcos, eu gosto dele. Parece que tem algo rolando ali.

E, do nada, comecei a chorar. Não sei, talvez estivesse com febre. Cara, não sei, só comecei a chorar.

A Sam disse:

— Ah, Sally, você está chorando.

Eu me senti doente e vazio, como se não tivesse nada dentro de mim, e comecei a resmungar:

— A Mima. A Mima vai morrer.

Então senti os braços da Sam ao meu redor, e ela sussurrava:

— Shhh. Eu estou aqui. Eu estou aqui, Sally.

Igreja

Foi um presente para Mima. Todo mundo foi à missa de Ação de Graças. Todo mundo bem-vestido. Mima não gostava dessa história de ir malvestido à missa — tipo, o visual vou-no-estádio-ver-futebol. Meu pai, Fito e eu estávamos de gravata. Ela adorou. Ela estava muito, muito feliz. Tiramos fotos para ela poder ver depois.

Eu me sentia péssimo.

Estava meio tonto. Não parava de assoar o nariz e tudo em volta estava com um som abafado, que chegava aos meus ouvidos com uma espécie de chiado.

Meus músculos doíam. Tudo doía. Mas eu continuava sorrindo.

Fito estava meio assustado.

— Não sou muito de ir à igreja — ele disse.

Sam comentou:

— Não vai te matar.

— Estão vendo só, vocês são mesmo, tipo, uns anjos — foi o que ele respondeu.

Sam só olhou para ele e afirmou:

— Pode parar com essa história de anjo. Não sou anjo nenhum. Nem quero ser. Não é o que pretendo fazer.

Não consegui ficar até o fim da missa. Logo depois da comunhão eu estava vomitando no banheiro masculino.

Não é justo. Não é justo?

Sério? Quem pega gripe no Dia de Ação de Graças? Meu Deus, eu estava mal.

Perdi tudo.

E a pior parte foi que chorei como uma criança de dez anos. Mas a melhor foi que Mima sentou ao meu lado na cama.

— Não tem medo de ficar doente?

Ela sorriu.

— Eu já estou doente.

Então comecei a chorar e me sentia fora de mim. Estava com febre e não parava de pedir desculpas à Mima por estar naquele estado. Ela segurou a minha mão e pôs uma toalha gelada na minha testa.

— Para a febre — ela disse.

— Por que está cuidando de mim, Mima? A senhora está doente.

— Porque eu quero — ela sussurrou.

— Gosto de segurar sua mão — respondi, sussurrando. É esquisito como se diz coisas sinceras quando se está doente. — Quero que você fique comigo para sempre.

— Sempre estarei com você — ela sussurrou.

— Não quero que fique doente.

— Não se preocupe — ela sussurrou. — Não vou ficar triste. Não quero que fique triste também.

— Tudo bem — eu disse. — Não vou ficar. — Não era verdade, mas pensei que deixaria Mima feliz. Caí no sono com ela segurando minha mão.

Tive pesadelos, mas pelo menos dormi. Dormi e dormi e dormi.

Eu me lembro de Sam e Fito em pé olhando para mim. E lembro que disse:

— Não sou um cachorrinho.

Levantei da cama no sábado. Era por volta de meio-dia. E estava com muita fome. Tipo, estava com a fome do Fito.

Os tamales já estavam prontos. Senti falta de cozinhá-los e de ouvir as histórias que todo mundo contava. Senti falta dos xingamentos e das gargalhadas.

Estava triste.

Não podia comer tamales. Sopa de peru. Esse sim era o meu prato. Sentei na cozinha e fiquei me lamentando.

Tomei um banho, troquei de roupa e me senti um pouco melhor. Sabe, eu meio que me sentia como uma camiseta que tinha ficado rodando na secadora por tempo demais. Sentei na frente da árvore de Natal com a Sam e o Fito.

— Droga — eu disse. — Perdi tudo. Sempre ajudo a Mima a colocar as luzes na árvore depois do dia de Ação de Graças. Sempre. Desde que eu tinha, tipo, quatro anos. Não é justo.

Sam olhou para mim.

— Chega de drama. Isso é comigo. Você deveria estar todo distante.

— *Não é justo* não entra na categoria de drama.

Fito meio que me encarou.

— Você não sabe porra nenhuma sobre injustiça.

Não ia discutir com ele sobre o que era ou não justo.

— Como estão os tamales?

— Cara — o Fito disse —, sua família manda bem. É disso que estou falando. Eles sabem fazer do jeito certo.

Sam riu.

— Como se você soubesse.

— Bom, eu sei comer.

— O.k. — Sam balançava a cabeça. — Ele comeu, tipo, uns doze. E a Mima não conseguia parar de rir. Ela perguntou para o Fito: "Ninguém dá comida para você?". E ele ficou vermelho.

— Estão vendo? — eu disse. — Perdi tudo.

— Ahh, ver o Fito devorar doze tamales? Eu diria que você não perdeu tanta coisa assim.

Fito ficou bem quieto.

— Você tem uma família legal, Sal. Superlegal, sabe. Demais. E a Sam aqui, ela mandou muito bem nesse negócio de fazer tamales. Você tinha que ter visto. Parecia uma mexicana de verdade.

— Eu sou uma mexicana de verdade.

Fito balançou a cabeça.

— Acho que não. Nós três juntos não damos um mexicano de verdade.

Acho que ele estava certo.

Então Sam disse:

— E nós três juntos não damos um americano de verdade.

Fito caiu na gargalhada.

— Bom, o *gringo* ali tinha uma boa chance de ser americano de verdade. Ele só acabou na família errada.

— É — eu disse. — Parece que me dei bem.

— Pode apostar. E eles contaram um monte de coisas boas sobre você, *chico*. Tipo, que andou sobre a água e tal.

Eu sorri. Sorri de verdade. Conversar ali com a Sam e o Fito. Bom, parei de sentir pena de mim mesmo.

Andar sobre a água. Certo. É mais, tipo, aprender a nadar. Aprender a nadar.

Mima. Cansada.

Na manhã de domingo eu estava muito a fim de comer tamales. Meu pai disse que não era boa ideia.

— Estou com fome — eu disse. — Chega de sopa de peru. *No bueno.*

Ele balançou a cabeça.

— *No bueno, no bueno.* De onde tirou isso? Coma um pouco de peru e purê de batata.

Nada de tamales para mim. *Droga.*

Sam ficou bem na minha frente na mesa da cozinha — com dois tamales quentes no prato. Eu só olhei para ela e disse:

— Às vezes você não é uma pessoa muito legal.

— Não sou eu que estou doente.

— Perversa. Você é perversa.

— Gosto quando exibe seu vocabulário erudito.

— Vou para outro cômodo.

— Você está fazendo manha.

— É.

A Mima estava cansada demais para ir à missa. Ninguém precisou me dizer que era um mau sinal.

Mima

Mima estava sentada à mesa na tarde de domingo, olhando ao redor da cozinha. Sentei de frente para ela.

— Foi um belo Dia de Ação de Graças — ela disse.

Concordei. Queria dizer alguma coisa, mas não sabia o quê. Então deixei escapar:

— Tenho me metido em muitas brigas ultimamente.

Ela fez um gesto com a cabeça.

— Eu entendo — ela disse.

— Eu não.

— Às vezes isso acontece com garotos.

— Mas eu não quero. Quero dizer... eu não sei. Tem alguma coisa raivosa dentro de mim.

Ela voltou a menear a cabeça.

— Você é um bom rapaz.

— Não sou, Mima.

Ela sorriu para mim.

— Ouça sua Mima — ela sussurrou. — Quando começa a se tornar um homem, começam a acontecer coisas dentro de você. Talvez você ache que precisa ser perfeito. Se pensar nessa palavra, não dê atenção a ela.

Ela se levantou da mesa e me abraçou.

— Estou triste.

— Não vai ficar triste para sempre — ela disse, beijou minha testa e então me soltou.

Sobras. Sermões.

— Pelo menos estamos levando um carregamento de tamales e sobras pra casa — eu disse. Estava sentado no banco de trás com Fito. Sam estava no da frente. — E não comi nenhum pedaço de torta!

Sam, meu pai e Fito riram. Não tinha ideia de por que era engraçado. Hilário. Pois é.

— Faço uma torta de abóbora pra você essa semana — meu pai disse.

— Não vou dividir.

— Você é um cara engraçado às vezes, sabia, Salvador?

— Sim.

— Vocês querem uma árvore de verdade este ano?

— Não. Eu gosto da falsa — eu disse.

— Eu gosto das de verdade — Sam disse.

— Tudo bem — eu disse. — Então você vai ter que regar todos os dias, pôr cubos de gelo no suporte todas as noites e varrer as folhas caídas todas as manhãs.

— Ahh — ela disse —, então o Grinch está colocando as asinhas de fora.

— Só estou dizendo, Sam.

— Vocês terminaram as redações? — Meu pai não parava de falar nas inscrições das faculdades. Já fazia duas semanas que ele deixava bilhetes na porta dos quartos.

— Vou mandar na terça. Então, fim! — Sam estava orgulhosa de si mesma.

— Eu tenho, sei lá, um rascunho — eu disse.
— *No bueno* — meu pai disse. — Termine. Até primeiro de dezembro.
— Mas é daqui a alguns dias.
— Isso mesmo.
— Odeio ter que escrever essa redação — eu disse.
— Primeiro de dezembro.
— Gosto muito mais de você quando não passa sermão, pai. Quer dizer, não que você faça muito isso. Mas agora está parecendo um professor de colégio com essa história.
Dava para perceber que meu pai estava irritado.
— Primeiro de dezembro — ele disse.
Sam mandou uma mensagem: Ajudo vc.
Eu: É minha redação. Eu faço.
Sam: ☹
Olhei para o Fito. Maggie estava com a cabeça no colo dele, e ele, dormindo.
Mandei mensagem para a Sam: Tire uma foto. Sua posição é melhor.
Ela se virou, sorriu e tirou umas fotos. Mandou por mensagem para mim: Legal.
Eu: Legal, legal, legal
Então meu pai disse:
— Vocês ficam trocando mensagem quando estão um do lado do outro?
— Estamos discutindo a minha redação — eu disse.
— Sei. Não me enrole.

Por mim

MEU PAI DISSE QUE EU DEVERIA TIRAR UM DIA para recuperar minhas forças. Ele não queria que eu tivesse uma recaída. Mas eu me senti meio deixado de lado com Sam e Fito indo para a escola sem mim. Eu estava deitado na cama e, antes de sair, Sam me mandou uma mensagem: **Palavra do dia = letargia**.

Eu: É. Letargia emocional

Sam: Idiota. Não tem outro tipo

Eu: Me deixa em paz

Sam: ESCREVA SUA REDAÇÃO

Maggie estava deitada ao meu lado. Dei um beijo nela, que começou a lamber meu rosto. Até que ela bocejou e se encostou em mim.

Voltei a dormir.

Acordei por volta do meio-dia, ainda grogue, fui até a cozinha e tomei um pouco de suco de laranja. Meu pai ia dar aula a tarde toda e tinha deixado um bilhete: "Salvie, tenha paciência consigo mesmo". Eu pensei: *será que ele quis dizer para eu tomar um banho quente e demorado?* Huuum. Foi o que fiz.

Então sentei na frente do meu laptop na mesa da cozinha. Cozinhas me faziam lembrar da Mima. *Tudo bem, vou escrever minha redação.*

Eu tentava me concentrar, mas minha mente viajava. Eu me sentia como um pedaço de papel flutuando, soprado de um lado para o outro e querendo pousar no chão, mas o vento não deixava.

Pensei na Mima. Quando fomos embora da casa dela, apesar de parecer mais frágil e fraca do que nunca, ela saiu para nos ver partir. Ela sempre fazia isso. Tia Evie teve que ajudar. Eu dei um abraço nela. Ela olhou para mim e sorriu.

— Apenas se lembre — ela disse.

Eu não sabia ao certo do que ela queria que eu me lembrasse.

Então ela apontou para o meu pai, que guardava alguma coisa no carro.

— Dele — ela disse. E então acenou com a cabeça.

Mima. Sem desespero. Ela estava morrendo, e não havia nenhum sinal de desespero nos olhos dançantes dela.

E lá estava eu, o pedaço de papel à mercê do vento, tentando chegar ao maldito chão.

Tenho que fazer isso.

Fito tinha dito que estava feliz por não ter que escrever nenhuma redação.

— Só tenho que ter boas notas aqui na Universidade do Texas de El Paso e então me transferir para a Universidade do Texas. Nada de redações. E também o que diabo eu ia dizer? Que meu pai era um cara legal que teve que ir embora porque minha mãe é uma viciada em drogas que gosta de gritar e que meus irmãos seguiram o caminho dela? Acho que poderia dizer que passei quase um ano esperando meu velho voltar para me pegar, e depois conclui que isso não iria acontecer. Esse é o resumo da minha vida. — Aquele Fito. Meu pai disse que ele era um milagre ambulante. Veja só, era muito mais fácil pensar em qualquer outra coisa que não fosse a redação.

Sam tinha me passado as frases de abertura da redação *dela*, na qual estava dando os toques finais: "Minha mãe costumava me deixar mensagens escritas com batom. Ela escrevia no espelho do meu banheiro e, quando eu era criança, estudava cada letra de cada palavra". Bom, ela já tinha praticamente sido aceita.

Olhei para o que eu tinha até então: "Eu não tenho certeza de que quero ir para a Universidade Columbia. Não acredito, de verdade, que esteja à altura dos demais postulantes. Essa é a verdade". *No bueno.*

O problema era que eu não tinha nenhum dom especial nem nada parecido. E, fora o fato de estar numa fase confusa pra caramba — o que era, pelo menos, interessante —, eu não achava que tinha nenhum atrativo em particular para que qualquer universidade cara me aceitasse. Meu pai tinha feito Columbia — mas ele era talentoso. Talvez, se ele fosse meu pai biológico, eu tivesse talento também. Mas não tinha. Estava me candidatando à vaga em Columbia por quê? Porque eu era sentimental. Talvez meus punhos não fossem, mas eu era. Columbia. É. Pelo meu pai.

Respirei fundo. Se Mima estava morrendo e não se desesperava e se a Sam podia escrever a redação dela apesar de ainda estar atordoada pela morte da mãe, qual era o meu maldito problema? Talvez estivesse sentindo coisas ambivalentes em relação à faculdade. *Ambivalente.* Palavra da Sam. É, sentimentos ambivalentes. Talvez eu estivesse passando por uma fase. E talvez fases fossem importantes. Talvez as fases contassem algo importante sobre nós mesmos.

Mandei uma mensagem para Sam: **Palavra do dia = ambivalente.**

Desliguei meu telefone.

Escrevi a primeira frase da redação. Olhei para ela. Comecei a escrever um pouco mais. E escrevi, escrevi, escrevi.

Quando olhei no relógio, eram duas e meia. Tinha terminado a redação. Li em voz alta. Fiz algumas mudanças. Não sabia ao certo se ela me levaria à faculdade, mas pensei: *a Mima ia gostar.* E daí que ela não estava no comitê de admissão?

Sexta-feira

NÓS NÃO CHEGAMOS EXATAMENTE A PENSAR na árvore de Natal durante a semana.

Ficamos ocupados na escola. Pelo menos eu tinha terminado minha redação — apesar de não ter contado para ninguém que estava pronta. Mas ainda havia aquela outra carta esperando para ser lida. Será que meu pai estava falando disso quando disse "Tenha paciência consigo mesmo"? Às vezes você procrastina. E fica viciado em procrastinar. Isso é idiota, eu sei. E aí aquilo que foi procrastinado parece te sufocar.

Sam mandou uma mensagem: **Palavra do dia = estase.**

Eu: Estase?

Sam: Tipo ñ se mover. Tipo vc com a carta da sua mãe. Tipo termine sua redação. Tipo SEM MOVIMENTO

Eu: Valeu pelo sermão

Sam: De nada

Eu ia contar que minha redação estava pronta, mas ela ia querer ler, e eu não queria que ninguém lesse. Não mesmo.

Depois que o Fito pediu demissão do segundo emprego, passava em casa quase todas as noites e nós estudávamos juntos. Ele disse que era estranho não trabalhar o tempo todo. E tinha ido visitar a mãe.

— Ela estava doida de pedra — ele disse. — Olhou pra mim com aqueles olhos de peixe morto e perguntou: "Tem algum dinheiro aí?". Então eu caí fora.

— Por que você voltou lá? — perguntei.
— Ela é minha mãe.
Sam deu a opinião dela sem ninguém pedir.
— Ela te faz mal. Você sabe, né?
— Sei — Fito respondeu. — Mas não muda o fato de que é minha mãe.
— Eu sei — Sam sussurrou. — Eu sei, Fito.

Paramos a conversa por ali. Bom, não havia nada que nenhum de nós poderia fazer. Meu pai tinha dito que chegava uma hora em que tínhamos que ser responsáveis por nossa própria vida. Acho que essa hora havia chegado um pouco mais cedo para o Fito. Meu pai também disse que às vezes acontecem coisas que são maiores que nós, porque a vida é maior que nós. Como a Mima ficar doente. Como a Sylvia morrer em um acidente de carro. Como a mãe do Fito. Como a minha mãe, que morreu quando eu tinha três anos.

Nossa mesa da cozinha, à noite, era como uma sala de estudos. Fazíamos perguntas uns aos outros e nos ajudávamos. Fito comentou:

— Eu morri e fui para a porra do paraíso.

Palavras dele — Fito adorava palavrão. Mas também adorava ler. Sam dizia que ele tinha um coração tão grande quanto o céu. E era verdade.

Ele contou que começou a ler o tempo todo para escapar do inferno em que vivia. Disse que gostou de *As vinhas da ira* porque era "sobre pessoas pobres. Isso é legal demais".

Eu achava que o Fito e a Mima teriam gostado de verdade um do outro. Fiquei triste porque eles nunca teriam a chance de ser amigos.

Fito passou em casa e, como era sexta-feira e ainda não tínhamos arrumado os enfeites de Natal, arrastamos a árvore da garagem e a montamos. Meu pai e Marcos cuidaram das luzes, e Sam não parava de fuçar nas caixas com a inscrição *Natal*.

— Vocês têm muita coisa de Natal.

— Nós temos muito espírito natalino — eu disse.

Ela gostava muito da guirlanda que sempre ficava na porta da frente.

— Eu lembro disso.

Era legal, essa coisa toda: todo mundo reunido decorando a árvore. Meu pai conseguiu fazer a torta de abóbora que tinha prometido, e ela estava no forno.

A casa estava com cheiro de torta e canela.

Mas, na verdade, a melhor parte, a melhor parte mesmo era que meu pai estava esquentando os tamales. Eu finalmente ia experimentar. Olhei para o Fito:

— Vou estabelecer um limite de tamales pra você.

Ele riu.

— Meio que tenho essa coisa com comida. Estou sempre com fome. O que será que significa?

Sam revirou os olhos.

— Provavelmente que você precisa de sexo. Só está compensando. Devia começar a correr com a gente. O nome disso é sublimação.

Meu pai olhou para ela, tentando segurar o sorriso.

— O quê?

— É, é uma coisa gay. Caras gays têm que fazer sexo.

Meu pai olhou para a Sam e balançou a cabeça.

— E de onde exatamente você tirou essa informação?

Eu tive que me intrometer.

— Ela inventa umas coisas.

— Não invento.

— Inventa, sim, Sam. Entra na internet, lê sobre um assunto e aprende umas coisinhas. O resto, você inventa. E aí acredita nas coisas que inventa.

— Não é verdade.

— É, sim. É por isso que um dia ainda vai ser uma grande escritora.

Ela me olhou feio e depois virou para o Fito.

— Você quer ou não transar?

Marcos começou a rir.

— Ele tem dezessete anos. Todo mundo sabe essa resposta. Não acho que tenha nada a ver com ser gay.

— O.k.! — eu disse, ficando vermelho e querendo me esconder embaixo do sofá.

Meu pai, que é um cara muito esperto, sugeriu:

— Por que não falamos sobre outro assunto qualquer?

Sam revirou os olhos.

— É — ela disse. — Vamos falar sobre o Papai Noel.

Marcos

FITO RECEBEU UMA MENSAGEM PERTO DAS DEZ E, de repente, disse que ia para casa — a casa da Sam, na verdade. Mas achei que talvez fosse encontrar com algum cara. Sei lá, acho que eu estava passando muito tempo com a Sam. Talvez estivesse projetando. Essa era outra palavra dela. Desde que sua mãe tinha morrido, ela estava se transformando em um tipo de psicóloga.

Sam e eu comemos dois pedaços de torta de abóbora cada enquanto ouvíamos uma banda chamada Well Strung. Eram uns músicos meio bobos e tocavam uma mistura de música clássica e pop. Sam disse que eles eram muito gays, e eu respondi que não gostava daquela expressão, e ela:

— Bom, às vezes é um elogio.

— Não sei, não.

Ela disse que eu não sabia nada sobre essas coisas.

Meu pai e Marcos estavam conversando na sala, e dava para ouvir as risadas deles. Fiquei imaginando como seria amar alguém como meu pai amava o Marcos. Ele não falava sobre isso. Mas eu podia ver. E, na verdade, tinha um pouco de ciúme. Tinha mesmo. Bom, o Marcos era para o meu pai algo que eu não podia ser. Além disso, meu pai estava passando muito mais tempo com ele, e eu sentia falta de tê-lo só para mim, e sabia que era muito egoísmo da minha parte. E tinha outra coisa: eu não conhecia o Marcos direito e, mesmo que nos déssemos bem, eu não estava me esforçando para me aproximar dele de verdade. Era uma mistura de ciúme e desconfiança. E eu normalmente não era uma pessoa desconfiada. Não estava fazendo progresso nenhum em relação ao Marcos. Nada. Estase.

Sam me mandou uma mensagem: **Palavra do dia = amor.**

Ela estava sentada à mesa da cozinha, de frente para mim. Lancei um olhar sarcástico para ela.

Eu não sabia nada sobre amor. Só tinha tido uns rolos, sem envolvimento emocional algum. Eu gostava muito de beijar. Às vezes, sonhava que tinha uma namorada. E imaginava ela olhando para mim. Imaginava como seria sentir as mãos de uma menina no meu corpo. Como seria passar os dedos sobre os lábios de uma menina.

Continuei comendo minha torta de abóbora, e Sam perguntou no que eu estava pensando.

— Nada importante — respondi.

— Terminei minha redação. Fim das inscrições! Viva a Sam! E você devia estar pensando na *sua* redação.

— E se eu dissesse que já terminei?

— Você terminou? E não me deixou ler?

— Eu vou te deixar ler.

— Quando?

— Quando eu estiver pronto.

— Ah, assim como quando estiver pronto pra ler a carta da sua mãe.

— Não comece.

— Sally.

— Sammy. — Sorri para ela. — Então acho que vamos para a faculdade.

— Não vamos nos empolgar muito com isso.

— Ambivalente — eu disse.

Ela sorriu. Às vezes era como se ela pudesse ler pensamentos.

— Não se preocupe. Quando você for para a faculdade, várias meninas vão dar em cima de você.

— É claro.

— E você não vai me ter por perto para atrapalhar.

— Você não atrapalha.

— Talvez um pouco. Você é leal demais. Nenhuma das garotas com quem você já saiu... Não que tenham sido centenas...

Olhei para ela com o sorriso mais sarcástico que consegui.

— Nenhuma delas gostava de mim.

— Meninas são estranhas mesmo — eu disse. — Elas ficam com essa coisa de... "Sou a única pessoa do universo". Não curto isso.

— É porque, diferente da maioria dos garotos, você é meio maduro. Mas só nesse aspecto. Em outros aspectos, bom, você é uma obra em andamento.

— Isso é um elogio?

— Pode apostar, branquelo.

— Legal. Viu só como você é? Primeiro me elogia, pra depois retirar o elogio numa tacada só.

— É. Senão você pode ficar convencido. — Depois ela se virou para a sala e olhou para mim. — O que você acha?

Dei de ombros.

— O Marcos... Ele é legal, não?

— É, até que sim. Ele é quieto, mas não muito tímido. E é uma pessoa que sabe ouvir. Eu o vi conversando com o Fito, que estava falando alguma coisa sobre a escola, e era aquela conversa de sempre do Fito. Você sabe, a autodepreciação em que ele está viciado. E o Marcos ouviu e disse: "Sabe, talvez não seja você. Talvez seja aquela professora. Existem muitos professores ótimos por aí. Mas também existem uns não tão bons. É algo em que você deveria pensar".

Olhei para a Sam.

— Então você vai parar de pegar no pé dele?

— Acho que não.

— O quê?

— Temos uma dinâmica. Eu sou malcriada com ele, e ele sorri para mim. É assim que interagimos.

— Eu te entendo e não te entendo.

— Que nada. Você me entende. Você me entende completamente. — Então ela ficou muito séria. Eu conhecia aquele olhar. — Você me enxerga, Sally. Estou falando sério. Você me enxerga. Minha mãe, você sabe, ela me amava. Eu também sei. Mas ela nem sempre me enxergava. Isso é triste. Triste demais. Ela não me enxergava porque não enxergava a si mesma. Mas você? Você me enxerga. Eu me lembro de quando tinha uns seis anos. Talvez sete. Eu caí no cimento, e você me ajudou. E viemos até aqui, até a casa que virou minha. Você lavou o sangue do meu joelho, o que, pra mim, foi totalmente traumático. — Nós rimos. — Você passou um pano morno e fez um curativo e depois deu um beijo. Lembra?

— Não, não lembro.

— Você estava tão sério. Sempre vou lembrar do seu olhar. Você me enxergou. Você *sempre* me enxergou. Acho que isso é tudo que alguém quer. É por isso que o Fito adora vir aqui. Ele foi invisível a vida toda. E, de repente, ficou visível. Enxergar alguém. Enxergar alguém de verdade. Isso é amor.

— Sabe o que mais é amor? — perguntei. — Uma amiga que te dá um tapa quando é exatamente disso que você precisa.

Ela sorriu para mim e eu sorri de volta.

— Quer saber um segredo? — perguntei.

— Quero.

— Tenho um pouco de ciúme do Marcos.

— Ótimo.

— Ótimo?

— Sim.

— E desconfio um pouco dele.

Ela sorriu.

— É bom saber que nem todas as minhas lições foram desperdiçadas com você.

Eu. Sonho.

No meu sonho, estou cercado por vários caras. E digo: "Um de cada vez. Vou derrubar um de cada vez". Então arrebento todos, um de cada vez. Acabo com a raça do primeiro cara. Ele está sangrando e caído no chão. E simplesmente digo: "Próximo". Então, na sequência, espanco todos eles. E eles ficam caídos no chão, e eu só permaneço ali parado, olhando fixamente para eles.

E aí aparece um homem. Eu me pareço com ele, e sei que é o meu pai. E nós partimos para a briga. Dou o primeiro soco, mas ele não se intimida. Depois, ele começa a me socar. Ele me dá vários golpes até eu cair no chão. E começa a me chutar, repetidas vezes. Mas eu não sinto nada.

E então acordo.

Ser um encrenqueiro em sonho, o que isso significava? E o que significava quando um pai que eu não conhecia aparecia no meu sonho e me enchia de porrada? Não vou contar para a Sam sobre esse sonho, porque ela vai começar a me analisar. E não estou a fim de ser analisado.

Tentei pensar em algo mais positivo para voltar a pegar no sono.

Pensei no dia em que choviam folhas amareladas, claro.

E voltei a dormir.

Sam. Meu pai. Eu. Meu pai?

SAM E EU TÍNHAMOS ACABADO DE VOLTAR DA CORRIDA. Meu pai estava lendo o jornal. Sam e eu havíamos discutido nosso plano. Resolvi pedir a opinião do meu pai. Por que não?

— Pai — eu disse. — O aniversário do Fito é sexta. Ele vai fazer os tão sonhados dezoito anos.

— Estou ouvindo.

— Então... O que você vai fazer na sexta?

— Bom, o Marcos e eu estávamos pensando em ver um filme.

Quase quis perguntar por que eles não pensaram em convidar eu e Sam para irmos junto, mas já sabia a resposta.

— Bom — ouvi Sam dizer. — Pensamos em fazer alguma coisa para o Fito. Você sabe... Um bolo e uns tacos?

— Parece uma ótima combinação. Podemos fazer isso.

— Vou fazer o bolo — afirmei.

— E eu os tacos — Sam disse.

Meu pai olhou para nós dois e disse:

— Uau. — Mas ele nos conhecia. Sabia que tinha mais coisa por vir. Deu para ver pelo modo com que pôs o jornal sobre a mesa.

— E? — ele perguntou.

— E — eu disse —, o celular do Fito morreu. O que é uma droga. Bom, o celular dele era uma droga mesmo.

— É — Sam confirmou. — Era uma porcaria. Um daqueles baratinhos.
Meu pai recuou um pouco.

— Era o que ele podia comprar, Sam.

— Eu sei, eu sei, sr. V. Eu consigo ser irritante às vezes. Mas estávamos pensando que queríamos comprar um smartphone de presente para ele. Sabe, a Lina me pôs no plano familiar dela. E o Sally está no seu plano. Então pensamos que, talvez, se adicionássemos o Fito em um de nossos planos, o aparelho sairia, tipo, superbarato. O Sally tem algum dinheiro... O que você acha?

— Bom, se vocês não podem salvar o mundo, pelo menos resolveram que vão salvar o Fito.

Sam cruzou os braços.

— Não fale assim... — Ela parou. — Ele não é, tipo, um projeto. É nosso amigo. Nós amamos o Fito.

— É, nós amamos ele — repeti.

Meu pai sorriu.

— Eu compreendo. Então vocês precisam de um parceiro para o crime?

— Algo do tipo — respondi.

— Por que não? Amanhã, depois da aula, vamos comprar um celular para o Fito.

— Ótimo — exclamei.

— Combinado, então — meu pai concordou.

— Combinado — eu respondi.

Sam estava sorrindo. Estávamos felizes. E aí ela fez uma cara diferente — como se tivesse mais alguma coisa a dizer. E quando aquela menina tinha algo a dizer, ela dizia. Ela olhou diretamente para o meu pai.

— Sr. V? Não sei mais como chamá-lo. Sr. V não serve mais.

— Você pode me chamar de Vicente. É o meu nome, afinal.

— Parece meio desrespeitoso.

— Diz a menina que chamava a própria mãe de Sylvia.

— É, mas eu só chamava ela assim pelas costas.

Meu pai sorriu.

— Como você vai me chamar? — ele perguntou. — Como vai resolver esse problema? Tem algo em mente?

— Na verdade, tenho — ela respondeu, com a voz muito séria.

Meu pai esperou ela terminar o que havia começado a dizer.

— Bem — ela disse, muito tímida —, eu vou fazer dezoito anos em agosto. E depois disso vou ser adulta.

— Pelo menos legalmente — meu pai completou.

— É — Sam disse —, legalmente. Eu estava pensando que, talvez, bem, sabe... você é mesmo o único pai que eu conheci. Meio que sempre foi assim, né?

Meu pai sorriu um pouco mais enquanto acenava com a cabeça.

— Eu fui um grande transtorno?

— Não — ele respondeu. — Eu não sei o que teríamos feito sem você.

Sam estava com cara de quem ia chorar.

— Está falando sério?

— Eu não falo nada que não seja verdade, Sam.

— Fico feliz — ela afirmou —, porque estou com essa ideia na cabeça de que você poderia querer me adotar. Tipo, oficializar as coisas antes que eu seja, você sabe, maior de idade.

O rosto do meu pai se iluminou.

— Tem certeza? — ele perguntou.

— Tenho — ela disse.

Meu pai pensou por um instante.

— Podemos partir para uma adoção legal, se é isso que você quer. Mas devo dizer que você já é minha filha há muito tempo, Sam. Com ou sem adoção. E você não precisa de um pedaço de papel para me chamar de pai.

Lágrimas corriam pelo rosto dela. Então ela acenou para ele e disse:

— Oi, pai.

E meu pai acenou para ela.

— Oi, Sam.

Irmã

Eu estava no meu quarto pensando nas coisas. A vida tem uma lógica própria. As pessoas falam sobre a estrada da vida, mas eu acho que é bobagem. Estradas são lisas e asfaltadas, e têm placas que dizem para que lado se deve seguir. A vida não é nada parecida com uma estrada. Há dias em que acontecem coisas ótimas, e tudo é lindo e perfeito, e, do nada, tudo pode ir direto para o inferno. É como ficar bêbado. Primeiro parece até legal, relaxante. E, de repente, a sala está girando e você está vomitando, e, bom, talvez a vida seja um pouco assim.

Eu estava pensando em fazer uma lista de todas as coisas boas e péssimas que estavam acontecendo, as que estavam me deixando louco. Mas que bem faria isso? Parte de mim estava realmente feliz. Era como meu pai havia dito: com ou sem adoção, Sam sempre foi minha irmã. E meu pai sempre foi pai dela.

Saber algo que sempre se soube. Realmente saber. Uau.

É, Mima ainda estava morrendo, eu ainda não tinha reunido coragem para abrir a carta da minha mãe e ainda me sentia incerto a respeito de muitas coisas. Ouvi a voz do tio Tony na cabeça: "Acho que o garoto vai ficar arrasado".

Mandei uma mensagem para a Sam: Q vc tá fazendo?

Sam: Lendo. Pensando.

Eu: Pensando?

Sam: Quero mudar meu sobrenome

Eu: ?

Sam: Quero mudar meu sobrenome para Avila

Eu: Avila?

Depois a vi parada na minha porta.

— Avila?

— É, Avila. Era o nome de solteira da minha mãe. E parei pra pensar que nunca cheguei a conhecer meu pai direito.

— Ainda dá tempo.

— Acho que não. Mas isso não vem ao caso.

— O que vem ao caso?

— Sabe, Sally, ela está morta. E eu quero ter o nome dela. É o que quero. Uma vez perguntei por que ela não retomou o nome de solteira depois que se divorciou do meu pai. Ela respondeu: "Eu me casei com ele. Adotei seu nome. Estou bem assim". Acho que minha mãe sempre se definiu com base nos homens que estavam em volta dela. Ela manteve o nome Diaz porque provava para si mesma que havia se casado pelo menos uma vez. É o que acho. — Ela olhou com orgulho de si mesma. — É, vou mudar meu nome oficialmente. Em homenagem à minha mãe.

Ela se aproximou de mim, sentado na minha escrivaninha, e me deu um beijo na cabeça. Eu estava segurando a carta da minha mãe.

— Nossa, você é esperta, Sammy. Eu? Estase.

Ela ficou olhando para a carta.

— Você vai dar um jeito, Sally.

— Vou?

— Acredito em você. — Ela ficou bem quieta. — Eu ainda choro, sabia? Ainda me pergunto "E se?". E se a Sylvia não tivesse morrido?

— Talvez fosse melhor não jogarmos mais esse jogo.

— Não podemos evitar. A Sylvia e eu, nós brigamos até o fim.

— Talvez vocês se amassem desse jeito.

— Era bem assim que nos amávamos. Isso é muito triste, Sally. E não pode ser desfeito.

— Não dá para viver com remorso, Sam.

— Talvez nós dois vivamos com remorso. Você já se perguntou uma centena de vezes como seria se sua mãe não tivesse morrido, não perguntou?

Eu não disse nada.

— Você odeia falar sobre isso.

— É, odeio. — Deixei a carta sobre a escrivaninha, passei os dedos sobre ela e me perguntei: *e se eu encontrasse meu pai biológico pessoalmente, o que aconteceria? E se, Sam? E se?*

Mães

O vento estava frio. Talvez nevasse.

Eu amava a neve.

Amava a sensação do vento frio no rosto.

Meu pai não ligava muito para o frio. Ele dizia que meu romance com a neve existia só porque eu não morava em um lugar como Minnesota.

Não sei exatamente por que eu estava parado na frente da minha casa, olhando as luzes. Dava para ver a árvore de Natal piscando na sala. Quando eu era pequeno, Mima pegava na minha mão e me levava para fora, para ver as luzes. Ela sempre enfeitava a casa toda com luzes, e sempre cantávamos uma música natalina. "Cristãos, vinde todos" era a favorita dela, mas sempre cantava em latim, como havia aprendido.

Meu pai dizia que o latim era uma língua morta. Fiquei pensando naquilo. Por que algumas línguas morriam? Sam tinha uma teoria de que as línguas não morriam de verdade. Ela dizia que nós as matávamos.

— Sabe quantas línguas nós matamos na história mundial? Quando se mata uma língua, mata-se um povo inteiro. — Sam, aquela Sam.

Resolvi naquele momento que Sam e eu imprimiríamos a letra em latim para cantar para a Mima no Natal. Era exatamente o que faríamos. Eu já tinha quase acabado de fazer o álbum de fotos. Seria o presente de Natal dela. Poderíamos ver juntos. Seria a melhor parte.

Peguei meu celular e liguei para ela. Tia Evie atendeu.

— É bom ouvir sua voz — ela disse.
— É apenas uma voz normal de um cara normal — respondi.
— Normal. — Ela riu. — Espertinho. Quer falar com a Mima?
— Quero.

Quando Mima pegou o telefone, parecia cansada, mas feliz, e me disse que o tio Julian viria para o Natal, mesmo já tendo vindo para o Dia de Ação de Graças, e ela estava muito feliz por isso. Eu também estava. Por isso e por ela estar falando tanto, porque era seu estado normal. Então ela me perguntou o que eu estava fazendo.

— Estou parado na frente de casa vendo as luzes e pensando na senhora. É isso que estou fazendo.

Eu queria dizer tantas coisas para ela. Queria perguntar sobre a minha mãe, porque ela a havia conhecido e, desde a morte da mãe de Sam, eu tinha começado a pensar mais na minha. Não era só a carta, era toda essa coisa com as mães que Sam, Fito e eu estávamos vivenciando e talvez fosse o que tínhamos em comum, essa coisa com as mães que não podíamos mais ter. Eu queria falar com Mima sobre isso, mas dava para ouvir o cansaço em sua voz. Ela parecia quase tão distante quanto a minha falecida mãe e não havia nada que eu pudesse fazer para trazê-la para mais perto. Nada mesmo.

Mandei uma mensagem para Sam: **Venha me encontrar aqui fora.**
Sam: Tá frio aí
Eu: Por favor

Alguns minutos depois, Sam estava bem ao meu lado, e nós observávamos as luzes juntos.

— O que é tão importante? — ela perguntou.
— Andei pensando.
— É, você anda fazendo muito isso ultimamente.
— Você ficou com raiva da sua mãe?
— Já tivemos essa conversa antes, não tivemos?
— Não. Não foi isso que eu quis dizer. Você ficou com raiva da sua mãe porque ela morreu?

Sam ficou em silêncio. Depois pegou na minha mão e ficou segurando.

— Sim — ela sussurrou. — Fiquei furiosa com ela por ter morrido.

— Ainda está?

— Está melhorando. Mas, sim, ainda estou zangada.

— Sabe de uma coisa? Acho que não me lembro de amar minha mãe porque fiquei com raiva dela. Por morrer. Eu fiquei zangado com ela.

— Você tinha três anos, Sally.

— É, eu tinha três anos.

Ela apertou minha mão. Começou a nevar; flocos grandes caíam silenciosamente no chão.

Fiquei imaginando se aquele era o som da morte. Igual ao de um floco de neve caindo no chão.

Fito. Dezoito. Marcos. Adulto?

— Vocês compraram um presente pra mim? — Fito perguntou.
— Como assim? — Eu só olhava para ele. — É seu aniversário, *chico*. É o que as pessoas fazem nessa data.
— Não na minha casa — ele disse, com um sorriso torto e tímido. — A última vez que ganhei um presente eu tinha uns cinco anos. — Ele ficou encarando a caixa.
— É de todos nós.
Sam empurrou o pacote na direção dele.
— Você pode abrir, sabia?
Fito ficou olhando para o presente.
— Embrulho legal.
— Obrigado — respondi. Fui eu que embrulhei. Sam não sabe embrulhar. Ela só compra aquelas sacolas de presente. Mas eu gosto da sensação de desembrulhar as coisas.
— Como vocês sabem do que eu gosto? Quero dizer... Como vocês...? — Fito estava se atrapalhando todo, tropeçando nas próprias palavras.
— Você vai gostar — Sam disse. — Prometo.
Ele só ficava acenando com a cabeça e olhando fixamente para a caixa embrulhada.
Sam cruzou os braços.
— Se você não abrir, vou te bater. Estou falando sério.

Então ele finalmente pegou a caixa. Ele abriu bem devagar, depois ficou olhando. Não disse nada. Só ficou olhando. Ele olhava para mim e para a Sam, alternando entre nós dois.

— Vocês me deram um iPhone? Um iPhone? Uau! Uau! Cara... Ah, cara. Isso é legal demais. Não posso aceitar. Não posso.

Sam fez aquela cara para ele.

— Pode, sim.

— Olha, eu não posso porque, vocês sabem, é como...

— Aceite logo — eu disse. — Você precisa de um celular.

Levantei a cabeça e notei que meu pai estava observando.

— É, mas eu ia comprar um no Walmart por sessenta paus. Tipo aquele que quebrou. — Fito ficou balançando a cabeça. — Olha, eu sinto muito. Mas simplesmente não posso aceitar. Não é certo.

Meu pai sentou à mesa. Ele tirou o iPhone de sua bela caixa branca. Segurou na mão.

— Essas coisas são bem leves hoje em dia — ele disse. — Você gosta de futebol, Fito?

— Sim, eu amo futebol.

— Sabe, algumas pessoas acreditam desde o início que as coisas pertencem a elas. Meu pai costumava dizer: "Tem gente que já nasce na cara do gol e passa a vida toda achando que fez uma proeza para chegar lá".

Fito riu.

— Gostei.

Meu pai assentiu.

— Você não é uma dessas pessoas. Um cara como você nasceu no vestiário, ninguém te indicou a direção do campo e, de alguma forma, você conseguiu chegar ao banco de reservas. E algo em você simplesmente não acredita que pertence ao jogo. Mas, sim, você pertence. Um dia, você vai atacar. E vai chutar a bola para fora do estádio. É o que acho. Vou sair pra fumar um cigarro.

Nós três ficamos lá sentados. Fito empurrou o celular para o meio da mesa.

— Seu pai é bem legal, sabe. Muito legal. Ele é ótimo. Mas...

Sam o interrompeu.

— Ah, você acha que ele pensa essas coisas sobre você porque ele é um cara legal? Talvez você também seja um cara legal. Talvez mereça mais do que essa merda que recebeu a vida toda.

— É — eu disse. — Você não entende, Fito?

Ele estava mordendo o lábio e depois meio que começou a puxar o cabelo.

— Fito — eu disse. — É um presente que compramos para o seu aniversário, porra. Se não aceitar, vou te encher de porrada. Estou falando sério. Vou acabar com a sua raça.

Fito assentiu. Ele alcançou o telefone lentamente, segurou e ficou olhando para ele.

— Nunca sei o que fazer quando as pessoas são legais comigo.

— Só precisa dizer "obrigado".

— Obrigado — ele sussurrou.

— De nada — sussurrei de volta.

Ficamos os três em silêncio. Apenas sentados ali, sorrindo. E o Fito disse:

— Eu gosto mesmo do seu pai, ele é o cara.

— Por que você diz que todo mundo é "o cara"?

— Não é todo mundo. Só as pessoas muito legais.

Eu meio que gostava do jeito que o Fito falava.

Sam estava ensinando o Fito a configurar o iPhone e eu estava sentado ao lado do meu pai, nos degraus da porta dos fundos. Estava escuro e não fazia muito frio. As luzes de Natal piscavam em volta da porta. Eu estava começando a ficar com cheiro de cigarro, o que era horrível. Então ouvi ele dizer:

— Por que está sentado aqui com seu velho?

— Você acredita em paraíso, pai?

— Que resposta para a minha pergunta.

— Acredita?

— Não tenho certeza. Acredito na existência de um Deus. Acredito que há algo maior, uma força que transcende essa coisa que chamamos de vida. Não sei se isso responde sua pergunta.

— Não me importa muito se existe ou não paraíso. Talvez as pessoas sejam o paraíso, pai. Algumas pessoas, pelo menos. Você, a Sam e o Fito. Talvez vocês todos sejam o paraíso. Talvez todo mundo seja o paraíso e a gente não saiba.

Meu pai abriu um sorriso enorme.

— Sabe de uma coisa? Acho que você é um pouco parecido com o Fito.

— Como assim?

— Bom, eu sei que você está passando por muita coisa ultimamente. Parece que a nossa vida ficou um pouco *complicada*. E eu te conheço bem o suficiente pra saber que essa palavra não combina com você. Eu indo e voltando para ver a Mima e conversar com os médicos, e a mãe da Sam...

— E o seu relacionamento com o Marcos.

— E o meu relacionamento com o Marcos — ele repetiu. — E parece que você anda mais introspectivo do que nunca. Não sei o que está acontecendo aí dentro. Não sei mesmo. Mas... — Ele parou. — Mas... — repetiu — eu conheço você. E estou achando que você se subestima. Por isso teve tanta dificuldade para escrever sua redação.

— Eu não disse que terminei.

— Eu sei.

— Sabe como?

— Simplesmente sei.

— Uau — exclamei.

— Uau — ele disse. — Salvie, tenho uma teoria de que você não consegue se promover em um formulário de inscrição para a faculdade porque não acredita que haja muito para promover. Você diz a si mesmo que não passa de um cara comum. Não é verdade?

— É — respondi. — Acho que é uma parte do problema.

— E qual é a outra parte?

— Podemos voltar a falar sobre isso depois?
Meu pai concordou.
— Posso dizer só mais uma coisa, Salvador?
— É claro.
— Não há nada comum em você. Nada comum mesmo.

Sam fez mesmo as tortilhas para os tacos. Eu ensinei a ela. As primeiras ficaram horríveis, mas ela pegou o jeito. Bom, ela queimou a mão com um pouco de óleo quente. Soltou um palavrão na cozinha que deu para ouvir da sala, atingindo o coração do meu pai. Ele foi até a cozinha e olhou para Sam, balançando a cabeça.
— Você está bem?
A queimadura não era feia.
— Está — respondi. — Só se queimou um pouco. Ainda não tinha feito drama hoje.
Marcos apareceu. Ele parecia um pouco cansado. Sabe, eu nunca tinha pensado no Marcos como uma pessoa. Não muito. Eu só pensava nele em relação ao meu pai. E aquela conversa constrangedora que ele teve comigo e Sam até que me deixou um pouco impressionado — mas não o suficiente. Eu ainda o via como o namorado do meu pai. Acho que era isso que ele era. Ou pelo menos estavam caminhando nessa direção. E meu pai ficava tímido ao falar dessas coisas, o que era, de certo modo, amável. Amável. Ele era o cara que havia me apresentado àquela palavra. Parte de mim queria gostar do Marcos. Ele era uma boa pessoa. E ele e o Fito realmente se davam bem. Mas outra parte de mim queria afastá-lo.
Eu estava sentado na sala, onde Marcos tomava uma taça de vinho. Meu pai, Fito e Sam ainda estavam comendo bolo na cozinha e mexendo no iPhone novo, então olhei para o Marcos e disse:
— Não sei nada sobre você. Bom, sei que você gosta do meu pai. Mas só isso.

— Você se incomoda? Por eu gostar do seu pai?

— Não. Eu não me incomodo. — Pensei em dizer que, se algum dia ele voltasse a magoar meu pai, eu iria atrás dele. Mas, bem, apenas sorri. E logo abri a boca e disse: — Você o magoou.

— Sim, é verdade.

Sacudi a cabeça.

— Acho que essas coisas acontecem — afirmei.

Ficamos ali, naquele silêncio constrangedor. E acho que ele resolveu falar — ou pelo menos tentar. Você sabe, falar como gente normal.

— Sua mãe me apresentou ao seu pai. Você sabia disso?

— Não, eu não sabia. — Aquilo me surpreendeu. Fiquei me perguntando por que meu pai nunca tinha me contado. Não que o Marcos fosse um assunto recorrente nas nossas conversas.

— Eu estava com outra pessoa na época. Mas gostei muito do seu pai. Ele era real, o tipo de cara que nunca fingia ser nada além do que realmente era. E quando vi suas obras, pensei: "uau". Uau. O engraçado é que eu tinha acabado de ir morar com esse outro cara e era novo nessa coisa chamada "cena gay". Eu não me sentia muito confortável comigo mesmo. E não era *nem um pouco* adulto. Não como o seu pai.

— E quando você começou a sair com ele?

— Acho que você tinha uns dez anos. Nos encontramos sem querer na abertura de uma exposição em Los Angeles. Eu estava de férias e vi uma matéria na revista sobre todas as exposições de arte da cidade. E lá estava o nome do seu pai em uma galeria. Então eu fui.

— Você comprou um quadro, pelo menos?

— Comprei. E nós começamos a sair. E depois aconteceu uma coisa.

Olhei para ele com cara de dúvida.

— Eu fugi. Fiquei com tanto medo do que sentia pelo seu pai que fui embora. Corri o mais rápido que pude. Para o mais longe que pude. — Ele balançou a cabeça. — Levei um bom tempo para virar homem. — Parecia que ele ainda estava um pouco chateado consigo mesmo. Ou talvez estivesse triste por ter demorado tantos anos para se transformar no que era hoje. Fiquei imaginando quanto tempo eu demoraria para me tornar a pessoa que deveria ser. Quantos anos? Antes do início do ano escolar, eu achava que era esse garoto totalmente calmo, que conhecia a si mesmo. Mas agora não tinha mais certeza.

— Sabe o que eu disse para o seu pai?
— O quê?
— Que não sabia lidar com crianças. Era mentira. Mas sabia que, para o seu pai, era uma questão inegociável.

O cara estava sendo sincero. Eu gostava disso. E tinha ficado com medo. Eu conseguia entender. Porque, naquele exato momento, eu também estava com medo. E talvez ter medo fosse parte do processo de se tornar adulto, do processo da vida.

— E você contou a verdade para o meu pai? Quero dizer... agora?
— Contei. Por que você acha que ele me deu mais uma chance?
— Bom — eu disse —, todo mundo merece uma segunda chance.

Sabe, acho que o amor é uma coisa muito assustadora. Eu nunca havia pensado naquilo. Bom, nunca achei que nenhum dos rolos que tive se qualificassem como amor. Mas acho que eu era um cara que, quando me apaixonasse, ia sofrer. Tinha esse palpite.

Sam e eu acompanhamos o Fito até em casa. Eu queria perguntar aos dois se eles já tinham se apaixonado e parei para pensar no que estava me impedindo. Acabei perguntando.

— Eu estou sempre apaixonada — Sam confessou. — Bem, sempre acho que estou apaixonada, mas, agora que parei para pensar, acho que nunca me apaixonei. Não de verdade. Só essas pequenas... Não sei como chamar, essas pequenas atrações por caras bonitos e problemáticos. Nada sério. Só parecia sério na época. Eu sou intensa assim mesmo.

— Eu não tinha percebido! — afirmei.

— Cala a boca. Você perguntou, não perguntou?

— Perguntei.

Fito estava balançando a cabeça.

— Você precisa ficar longe desses caras, Sam. *No bueno*.

— *No bueno* mesmo — enfatizei.

— Eu? — Fito disse. — Teve um cara que eu conheci ano passado. Ele foi estudar na Cathedral. Acredita nessas merdas?

— Ah — Sam disse. — Então você tem um fraco por garotos certinhos, não é?

— É, acho que sim. Eu meio que me apaixonei por ele. Só que ele não era um garoto católico tão certinho. Não vou entrar em detalhes. Só vou dizer uma coisa: dói pra caramba. Fiquei todo ferrado. Primeira e última vez que usei drogas. Essas coisas são uma merda. *No bueno*.

Sam e eu concordamos.

— Por que precisamos amar?

— Talvez não precisemos — Fito disse.

— Até parece! — Sam exclamou. — Nós precisamos, sim. Do mesmo jeito que precisamos de ar.

Assenti.

— É.

— É essa a questão, não é, Sally?

— Você acha que a gente precisa de amor para continuar vivendo? Entende o que estou dizendo?

— Bom — Sam disse —, não é pra isso que serve o coração?

— Mas não é todo mundo que ama. Não é todo mundo. — Fito estava com uma expressão muito séria. — E essa é a maldita verdade.

Sam e eu apenas olhamos para Fito.

— Você está bem? — Sam sussurrou.

— Nem sempre estou bem. Não quero falar sobre amor. Às vezes a vida é uma merda.

(Mais) merdas acontecem

Quando Sam e eu saímos para nossa corrida no sábado de manhã, tentei acompanhar o ritmo dela. Ela estava cada vez mais rápida. Corremos até a ponte Santa Fé e, no caminho de volta para casa, paramos em frente à biblioteca. Depois que minha respiração voltou ao normal, vi que Sam olhava para o céu.

— Ei — eu disse.
— Ei — ela disse.
— Pensando?
— É — ela disse. — Recebi uma mensagem de um cara da escola.
— E?
— Ele gosta de mim.
— Você gosta dele?
— Mais ou menos. Ele faz meu tipo.

Eu sorri.

— Você vai sair com ele?
— Não.
— Não?
— Eu recusei na hora.
— Sério?
— Sim. — Ela abriu um de seus sorrisos fantásticos. — Nem sempre sei quem eu quero ser. Você acha que sei. Mas não. Sally, eu sei quem *não* quero ser. Muitos caras ficaram com essa ideia de que eu era fácil.

— Estavam errados — eu disse.

— É, estavam errados.

Apenas olhamos um para o outro. E eu disse:

— E um monte de gente ficou com essa ideia de que eu era um cara calmo, sempre controlado. Estavam errados.

— Ei — ela disse. — Calma. Isso ainda não está definido.

Eu ri.

— Vamos pra casa — eu disse.

— É — ela respondeu. — Você sabe que temos que falar com o Fito. Tem alguma coisa se passando naquela cabeça.

— Bom, não é só na cabeça.

— É — ela disse. — Ele não merece aquela família problemática.

A vida nem sempre tinha a ver com merecimento. Disso eu sabia.

Estava começando a entender por que meu pai tinha esse lance com a incerteza. Ele me disse, mais de uma vez, que não é preciso de certeza para ser feliz. E eu estava começando a entender. Nunca se sabe o que vai acontecer. Não mesmo. Um dia, você está vivendo a vida e está tudo normal. Vai à escola, faz a lição de casa, treina arremesso com seu pai e os dias passam assim, até que *bam*! *Bam!* O câncer da Mima volta. A mãe da Sam morre em um acidente. O Fito é expulso de casa. Eu sempre ficava admirado com os altos e baixos emocionais pelos quais a Sam passava o tempo todo. E era o tempo todo *mesmo*. Mas, de repente, era assim que eu me sentia. Acordava e me sentia bem, na hora do almoço, estava totalmente irritado com alguma coisa idiota e depois passava o resto do dia mais ou menos bem. Ficava oscilando entre meu antigo *eu* e esse outro *eu* que não conhecia nem entendia. E quando achava que as coisas estavam mais ou menos equilibradas, bom, alguma merda acontecia. É o modo perfeito de explicar. Merdas acontecem.

Eu tinha acabado de sair do chuveiro depois da nossa corrida, e Sam tinha saído com sua tia Lina. Era legal ela estar próxima da tia. E a relação que elas tinham era muito boa. Entrei na cozinha, e meu pai estava lendo o jornal. Ele largou o jornal e perguntou:

— Qual é o sobrenome do Fito?

— Fresquez.

— Pode mandar uma mensagem perguntando o nome da mãe dele?

— O quê?

— Só me faça esse favor. Pode ser? — Ele estava muito sério. Eu não gostava quando ele ficava daquele jeito. Então mandei uma mensagem para o Fito: **Qual o nome da sua mãe?**

Ele respondeu: **Elena**

Olhei para o meu pai e disse:

— O nome dela é Elena.

— Quantos anos ela tem?

Eu mandei outra mensagem: **Qtos anos tem sua mãe?**

Fito respondeu: **44**

Olhei para o meu pai e disse:

— Ela tem quarenta e quatro.

E então Fito mandou uma mensagem: **?**

— Você sabe onde o Fito morava?

— Na California Street. Perto da escola.

Naquele instante, meu pai ficou muito pálido.

— A mãe do Fito está morta — ele disse. Ele me entregou o jornal. "Mulher de quarenta e quatro anos é encontrada morta." Essa era a manchete. Comecei a ler. Os vizinhos a encontraram. "Aparente overdose de drogas."

Olhei para o meu pai.

— O que vamos fazer?

— Uma hora ele vai acabar descobrindo. É melhor você falar para o Fito vir até aqui.

— Tenho uma notícia muito ruim para você, Fito. — A voz do meu pai era suave. Amável. Muito amável. — Não tem uma forma boa de contar essa notícia, Fito.

Fito deu de ombros.

— Sabe, sr. V, já estou acostumado com más notícias.

— É, Fito. Eu sei. — Meu pai olhou para o jornal. — É sobre a sua mãe. Li no jornal de hoje.

Fito ficou olhando fixamente para o jornal. Ele pegou e começou a ler. Quando terminou, largou sobre a mesa. Meu pai estava estalando os dedos e analisando o Fito. Então Fito começou a se bater. Bem, ele estava socando o próprio peito e começou a chorar, tipo, muito alto, e a dizer coisas que eu não conseguia entender. E ele não parava de se bater, levantou da cadeira e rasgou todo o jornal e começou a se bater de novo, com um choro de partir o coração. Fiquei feliz por Sam não estar em casa para ver aquilo, muito feliz por ela ter saído com a tia, porque ver Fito daquele jeito teria acabado com ela. Não suportei mais e segurei os punhos do Fito, eu era mais forte do que ele e segurei seus braços e o impedi de se bater. Simplesmente puxei ele para perto de mim e o abracei, e ele chorou, chorou e chorou. Eu não podia fazer nada para amenizar aquele sofrimento, mas podia abraçá-lo. Então Fito sussurrou com uma voz que parecia cansada e velha:

— Não sei nem por que estou chorando... Ela não me amava.

E eu me ouvi sussurrar em resposta:

— Talvez o mais importante é que *você* a amava.

— Minha vida é uma merda — ele disse. — Sempre foi.

— Não, não é. Eu juro, Fito. Não é.

Amigos

AMIGOS. ACHO QUE ENCONTREI ESSA PALAVRA QUANDO CONHECI SAM. Mas, às vezes, somos reapresentados a certas palavras quando já as conhecemos. Foi assim com o Fito. Ele me apresentou àquela palavra de novo. Exatamente como Sam havia dito, sobre como tínhamos que enxergar as pessoas, porque às vezes o mundo nos tornava invisíveis. Palavras também eram assim. Às vezes, não as enxergávamos.

Amigo. O Fito era meu amigo. E eu o amava.

E vê-lo sofrer tanto me corroía. E corroía Sam.

É difícil consertar um coração que foi tão maltratado. Mas essa era a nossa função. *Essa era a nossa função.*

Meu pai saiu e comprou mais uma luva de beisebol. Tínhamos apenas três. Na verdade, ele comprou mais duas luvas — uma delas para o Marcos. Então ficamos treinando arremesso. Sam e eu jogávamos a bola um para o outro. Meu pai e Fito faziam o mesmo. Marcos chegou e ficou assistindo. Meu pai fez um intervalo, e Marcos entrou no nosso jogo.

Não estávamos falando. Às vezes não havia muito a dizer.

Meu pai fumava um cigarro nos degraus dos fundos.

Faltava uma semana para o Natal. O dia estava um pouco frio, e o sol aquecia nosso rosto. Então percebi que Lina estava sentada ao lado do meu pai, e eles estavam conversando.

Fito disse:

— Sabe, minha mãe... Ela não está mais sofrendo.

Marcos assentiu quando arremessou a bola.

— Não, não está. Ela está descansando.

— Bom — Fito respondeu. — Ela precisava descansar. — E depois ele disse: — Eu não devia ter ido embora. Devia ter voltado. Era minha função cuidar dela.

Marcos pareceu triste ao ouvir aquilo.

— Você está errado, Fito. Não era sua função cuidar da sua mãe. Era função *dela* cuidar de você.

— É, mas...

— Cara, você gosta muito de ficar se culpando, não é? Precisamos arranjar um novo passatempo pra você.

Fito sorriu. Era um sorriso triste. Mas, ainda assim, era um sorriso.

Sam perguntou:

— Fito, você está com fome?

— Sim. Na verdade, estou faminto.

Nós entramos, Lina começou a fazer tortilhas, enquanto Sam ensinava Fito sobre os cinco estágios do luto. Na sala, os dois pesquisavam sobre o assunto no Google. Eu estava na mesa da cozinha esperando para encher a primeira tortilha de manteiga. Meu pai e Marcos conversavam. Marcos disse que conhecia um bom psicólogo e que provavelmente seria uma boa ideia Fito começar a se consultar.

— Eu pago — ele disse.

Meu pai olhou para ele:

— Tem certeza?

Ele fez uma brincadeira:

— Você sabe o que dizem sobre os gays. Nós temos dinheiro sobrando.

Aquilo fez Lina rir.

— Mande um pouco pra mim. Quero comprar outro quadro do Vicente, e ele está cobrando cada vez mais caro. — Ela olhou para Marcos. — É muita generosidade sua.

— Esse garoto precisa de um descanso. Sei que ele acabou de completar dezoito anos e não é mais um menino. Mas isso não quer dizer que ele já seja um homem. Além disso, já passei por isso.

Lina e eu olhamos atentamente para ele.

— Meu pai morreu abraçado a uma garrafa. E ele nunca me abraçou na vida. — Marcos pegou na mão do meu pai. — Vou falar com o Fito sobre ir a um psicólogo.

Fiquei me perguntando se Fito toparia.

Peguei a manteiga e a primeira tortilha. Estava tão boa. Pensei na Mima, e acho que pensei que nunca mais comeria as tortilhas dela novamente. E pensei no que o Marcos havia dito sobre o Fito. *Ele não é mais um menino. Mas isso não quer dizer que ele já seja um homem.* E eu? O que fazia alguém se tornar homem? O que, exatamente, fazia alguém amadurecer?

Bicha. Aquela palavra de novo.

A MÃE DO FITO NÃO TEVE NENHUM TIPO DE CERIMÔNIA RELIGIOSA, o que achei um pouco triste. Fiquei imaginando se Deus apareceria independente de o funeral ser religioso. Mima provavelmente teria a resposta para essa pergunta. Mas eu não.

Um irmão da mãe do Fito pagou por um tipo de missa na casa funerária. Algumas pessoas apareceram, incluindo os irmãos de Fito, que pareciam estar chapados. Sam comentou que eles eram assustadores e, de fato, eles foram meio grosseiros. O caixão estava na frente da pequena capela na casa funerária, e Fito não parava de olhar para ele. Meu pai estava sentado perto dele quando um dos irmãos chegou e perguntou:

— Então você arrumou um coroa pra te bancar? — Ele olhou para o meu pai. — Está um pouco velho pra sair pegando garotinhos, não acha?

Aconteceu muito rápido. Como uma bomba explodindo. Quando vi, Fito tinha jogado o irmão dele no chão e estava acabando com a raça dele. Logo os dois outros irmãos se intrometeram e, droga, não sei, estava acontecendo tão rápido — só sei que entrei na briga e comecei a empurrar um dos irmãos do Fito para longe dele e a socar seu estômago e sua cara. Quando estava prestes a partir para cima de outro irmão, senti uns caras me puxando e segurando. Vi que meu pai estava com o Fito, e o rosto dele estava sangrando. Olhando para mim, Sam disse em voz baixa:

— Seu lábio está sangrando.

Percebi que os funcionários da casa funerária seguravam meus braços, com medo de que eu ainda não tivesse terminado. Comecei a relaxar e respirar fundo, e eles me soltaram.

Sam pegou no meu braço, sussurrando.

— Vamos sair daqui.

Tudo parecia muito silencioso.

Meu pai caminhava na nossa frente com Fito apoiado nele, segurando as costelas ou o braço.

Logo antes, tudo ao meu redor tinha acelerado — e agora o mundo se movia em câmera lenta.

Quando saímos, ouvi alguém gritar:

— Bichas malditas! — As palavras ecoaram nos meus ouvidos.

Ninguém disse uma palavra na volta para casa.

Nada.

Fito sentou ao meu lado no banco de trás, cobrindo o rosto com as mãos. Seus dedos estavam um pouco ensanguentados. Ele se sacudia para a frente e para trás, e lágrimas escorriam por seu rosto. Era óbvio que estava sofrendo.

Foi uma noite fria. De céu limpo. Não sei por que me atentei a isso. Talvez parte de mim desejasse que tudo fosse tão claro e simples como aquele céu noturno.

Meu pai parou em um estacionamento, saiu do carro e acendeu um cigarro. Suas mãos tremiam. Ele fumou até ficar mais calmo. Depois voltou a dirigir.

Eu sabia que meu pai estava pensando. Ele era bem disciplinado. Parou no pronto-socorro do hospital e olhou para Sam.

— Quer estacionar pra mim? — Ele abriu a porta do banco de trás e ajudou Fito a sair do carro com cuidado. Ele olhou para mim.

— Você está machucado?

— Não — respondi. — Só um corte no lábio.

— Tem certeza?

— Tenho, pai, estou bem. — Ele me olhou de um jeito estranho. Não dava para saber o que se passava em sua cabeça.

Vi meu pai e Fito entrarem no pronto-socorro. Fito apoiado nele. Senti o carro andar: Sam seguia para o estacionamento.

Fiquei sentado atrás, imóvel, paralisado, com o coração e a cabeça vazios. Talvez estivesse como um pássaro de assas quebradas, que ainda lutava para voar.

Não sei quanto tempo ficamos na sala de espera da emergência. Eles deixaram meu pai entrar com o Fito, e Sam e eu ficamos lá esperando. Ela entrou no banheiro feminino e voltou com algumas folhas úmidas de papel toalha para limpar o sangue do meu lábio.

— Sua boca está inchada — ela disse.

— Isso é para eu aprender — respondi.

— Você só estava tentando ajudar um amigo.

Sacudi a cabeça.

— Não foi bem assim.

— Então o que foi?

— Não teve nenhum raciocínio envolvido. Foi tudo reflexo. Só um pensamento me veio à cabeça: "Tenho que ajudar o Fito". Eu simplesmente fui. Aconteceu.

— Talvez seus reflexos estejam querendo dizer alguma coisa.

— Como o quê?

— Que você faria qualquer coisa para proteger as pessoas que ama. — Ela me cutucou com o cotovelo. — Mas, sabe, você precisa encontrar um jeito melhor de ajudá-las.

— Você está parecendo o meu pai.

— Estou? Vou considerar um elogio.

— Merda — eu disse. — Estou estragando tudo.

— Pare com isso — Sam disse. — Pare de fazer isso. Talvez você esteja se culpando muito ultimamente também. *No bueno*. Você não é assim.

— Como você sabe?

— Eu sei — ela disse com firmeza. — Só sei.

Concordei.

— Queria um cigarro — ela disse.

— Você não fuma.

— Eu fumava... Às vezes.

— Ajudou a resolver algum problema?

Nossa risada foi leve e magoada.

Levantei os olhos e vi que Marcos estava parado ali.

— Como está nossa equipe?

— Nós apanhamos.

— Ouvi dizer.

— É — Sam disse. — Mas você tinha que ver como os outros caras ficaram.

Marcos sorriu. Sam levantou e o abraçou.

Depois ela perguntou:

— Por que o mundo é tão cruel, Marcos?

— Eu não sei — ele sussurrou. — Simplesmente não sei.

Olhei para os dois. Acho que Sam havia aprendido a lidar. Ela tinha passado muito tempo sem saber lidar com nada e sempre tinha se apoiado em mim. E, mesmo pegando no pé do Marcos, já havia aprendido a ser sua amiga.

Chega, Salvador. Chega, pensei. Embora eu não soubesse o que isso significava. Mas parecia que eu estava dando um passo — um passo para longe da estase.

Compreenda, Salvador. Compreenda.

Depois

A BOA NOTÍCIA: as costelas do Fito não estavam quebradas. Mas, bom, sua mão esquerda estava. Ele perdeu uns dias de aula — mas parecia bem. Ficava olhando para o braço na tipoia e eu me perguntava o que se passava na cabeça dele.

Por fora, ele havia voltado a ser como antes. Só que eu sabia que havia uma ferida ali dentro que não cicatrizaria tão cedo. Sempre houve uma certa tristeza no Fito, mas aquilo fazia sentido para mim. A vida dele tinha sido realmente triste. Mas ele sempre foi forte. E extremamente determinado. Ele não estava só com um braço quebrado. Algo além havia se partido.

Ele se mudou para o meu quarto e dormia na minha cama. Eu dormia no chão, num saco de dormir. Uma noite, Fito teve pesadelos; estava gritando e tive que acordá-lo.

— Ei — eu disse —, é só um sonho.

— Está acontecendo o tempo todo — ele disse.

— Quer um chocolate quente?

— Eba, quero muito — ele disse.

Fomos para a cozinha, seguidos por Maggie. Ela meio que havia adotado o Fito. Aquela cachorra... Juro, era o animal mais empático do mundo.

— Quer conversar? — perguntei.

— Acho que sim. Só que não sei o que dizer. Bom, é que é tão triste, Sal. É triste demais.

— A Sam diz que luto é uma fase necessária.

— Eu perdi a minha mãe há muito tempo. Então essa coisa de luto, droga, não entendo.

— Você a amava.

— Sim, amava.

— Isso é uma coisa muito bonita, Fito.

— É?

— É claro que sim.

— Como você sabe?

— Porque a Mima está morrendo, e tenho que lidar com isso. Ela foi a única mãe de verdade que conheci. Só que melhor ainda, porque ela era minha avó. Eu a amo, Fito. E ela vai partir.

Fito assentiu.

— Por que essa merda tem que doer tanto?

— Não sei. Simplesmente dói. Está perguntando para a pessoa errada.

No primeiro dia de Fito de volta à escola, Sam ficou em casa com um resfriado feio. Fito e eu não conversamos muito no caminho. Finalmente, eu disse:

— Fito, vai ficar tudo bem. *Você* vai ficar bem.

Ele deu de ombros.

— Talvez algumas pessoas não nasçam para ter uma vida boa. Acho que as coisas são assim.

— *Nunca mais* fale isso perto de mim. Ouviu, Fito? VOCÊ VAI TER UMA VIDA ÓTIMA.

— Eu nunca tive amigos como você — ele disse. — Nunca tive. — E começou a chorar feito um bebê: caiu de joelhos, abaixou a cabeça e simplesmente chorou. Eu o levantei com cuidado, não querendo machucar sua mão quebrada. Ele se apoiou no meu ombro e, depois de um tempo, parou de chorar.

— Ei — sussurrei —, as pessoas vão pensar que eu sou gay.

Ele riu. Fiquei feliz por isso.

Eu. Meu pai.

MEU PAI ESTAVA SENTADO DE FRENTE PARA MIM à mesa da cozinha, lendo o jornal. Ele parou e me olhou. Eu sabia o que vinha pela frente.

— Sobre o incidente na casa funerária...

— Incidente — eu disse. — É. Não foi meu melhor momento.

— Você é bom de briga.

Concordei.

— Precisa de um sermão?

Fiz que não com a cabeça.

— Não sou especialista no que preciso ou não, pai.

— Você sabe o que acho sobre resolver as coisas na base da violência.

— Sim — respondi. — Eu não acho que entrei na briga para tentar resolver nada... — Olhei nos olhos escuros e calmos dele. — Sei lá, pai. Estou tendo esses reflexos.

— Acho que entendo o que aconteceu lá. Você reagiu a uma situação sobre a qual não tinha nenhum controle. Não vou arrumar desculpas para a forma com que os irmãos do Fito se comportaram. Sinto muito por ele ter crescido naquela família. Nenhum de nós tem controle sobre isso. Olha, não vou ficar te culpando por ter brigado. E espero que não se culpe também. A verdadeira questão é: para onde vamos a partir daqui?

Concordei.

— Você quis dizer para onde *eu* vou a partir daqui?

— Exatamente. Posso perguntar mais uma coisa? — Ele não esperou eu responder. — Em quantas brigas você se meteu nesse ano?

— Algumas, umas três...

Ele assentiu.

— "Algumas, umas três..." Tem alguma coisa acontecendo com você, filho. E você precisa tentar entender o que é. Eu não posso fazer isso por você. Posso te deixar de castigo, te punir ou passar um sermão. Mas acho que nada disso vai resolver o que está acontecendo com você.

— Estou tentando — eu disse.

— Ótimo.

— É difícil.

— Quem disse que crescer era fácil? Mas usar a força não vai te transformar em homem. Você já sabe disso. Mas acho que eu precisava falar.

— Eu sei, pai! — Minhas nossa, eu estava quase gritando. E estava tremendo. — Mas eu fico com tanta raiva. Eu fico enfurecido.

— Raiva não é um sentimento — meu pai disse.

— Não faz sentido — respondi.

— Certo, talvez eu possa explicar. Raiva é uma *emoção*. Mas sempre existe algo por trás da raiva. Algo mais forte. Você sabe o que é?

— É uma pegadinha?

— Ela vem do medo, filho. É dele que ela vem. Você só precisa descobrir do que tem medo.

Ah, pensei. *Só isso?*

Meu pai e eu saímos naquela manhã fria para treinar arremesso. Não falamos nada por um bom tempo. Então, ele me disse enquanto eu pegava a bola:

— Quando vai me deixar ler sua redação?

— Não está muito boa. Ainda bem que nem todas as faculdades em que vou me inscrever exigem redação.

Continuamos arremessando a bola.

— Eu gostaria de ler mesmo assim.

— O.k. — respondi. — Uma hora eu teria que mostrar pra alguém mesmo. — Fiz um arremesso rápido.

Meu pai pegou a bola e arremessou com velocidade para mim também.

— "Uma hora eu teria que mostrar mesmo"? Sério?

O vento estava ficando mais frio. O tempo estava virando. Num instante, quase quente e ensolarado, no outro, um ar frio amortecendo meu rosto.

Fito. Sam. Eu.

Estávamos sentados na sala de jantar, fazendo a lição de casa. Fito estava lendo a matéria de história. Ele gostava de história. Eu não entendia por quê. Sam estava procurando alguma coisa na internet para o trabalho de inglês sobre Langston Hughes, sua nova paixão. Eu encarava um problema de trigonometria. Trigonometria. Que raios eu estava pensando quando resolvi cursar essa disciplina?

Sam olhou para o Fito e fechou o laptop.

— Fale, Fito.

Ele a encarou. Depois voltou para o livro de história.

— Não se faça de bobo.

— Só estou precisando de um pouco de espaço.

— Você teve espaço a vida toda.

— E cheguei até aqui.

— Quer viver exilado o resto da vida?

— Exilado?

— Escolha outra palavra, eu aceito.

— O que você quer que eu diga? Que estou triste e tal?

— Já é um começo.

— Bom, eu *estou* triste.

— Eu entendo — ela disse. — Também fico triste. — Depois ela apontou para mim. — Até ele fica. A Mima está morrendo, ela é uma linda senhora.

Todos temos coisas que nos deixam tristes. Não somos animais, sabia? Não devemos viver no meio da nossa própria merda.

Nós dois rimos.

— Ótimo — ela disse. — Rir faz bem, é algo que fazemos muito. E é incrível. Quando rimos juntos, é realmente incrível.

— É quando fingimos que não temos medo do escuro — eu afirmei.

Fito balançou a cabeça.

— Não sei o que vou fazer.

— Qual era o plano antes da sua mãe morrer?

— Tirar boas notas. Terminar o ensino médio. Ir para a faculdade.

— E sua mãe ia pagar por tudo isso?

— É claro que não.

— Então o que mudou?

— Ela está morta — Fito disse.

— Bem-vindo ao clube. Todos as nossas mães estão. Que tal?

— Isso não é piada, Sam — eu disse.

— Você acha que eu não sei?

— É uma bosta — eu disse.

— Sim, é uma bosta.

— É — Fito disse. — Acho que estava esperando que algum dia ela fosse... Bom, simplesmente agir como mãe.

Sam foi implacável.

— Ela era uma causa perdida, Fito. Isso nunca ia acontecer.

— Mas eu tinha esperança. Agora a esperança se foi.

— Não — Sam disse. — Não é verdade.

Então Sam ficou com aquele olhar de sabichona.

— Veja, sua mãe era viciada em drogas. Ela tinha uma doença. O vício é uma doença. Você *sabe* disso, não sabe?

Olhei feio para ela, que me encarou de volta.

— Pesquise, cara. Você não sabe de nada? Na era da informação, só vive na ignorância quem quer. — Então ela olhou para o Fito. — Não sei se a sua mãe era ou não uma boa pessoa. O que eu *sei* é que ela vivia presa à doença e morreu por causa dela. Não a julgue. E não *se* julgue. Talvez ela fosse incapaz de te amar, Fito. Mas quem sabe, a seu modo, ela te amasse. Ela era doente. Lembre-se disso.

— Então agora você é especialista em drogas? — perguntei.

Ela cruzou os braços.

— Você não está ajudando. *Não mesmo.* Existem sites, sabia?

— E você conhece todos eles — afirmei.

Fito interrompeu a conversa.

— Eu não odiava minha mãe — ele disse. — Achei que odiasse, mas não. Eu queria ajudá-la, mas não sabia como. Apenas não sabia como.

Fito + palavras = ?

Sam estava procurando um determinado par de sapatos.

— Devo ter deixado na minha casa — ela disse. — Minha casa... Acho que aquele lugar não me pertence mais.

Fomos com a Maggie até a antiga casa de Sam, para que ela fizesse uma visita para o Fito. Mas ele não estava lá. Mandei uma mensagem para ele: **Onde c tá?**

Fito respondeu: **Trabalhando na loja**

Eu: **Estamos na casa da Sam pegando uns sapatos**

Fito: **Legal. T+, chegou cliente**

Sam vasculhou o guarda-roupa, mas não havia nada lá. Procurou no outro quarto — e encontrou.

— Eu amo esse sapato — ela disse.

— Quantos sapatos você consegue amar?

— É como o papai diz: "O amor é infinito".

— Acho que ele não estava se referindo a sapatos.

Quando voltamos para a sala, Sam parou.

— O que é isso?

Em uma pequena estante que Fito havia montado perto do sofá, havia um conjunto de livros de couro.

Sam foi até lá e pegou um. Abriu e disse:

— Uau. É um diário. O Fito escreve diários. — Ela fechou o caderno e pegou outro. — É, são diários. Muito bonitos, aliás. — Achei que ela ia começar a ler o que estava segurando.

— Largue isso, Sam — eu disse.

— Ele nunca nos contou que escrevia diários.

— Mas precisamos saber disso? — Sam estava com aquele olhar. — Nem precisa responder — eu disse.

— Tem uma vida inteira dentro desses cadernos.

Eu sabia que Fito ainda ia ouvir muito por causa disso.

Sam não era boa em deixar as coisas passarem.

Lição de casa. Mães.

Eu estava reclamando na mesa da sala de jantar enquanto fazia a lição.
— Por que somos obrigados a estudar matemática?
Sam disse:
— Pare de falar e estude.
— Não estou a fim de estudar — eu disse.
— Era eu quem costumava dizer essas coisas.
— Talvez tenhamos trocado de personalidade.
— Qual é a sensação de estar fora de controle?
— Cala a boca — eu disse.
Levantei e fui até a geladeira. Não sei o que estava procurando. Tinha umas tortilhas de trigo industrializadas, e eu pensei na Mima. E, não sei por quê, também pensei na minha mãe.
Como se Sam estivesse lendo meus pensamentos, ela disse:
— Chegou a hora de fazer alguma coisa com as cinzas da minha mãe.
— O que está planejando? — perguntei.
— Ah, andei pensando. Acho que já sei.
— Vai contar o que é?
— Em breve — ela disse.
— Só isso?
— Sim — ela respondeu.
Então olhou para mim com aquela cara de interrogação.

— Onde sua mãe está enterrada?

— Não sei.

— Não sabe?

— Nunca perguntei.

— Acho que você deveria perguntar.

— É, talvez.

Sam se virou para Fito.

— Onde sua mãe foi enterrada, Fito?

— Ela foi cremada.

— Como você descobriu?

— Liguei para o meu tio. Ele disse que sentia muito sobre o que aconteceu no funeral dela.

— Você é próximo dele?

— Não.

— Gostaria de ser?

— Não.

— Por que não?

— Ele é traficante. É daí que vem seu dinheiro. Ele acha que é superior porque não usa drogas e tal. Mas vive do dinheiro de viciados. É desprezível. Vamos mudar de assunto. — Ele olhou para mim. — Vamos fazer café.

Concordei.

Fito continuou falando.

— Bem, eles espalharam as cinzas dela no meio do deserto.

— Ela gostava do deserto?

— Sei lá. Acho que sim.

— Por que não te ligaram? — Dava para ver que Sam estava irritada.

— Eles não se importam comigo.

— Eles que se danem — afirmei.

— É. — E as lágrimas começaram a correr pelo rosto dele novamente. — Desculpe — ele disse. — Não quero deixar todo mundo deprimido e tal.

— Você não está fazendo isso — respondi. — Sabe de uma coisa? Vamos pegar a chave do carro e comprar *mochas* com chocolate duplo e chantili.

Fito abriu um sorriso torto.

— Eu ia adorar.

— Eu também — Sam disse.

Fiquei imaginando se tomar café com chocolate às nove e meia da noite tinha alguma relação com fingir não ter medo do escuro. Talvez tivesse.

Neve. Frio. Fito. Mima.

Mandei uma mensagem para a Sam quando acordei: **Está nevando.**
Sem resposta.
Então liguei.
— Está nevando.
— Sério?!
— Olhe pela janela.
Levantamos e nos vestimos em um nanossegundo.
Meu pai estava tomando café, e Marcos estava sentado de frente para ele. Olhei para o meu pai. Ele me olhou de volta e disse:
— Não, ele não dormiu aqui.
— E daí se tivesse dormido?
Sam entrou na cozinha e sorriu para eles.
— Ele não dormiu aqui — eu disse.
— E daí se tivesse dormido?
Marcos revirou os olhos.
— Palhaços.
Então eu disse para ele:
— Obrigado por ajudar o Fito.
Marcos ficou com uma expressão confusa no rosto.
— Com o psicólogo.
— Não foi nada — ele disse.

— Foi, sim — eu disse.

Marcos assentiu.

— Aquele garoto precisa de uma folga.

— É — concordei. — Ele é um cara legal.

— Nós o amamos — Sam disse.

Meu pai estava com um sorrisão no rosto. Olhei pela janela da cozinha.

— Está nevando mesmo.

— Podemos brincar na neve. Não tem aula hoje.

Uma coisa que eu amava em El Paso era que as aulas eram canceladas se alguns flocos de neve caíssem no chão. Lindo. Sam já estava mandando uma mensagem para Fito. Eu peguei uma xícara de café e pensei no Marcos sentado ali. Queria muito saber por que ele estava em casa tão cedo, mas ia parecer um verdadeiro idiota se começasse a perguntar muita coisa. Não era da minha conta. Mas meio que era. E, bem, eu não estava acostumado com essa história do meu pai estar namorando — mesmo que quisesse que ele namorasse. Vai ver meu desejo de ver meu pai com um namorado fosse apenas teórico.

Já estava nevando forte quando Sam e eu saímos. Fito estava a caminho. Sam começou a dançar na neve na frente da casa e eu tirei umas fotos dela com o celular, depois comecei a dançar junto. Pensei nas folhas amareladas da Mima. E logo senti uma bola de neve na lateral da cabeça.

Quando levantei os olhos, Fito estava gargalhando sem parar. Pelo menos até Sam atingi-lo bem na cara com outra bolada. Começamos uma guerra de bolas de neve no meio da rua, e ficamos correndo e nos escondendo atrás de carros estacionados, fazendo duplas e nos traindo em seguida. Uns garotos da vizinhança se juntaram a nós e logo tinha gente saindo de todos os cantos, de todas as casas, de todas as ruas próximas — até meu pai e o Marcos entraram na brincadeira, e eu pensei: *que incrível!*

E foi tudo maravilhoso.

Estávamos brincando! Estávamos brincando!

Outro dia mesmo tínhamos nos metido numa briga em uma casa funerária e palavras horríveis foram atiradas pelo ar como balas de revólver. Alguns dias depois, estávamos no meio de uma guerra de bolas de neve, Sammy berrava e ria, e Fito se ajoelhava no chão porque não conseguia parar em pé de tanto gargalhar.

Minha nossa, foi lindo de verdade. Muito, muito lindo.

Rato

Eu esperava que houvesse menos drama na minha vida. E que ela fosse calma. É, eu queria calma. Mas não. Mais alguma coisa tinha que acontecer, claro. Então, no último dia de aula antes do recesso de Natal, aconteceu. A caminho do refeitório, recebi uma mensagem da Sam: **Vá pro armário do Fito agora!**

Corri até lá, e encontrei Sam no auge do drama, chacoalhando um bilhete na cara do Enrique Infante.

— *Bicha* é com *ch*, seu imbecil.

Entrei no meio dos dois.

— Ei, ei, o que...

— Esse cretino estava colando isso no armário do Fito. — Ela me mostrou o papel onde estava escrito BIXA. Logo em seguida, a sra. Salcido, minha professora de inglês, se juntou ao grupo. Sam estava muito ocupada xingando o Enrique Infante para perceber. Ela gritava:

— Me dê um bom motivo pra não meter a mão nessa sua cara, seu preconceituoso!

— Tente, sua puta.

E foi o que bastou. Sam deu um tapa tão forte que ele caiu para trás, perplexo. Eu sabia que ele ia partir para cima dela, então me enfiei na frente e estava prestes a dar um soco bem no meio da cara dele quando a sra. Salcido interveio, como a guilhotina no pescoço de um condenado.

— Diretoria, já! — O sr. Montes e a sra. Powers tinham aparecido como reforço. Enrique Infante não ajudava, repetindo:

— Não acredito que essa puta me deu um tapa!

Eu tive que me conter ao máximo para não socar aquele merdinha. Enquanto íamos para a diretoria, Sam agarrava firme a prova e explicava para a sra. Powers que o Enrique estava pedindo para apanhar. Fito e eu ficamos de boca fechada.

Quando entramos na sala do sr. Cisneros, ele balançou a cabeça em reprovação. Olhou para mim e para o Enrique e disse:

— Achei que vocês iam ficar longe um do outro.

Não sei o que me deu, mas fiquei agressivo. Quero dizer... Verbalmente agressivo.

— Bom, as coisas não saíram bem como o planejado — respondi. — Faz umas semanas que passei por esse palhaço no corredor e ele me chamou de bicha. Aparentemente, ele se apaixonou por essa palavra.

Sam logo entrou na conversa.

— E quando o Fito e eu estávamos indo para o armário dele, esse imbecil estava colando este papel no armário. — Ela apontou para o Enrique e pôs a evidência sobre a mesa do sr. Cisneros. — E, além de tudo, ele não sabe nem escrever.

Dava para ver que a sra. Powers estava tentando conter um sorriso.

O sr. Cisneros deu um sorrisinho sarcástico para Sam.

— Bom, já falamos sobre isso, não falamos?

Nesse momento, Enrique Infante se intrometeu:

— E ela me deu um tapa. Ela me deu um tapa, tipo, bem forte.

— Você mereceu — afirmei. — E você estava indo pra cima dela. Estava prestes a bater em uma menina. E teria batido, se eu não estivesse no meio. Você tem sorte de eu não ter limpado o chão com a sua cara, amigão.

O sr. Cisneros olhou para os professores.

— Qual de vocês chegou primeiro à cena do crime?

A sra. Salcido se manifestou.

— Eu ouvi uma discussão e saí no corredor bem quando o sr. Infante estava chamando a srta. Diaz daquela palavra com P.

O sr. Cisneros olhou para mim.

— Vamos ter que chamar seu pai aqui de novo? — Foi quando percebi que meu pai devia ter dito umas verdades para ele. No bom sentido, no estilo Vicente Silva.

— Depende de como as coisas ficarem — respondi.

O sr. Cisneros olhou diretamente para Enrique.

— Você esteve nesta sala... O quê? Umas quatro vezes nesse ano? Peça desculpas para o senhor... — Ele olhou para o Fito. — Como é mesmo o seu nome?

— Fito.

— Peça desculpas para o Fito por usar essa palavra. Suponho que estivesse tentando humilhá-lo diante dos outros alunos.

Enrique Infante estava carrancudo novamente.

O sr. Cisneros estava começando a ficar irritado.

— Eu disse para *se desculpar*.

— Desculpe — Enrique disse.

— Não sei se o sr. Fito conseguiu escutar.

— Desculpe, Fito. — Enrique Infante não estava feliz. Nem um pouco feliz. Acho que dava para ver suas orelhas queimando. Ele não estava arrependido. Não.

— Agora peça desculpas à srta. Diaz por se referir a ela daquela maneira.

— Desculpe, Samantha.

— Não ouvi muito bem — ela disse. Vou dizer uma coisa: aquela Sam não deixava barato.

— Eu pedi desculpas.

Então o sr. Cisneros olhou diretamente nos olhos de Sam.

— Agora peça desculpas por dar um tapa nele.

— Enrique Infante, desculpe por ter batido em você. — Ela quase, *quase*, disfarçou o sarcasmo. Mas não conseguiu.

Depois o sr. Cisneros fez uma coisa que quase me fez querer perdoá-lo por ser um imbecil. Ele rasgou o pedaço de papel com a palavra BIXA.

Nos encontramos perto do meu armário depois do último sinal.

— Nossa — eu disse —, que dia!

Sam estava sorrindo, cheia de ironia.

— Eu tive um ótimo dia.

— É, você deu um tapa no Enrique Infante.

— Estava morrendo de vontade de fazer isso desde o ano passado. Ele é um rato. Além disso, sabe aquela história de pular no esgoto pra pegar um rato?

— Sim?

— Não vale a pena, Sally.

— É. Mas, sabe, Sam? As coisas podiam ter ficado feias. Aquele cara poderia ter te machucado pra valer. Sorte sua que eu estava chegando. Sorte sua.

— Eu sei, Sally. E o que você faria se ele tivesse me machucado?

— Não quero nem pensar.

— Eu sei o que eu teria feito — Fito disse. — Eu teria matado aquele *pinche rata*.

— Matar. *No bueno*. Quando é a sua próxima sessão de terapia?

Fito sorriu.

— Essa foi boa, Sally. — Agora duas pessoas me chamavam de Sally.

A verdade é que eu teria acabado com o Enrique Infante. Se ele tivesse encostado um dedo na Sam, eu teria acabado com ele. Mas e se eu tivesse *mesmo* acabado com ele? E se tivesse? Ouvi a voz do meu pai na cabeça: "Tente compreender, filho".

Mima. Eu.

Eu telefonava para Mima todos os dias. Ela sempre me chamava de *hijito de mi vida*. Filhinho da minha vida. Em espanhol parecia ter um significado maior. Algumas coisas não têm boa tradução. Talvez por isso existissem tantos mal-entendidos no mundo. Por outro lado, se todos falassem apenas uma língua, o mundo seria um lugar bem triste. Não que eu falasse francês, italiano ou hebraico.

Mas o espanhol era sagrado, porque era a língua da Mima. E do meu pai — mesmo que não desse para perceber. Ele não falava inglês com sotaque como a Mima. Mas, quando falava espanhol, era perfeito. Aquela língua pertencia a ele de um modo que nunca pertenceria a mim ou a Sam. Bom, pelo menos eu não falava espanhol como um gringo. É, eu tinha problema com isso. A única coisa que importava era que meus tios e tias sempre haviam me tratado como um deles. Como se eu pertencesse a eles. Ninguém na minha família jamais me fez sentir como um filho adotivo. Independente do que seja essa sensação.

Liguei para a Mima. Ouvi sua voz falha dizer:

— Alô.

— Oi, Mima.

— Oi, *hijito de mi vida*.

Gravei parte da conversa sem ela saber. Assim sua voz nunca desapareceria.

Parte seis

*À distância, é possível ver uma tempestade se formando:
as nuvens escuras e os relâmpagos no horizonte vindo na minha direção.
Eu espero, espero e espero pela tempestade. Quando ela chega,
a água da chuva leva com ela os pesadelos e as lembranças.
E eu não tenho medo.*

Sam. Brutal. Pois é.

Recesso de Natal. Eu estava precisando dele. Saímos para ver um filme, Fito, Sam e eu. Comemos um monte de pipoca e depois passamos na casa de um cara com quem Fito arranjou umas cervejas. Uma para cada. Bem, era recesso, afinal. Fomos para a casa da Sam, fizemos uns sanduíches e ficamos um tempo por lá.

Enquanto comíamos os sanduíches e bebíamos as cervejas, Sam disse:
— Odeio demais aquele Enrique Infante. De onde saem ratos desse tipo?
Dei de ombros.
— Famílias.
Fito concordou.
— Famílias problemáticas.
— Certo — Sam disse. — Exatamente. — Então ela olhou para mim e disse: — Você, eu, nosso pai e a Maggie. Nós somos a família mais normal do planeta.
— Bom — respondi —, não sei se somos normais.
— Acho que não — Sam disse. — E sabe o que me irrita de verdade? A postura das pessoas. Enrique Infante andando por aí chamando as pessoas de bicha. Na semana passada, a Charlotte Bustamante me perguntou: "Não é meio esquisito morar, tipo, com esse cara gay? Quer dizer, sinto muito pela sua mãe e tal, mas não é meio...". Fiz ela parar no meio da frase. Fui pra cima dela de um jeito que você-não-ia-acreditar.

Imaginei a cena.

Sam, o negócio dela era contar histórias.

— Olhei bem nos olhos dela e disse: "Eu sei que você ouve muito isso, mas vale a pena repetir: você é uma imbecil. E essa conversa de sentir muito pela minha mãe... Não saia por aí dizendo que sente muito quando não é verdade. Na próxima vez que te ouvir fazendo isso, vou-encher-sua-cara-de--porrada".

Dei um sorriso especial para ela.

— Sério? Você ia encher a cara dela de porrada?

— Na verdade, não. Mas não posso pelo menos me deleitar com a ideia?

— *No bueno* — eu disse.

— *No bueno* — ela disse.

Mas acho que nós dois ríamos por dentro.

Fito. Sam. Eu. Mensagens.

Fito chegou quando eu preparava o café da manhã.
— Por que eu não participo do lance da palavra do dia?
Dei de ombros.
— Nunca pensei nisso. Você também não corre com a gente.
— Dane-se a corrida — ele disse. — Sou magro demais pra correr. E, além disso, só corri a vida inteira.
— Isso não faz sentido — Sam disse.
— Minha própria lógica está rolando aqui — Fito disse.
— Claramente — eu disse. — Quer tomar café da manhã?
— Precisa perguntar?
Fritei alguns ovos para ele enquanto Sam fazia torradas. Ele olhava fixamente para o prato à sua frente.
— Não tem bacon?
— Fale com a Sam. Ela comeu tudo.
Eu sentei com uma caneca de café.
— Palavra do dia — eu disse. — Beleza, Fito. Sua vez.
Ele pegou o iPhone e mandou uma mensagem para mim e para a Sam: Palavra do dia = *mãe*
Sam e eu lemos a mensagem. Sam respondeu: **Mãe. Certo.**
Eu: Certo.
Fito: O nome da minha mãe era Elena. Maria Elena, na verdade

Sam: Legal

Eu: É, legal

Sam: Sylvia. Sylvia Anne

Eu: Sylvia Anne? Bonito

Sam: Sally? A sua?

Eu: Alexandra. Chamavam ela de Sandy

Sam: Nunca soube disso! Uau

Fito: Uau. Alexandra. Eu gosto

Sam: Elas tinham nomes

Eu: Sim, elas tinham nomes

Largamos os celulares. É como se tivéssemos aprendido alguma coisa, mas não soubéssemos muito bem como traduzir em palavras.

— Vamos treinar arremesso — eu disse.

— Sem o papai? — Sam perguntou.

— É, sem o papai.

Cinzas

Eu estava na cama, pensando em abrir a carta da minha mãe. Até que recebi uma mensagem da Sam: **Amanhã. Cinzas da Sylvia.**

Eu: ?
Sam: Falei com a tia Lina e com papai. Combinado
Eu: Sou o último a saber? Sério?
Sam: Relaxa. Tá bravo?
Eu: Não muito. Contou pro Fito?
Sam: Mandando msg agora
Eu: Como vc tá?
Sam: Como eu tô? Huum. Chegou a hora, Sally
Eu: Boa menina
Sam: ☺ Boa noite, Sally
Eu: Boa noite, Sammy
Sam: Quer q mande a Maggie praí?
Eu: É sua hj
Sam: Legal

Eu devo ter apagado mesmo, porque senti um puxão no ombro e não parava de ouvir uma voz me dizendo para acordar.

— Acorde! Vamos. Acorde, Sally. — Achei que fosse um sonho, mas lá estava Sam na minha frente, segurando a urna com as cinzas da mãe dela.

— Chegou a hora — ela disse.
— Hora?
— De espalhar as cinzas da minha mãe.
— Ah, sim. Verdade.
— Você precisa de um café.
— Preciso muito.
— Vamos, o Fito já está vindo para cá. Minha tia também. E o Marcos.
— Pediu para o Marcos vir?
— Sim.
— Olha só você — eu disse.
— Estou começando a gostar dele.
— Está mesmo — eu disse.
— E você, Sally?
— Uma hora eu chego lá.
— Você chega lá.
— Fica quieta.
— Você ainda está meio adormecido.
— Aham.
— Ainda está aí deitado.
— Aham.
— Levanta, cabeção.
— Beleza — eu disse, mas não me mexi.
— Não vou sair desse quarto até você levantar a bunda daí, Sally.
— O.k. Estou levantando. — Sentei e pus os pés no chão. — Vire para eu pôr uma calça.
— Até parece que nunca te vi de cueca.
— Tenho vergonha.
— Bobinho. — Ela se virou para mim. — Vergonha, o caramba.
Pus a calça e dei um tapinha no ombro dela.
— Pronto.
Olhamos um para o outro.

— Então hoje é o dia — eu disse.
— Sim — ela disse. — Hoje é o dia.

Fomos de carro até o McKelligan Canyon: Sam, Fito, Marcos, meu pai, Lina e eu. Estacionamos os dois carros, pagamos a entrada e começamos a trilha até o topo da montanha. Sam carregava a urna com as cinzas da mãe na mochila. Não falamos. Sam quis que fizéssemos silêncio. Ela era boa para dar instruções. Sem conversa. Ficar sem conversar era coisa séria para ela. Quer dizer, Sam não combinava bem com o silêncio.
Quando chegamos ao topo da montanha, o vento estava gelado, mas não me importei. Era estranho e bonito, e eu me senti muito vivo. Olhamos para a vista maravilhosa, e não tive dificuldade para acreditar em Deus naquele momento. Quem mais poderia ter feito aquilo? Dava para ver o rio, o vale e as casas do lado oeste da cidade. As casas pareciam tão pequenas e distantes, e as ruas pareciam rios. Não era possível dizer se uma casa era grande e pertencia a uma pessoa rica ou se era pequena e pertencia a uma pessoa pobre. Tudo aquilo era tão grande, vasto e milagroso. Eu me sentia muito pequeno e não me importava nem um pouco. Eu *era* pequeno.
Sam tirou a mochila, olhou para o meu pai, depois para Lina e meneou a cabeça. Então, olhou para mim. Ela estava tremendo e mordendo os lábios, e eu sabia que ela estava sendo muito forte e que aquilo não era nada fácil para ela, mas Sam estava disposta a pagar o preço porque precisava fazer aquilo.
— Estou pronta agora, Sally.
Enxuguei as lágrimas que corriam pelo rosto dela.
Ela me entregou a mochila.
— Pode tirar a urna pra mim, Sally?
— Sim — eu sussurrei.
Abri o zíper da mochila, tirei a urna com cuidado e a coloquei nas mãos trêmulas da Sam.
Ela segurou a urna com força.

— Ela gostava desse lugar. — A voz dela tremia. — Costumava trazer todos os namorados dela aqui. — Ela riu. E então parou de tremer. — Só sei disso porque li os diários dela. Ela tinha diários, acredita? Não parecia ser desse tipo, mas era um dos lances dela. — Ela ficou em silêncio pelo que pareceu uma eternidade. — Ah, eu esqueci. — Ela me deu a urna, tirou uns papéis e entregou uma folha a cada um de nós. Era uma foto do espelho onde Sylvia tinha escrito: *Só porque meu amor não é perfeito não quer dizer que eu não te amo.* — É como sempre vou me lembrar dela.

Então ela pegou a urna das minhas mãos e levantou a tampa. Sam inclinou a urna devagar, até que as cinzas caíram. O vento soprou as cinzas de Sylvia e as espalhou pelo deserto.

Sam pegou minha mão e olhou para ela. Então, sussurrou:

— O que seria de mim sem essa mão?

Noite feliz, noite feliz

SAM PÔS UMAS MÚSICAS NATALINAS E COMEÇOU A CANTAR "NOITE FELIZ". Ela podia fazer muitas coisas, mas cantar não era uma delas. Como ela estava de bom humor, não me importei.

Eu estava deitado no sofá, tentando ler sobre a Guerra Civil. Fito estava no chão, bem na frente da árvore de Natal. Estava louco por ela. *Loco.* Sam estava no laptop, olhando o site da Universidade de Stanford, sonhando o sonho dela.

— Eu gosto do Natal — eu disse.

— Eu nem tanto — Sam disse. — Você e o papai sempre iam para a casa da Mima. E eu ficava sempre presa com a Sylvia, que normalmente não estava de bom humor. Por alguma razão, ela normalmente estava sem namorado na época do Natal, então assistíamos a muitos filmes. Pelo menos comprávamos um monte de sapatos. Eu sempre ficava feliz quando o Natal acabava.

Fito estava ouvindo o que Sam dizia. E ainda olhava fixamente para as luzes na árvore.

— Não parece tão ruim. Lembro de um Natal em que a minha mãe comprou uma árvore. Eu e meus irmãos decoramos, e eu fiquei, tipo, um molequinho feliz. Saí pela casa assobiando, adorava assobiar. Então, uma noite, minha mãe estava de mau humor ou chapada ou sei lá, mas estava gritando e agindo feito louca, o que era normal, aí ela me deu uma bronca e disse que não aguentava aquela merda de assobio. "E só por isso", ela disse, "vou me livrar dessa árvore." E jogou a árvore fora. É, Natal era uma merda na minha casa. Mas, sabe, eu ainda gostava dessa época. Gostava de andar por aí e ver as luzes e de ver os presépios com Maria, José e o menino Jesus. Gostava disso tudo. E tinha essa música que eu ouvia e costumava cantar sozinho enquanto subia e descia as ruas olhando as luzes. — Ele começou a cantar uma música de que eu gostava muito, de uma melodia meio triste, "I Wonder as I Wander". E o jeito que ele cantava... era como se a tivesse escrito.

Quando terminou de cantar, ele sorriu.

— É — ele disse. — Eu gosto do Natal.

Sam e eu estávamos bem quietos, e então ela disse:

— Uau, sua voz é linda. Você canta muito bem.

— É — concordei. — Como nunca contou pra gente que cantava bem?

Ele deu de ombros.

— Acho que ninguém nunca perguntou.

Sam desligou o laptop.

— Fito — ela disse —, sabia que eu não gostava de você? Que vergonha. Que vergonha.

Terra. Sacos de papel. Velas.

— Eu nunca tinha feito lanternas natalinas.
— Nem eu.
Olhei feio para Fito e Sam.
— Vou expulsar vocês do meu clube exclusivo para mexicanos. Vocês já fizeram alguma coisa mexicana?
— Eu já fui no Chico's Tacos.
— Eu também.
— Qual deles?
— Aquele que fica na Alameda.
— Eu também.
— Bom, talvez eu deixe vocês entrarem.
— Cala a boca, gringo.
Olhei feio para eles de novo. Para os dois.
— *Pochos*. Vocês dois são muito *pochos*. Mexicanos totalmente fajutos.
Eles riram.
Eu tinha ensinado Fito e Sam a dobrar a parte de cima dos sacos de papel. Era preciso ter cuidado porque, se fosse feito com pressa, os saquinhos rasgavam. *No bueno*. Logo eles começaram a pegar o jeito. Com uma pá, pus uns quinze centímetros de areia em cada saco. Enquanto fazia isso, comecei a pensar na pá do enterro do meu avô e detestei ter essa lembrança na cabeça, então simplesmente pensei em uma música. Acho que era outro modo de fingir que não se tem medo do escuro.

Estávamos no quintal do tio Mickey. Ele tinha muita terra, pois seu cachorro, Buddy, tinha cavado metade do gramado.

Lá estávamos nós, os três, fazendo lanternas de Natal.

— Quem foi que teve a ideia de fazer essas lanternas?

— Os espanhóis no norte do Novo México. Eles faziam pequenas fogueiras para iluminar o caminho para a Missa do Galo no Natal. Acho que vem daí. Foram as primeiras luzes de rua. Depois as fogueiras passaram a ser sacos de papel, como essas lanternas. Só que ficavam no chão.

Sam me olhou com aquela cara. Se não estivesse dobrando os sacos, teria cruzado os braços.

— Obrigada, professor Silva, pela pequena aula de história.

— Não acredita? Procure na Wikipédia.

Ela parou de dobrar, pegou o celular e começou o ritual. Leu, depois olhou para mim.

— É, grande coisa. Você sabe um coisa ou outra.

Devo dizer que fiquei um pouco convencido. Larguei a pá e comecei a dançar, balançando as mãos no alto como um bobo, e a cantar uma música que tinha inventado:

— "Quero ver me chamar de gringo agora. Quero ver me chamar de gringo agora."

Fito ria sem parar.

— *Chico*, você acabou de provar que é, tipo, branco, branco, branco. Você não dança nada.

— Ah — eu disse. — Volte ao trabalho.

Estávamos nos divertindo. Fiquei me perguntando por que pegar no pé um do outro era como um hobby para nós dois — parte da amizade. Às vezes eu não entendia o coração. Mas, se estávamos fazendo os outros gargalharem e sorrirem, talvez fosse parte do modo como os seres humanos demonstravam amor.

Quando terminamos de dobrar e encher todos os sacos de papel, o Fito olhou para nosso trabalho manual.

— Você e seu pessoal levam as tradições a sério pra cacete, né?
— Você quer que eu peça desculpas?
— Esse é o seu jeitinho de dizer *foda-se*?
— Você é rápido, Fito. Muito rápido.

Arrumamos cento e cinquenta lanternas em volta da casa da Mima, com uma vela comemorativa no centro de cada saco.
— Ah — o Fito disse —, a areia. Agora entendi. Assim os sacos não pegam fogo.
— Como eu disse, Fito, você é rápido.
— Se disser isso mais uma vez, vou fazer com você o que fiz com meu irmão na casa funerária.
— Acho que a terapia não está funcionando.
Sam começou a rir e disse que Fito e eu devíamos fazer uma turnê daquele showzinho.
— Em qualquer lugar — ela disse —, contanto que seja bem longe de mim.

Meu pai, o tio Mickey e o tio Julian acenderam as lanternas quando o sol estava se pondo. Era uma noite clara, com uma brisa bem leve. Perfeita para a iluminação das lanternas. Mima não estava mais andando, e a tia Evie e a tia Lulu a ajudaram a ir para a cadeira de rodas e a vestiram com roupas quentes. Elas não paravam de perguntar se ela tinha certeza de que queria sair.
— E se a senhora ficar doente?
A Mima olhou feio para elas — ela ainda conseguia fazer isso.
— Eu tenho câncer — ela disse. — Já *estou* doente.
Ela piscou para mim. Eu a empurrei para fora e paramos na entrada da casa para ela poder ver as lanternas. Elas faziam tudo parecer tão suave, como se pudessem domar a noite. Sam, eu e Fito começamos a cantar a música dela em latim. Praticamos algumas vezes, mas foi o Fito quem conduziu:

— *Adeste fideles laeti triumphantes, venite, venite...* — Quando terminamos, Mima estava com lágrimas no rosto. Eu sabia que eram de felicidade.

Ela pegou na minha mão e apertou forte — como se nunca quisesse soltar.

Agora eu sabia por que as pessoas diziam coisas como: *vou levar isso para o túmulo*. Eu sempre imaginei que era uma coisa ruim. Naquele instante, me dei conta de que às vezes podia ser bom. Não só bom como ótimo.

As lanternas iluminando a noite de inverno.

Velas em sacos de papel.

As lágrimas da Mima.

Natal.

Missa do Galo

Mima foi à Missa do Galo em todos os anos de sua vida. Menos nesse. E não iria nunca mais. Meu pai disse para trocarmos de roupa, e foi o que fizemos.

Ela estava sentada em uma poltrona na sala. Estava acordada. Estava pensando. Segurava a mão da tia Evie.

Ficamos parados na frente dela.

Sam e eu acenamos.

Meu pai deu um beijo nela.

— Estamos indo à missa.

O rosto da Mima se iluminou. Como uma lanterna de Natal.

Natal

MANHÃ DE NATAL E EU ESTAVA SENTADO AO LADO DA MIMA NA SALA. Minha tia Evie e meu pai tiveram que ajudá-la a sentar na poltrona de que gostava. Nuvens escuras se aproximavam. Não estava frio o bastante para nevar.
Chuva.
A chuva era ruim para os sacos de papel.
A chuva era ruim para as lanternas.
Mima e eu estávamos olhando o álbum de fotografias que fiz para ela. Ela olhou as fotos e sorriu, e vi que estava se lembrando.
Ela já não falava muito.
Uma palavra aqui.
Outra palavra ali.
Às vezes uma frase inteira.
Ela apontou para uma foto em que estávamos eu, ela e o Popo. Eu devia ter uns dez anos. Estávamos todos arrumados.
— Aniversário do meu pai — eu disse. Ela riu da legenda: *A Mima é mais bonita que o Popo.*
Ela ficou olhando para uma foto minha com Sam aos sete anos. Sem os dentes da frente. Estávamos parados na frente da casa. Era verão e as folhas da amoreira da Mima estavam ao fundo. A legenda dizia: *Ela sempre foi minha irmã.*
— Lindo — ela disse.

Virei a página, e ela sorriu. Era uma foto do dia em que construímos uma pirâmide humana no meu quintal, e eu estava no alto. *Um dia, todos esses mexicanos construíram uma pirâmide que ia até o sol.*

— Você foi a minha pirâmide — ela sussurrou. — Todos vocês foram.

Sonho

Acordei no meio da noite. Sonhei que estava abrindo a carta da minha mãe. E que ela estava sentada ao meu lado. Ela pegou a carta e disse: "Aqui, Salvador, deixa que eu leio pra você".

E se eu começasse a me lembrar de uma mãe de quem não tinha lembranças?

Não consegui voltar a dormir.

Olhei em volta do cômodo e só então lembrei que ainda estávamos na casa da Mima. Eu estava dormindo no sofá. Queria entrar no quarto dela e contar sobre o sonho.

Mas ela estava dormindo.

E eu não queria acordá-la.

Casa

Três dias depois do Natal, meu pai estava na varanda da frente com a Mima, que estava tendo um bom dia. Meu pai olhou para a amoreira.

— Eu lembro quando o papai plantou aquela árvore.

— Eu também lembro — Mima disse. — É uma bela árvore. Sentei à sombra dela por muitos anos.

Mima era como a árvore. Nesse deserto onde eu tinha crescido, ela havia me protegido do sol.

Ela era uma árvore. Como eu ia viver sem aquela árvore?

Sam assumiu o volante e nos levou para casa.

— Quero um carro — ela disse.

— Você tem que pagar para ter um carro — meu pai disse. — Está pronta para pagar as parcelas de um?

— Estou pronta — ela disse.

Acreditei que estava.

Fito desligou o telefone. Estava sempre mexendo nele.

— Já é quase Ano-Novo — ele disse. — Significa que podemos começar outra vez.

— Você acredita nisso? — perguntei.

— Talvez acredite. Ou só queria acreditar.

— Eu também quero acreditar.
— Então acredite — meu pai disse. — O que te impede?
— Eu acredito — Sam afirmou.
— Vamos fazer alguma coisa incrível na véspera de Ano-Novo.
— Eu topo — meu pai disse.
— Eu também — eu disse.

Ano-Novo

Eu estava com a Maggie e meu pai depois da corrida matutina. Meu pai olhava para o cigarro que tinha na mão.

— Odeio isso.
— Mas ama também.

Ele riu.

— É.
— Você disse que era uma relação descomplicada. Não era verdade, era?
— Acho que não. — Ele acendeu o cigarro. — Qual o plano para o Ano-Novo?
— Eu, Sam e Fito pensamos em cruzar a fronteira para Novo México, comprar uns fogos de artifício e soltá-los no deserto.
— Ah, é? Vocês têm carro?
— Não seja engraçadinho, pai.
— É um assunto delicado, não é?
— Sou o único garoto dos Estados Unidos que não tem carro.
— Não é verdade.
— Você entendeu o que eu quis dizer.
— Uau, acho que te mandei diretamente para o divã do psicólogo.
— O quê? Você está fazendo aula com a Sam?
— Você tem dinheiro no banco. Pode comprar um carro, se quiser.
— Você nunca me disse isso.

— Nunca disse que você não podia ter um carro. Só que não ia comprar para você.

— Ah, merda! Quer dizer que eu já poderia ter comprado um carro?

— É. — Meu pai estava rindo. — Não tenho culpa se você não pensou nisso. — Ele bagunçou meu cabelo. — A culpa é toda sua.

Não tive escolha. Não tinha a quem culpar, exceto a mim mesmo. Então fiquei ali, rindo da minha cara.

Depois olhei para o meu pai.

— Por que você não quis comprar um carro pra mim?

— Eu te dei tudo de que precisou. Mas não tudo o que quis. Não queria que você crescesse achando que as coisas caem do céu. Muitos pais dão tudo o que os filhos querem e os filhos fazem uma nova equação: *eu quero é igual a eu ganho*. Como você gosta de dizer, *no bueno*. — Ele apagou o cigarro. — Bem, temos reserva no Café Central hoje à noite. Marcos vai nos oferecer uma ceia de Ano-Novo.

— Ele deve ser cheio da grana.

— Ele ganha bem. Tudo o que tem, conquistou com honestidade. Respeito isso.

— Isso quer dizer que temos que nos vestir bem?

— Sim. Por acaso está casado com esse jeans?

— Você está engraçadinho hoje, pai.

— Acordei atacado, acho.

— Bom, o Fito pode ir?

— Ele está incluído. A reserva é para cinco.

Eu sorri.

— O Marcos gosta do Fito, né?

— Gosta. Ele teve uma infância difícil. Acho que se vê no garoto. — Ele ficou brincando com o maço de cigarros. — Além disso, todos nós gostamos do Fito. Ele é um cara incrível. Fico muito irritado porque a família dele nunca dá a mínima.

Eu o empurrei com o ombro.

— Pai, acho que gosto de você um pouco atacado.

Ele me empurrou de volta.

— Esse ano foi estranho. Bonito. Difícil. Triste. Comprem os fogos. Podemos soltá-los depois do jantar.

Contei para a Sam que jantaríamos no Café Central. E ela saiu dançando pela sala.

— Vestido novo! Vestido novo!

— Até parece que você está com dinheiro sobrando.

— Não, mas você está.

— Sério? — perguntei. — Sério?

— Não é para isso que servem os irmãos?

Meu pai me emprestou o carro e nós saímos para comprar um vestido para Sam. Até o Fito foi junto, mas só porque íamos comprar os fogos.

Sam experimentou uns vinte vestidos. Todos ficaram ótimos. E Fito perdeu a cabeça depois que a Sam se olhou no espelho e não gostou do que viu pela centésima vez.

— Sam, você me faz sentir superfeliz por ser gay. Caras héteros precisam aguentar essa merda. Gays não.

Eu estava sorrindo, e Sam estava de braços cruzados, com um olhar que dizia: "Homens são uma droga — gays ou héteros, todos uma droga". Então Fito foi até a arara, pegou um vestido vermelho longo, entregou a Sam e disse:

— Este aqui. — E sorriu.

Ela pegou o vestido, olhou o tamanho e entrou no provador. Ela saiu, olhou no espelho, virou para um lado, para o outro e depois sorriu para o Fito.

— Você *é mesmo* gay.

Não conseguíamos parar de rir. Simplesmente não conseguíamos.

Sam comprou o vestido. Bom, eu comprei o vestido.

Mas acha que ela parou ali? Nada. Escolheu uma camisa para mim e uma para Fito. Ah, sim, e gravatas. Ela adorava roupas novas.

— Vistam-se como homens — ela disse.

Dirigimos pela rodovia, passando a divisa do estado. Novo México! Fogos de artifício!

Quando entramos no restaurante, achei que os olhos do Fito iam pular. Ele olhou para mim e sussurrou.

— Puta merda! As pessoas, tipo... Vivem assim?

Sam deu um beijo no rosto dele

— Eu te amo demais, Fito.

Sam era a mulher mais bonita do lugar. Ninguém chegava nem aos pés.

No jantar, Sam não parava de tirar fotos para postar no Facebook. Eu ficava louco com isso. Marcos pediu uma garrafa de champanhe. Ele e meu pai ficavam à vontade em lugares como aquele. Estavam acostumados a ir a lugares legais, a viajar e tudo mais. Eu já não estava tão acostumado.

Fizemos um brinde à Mima. Meu pai levantou a taça.

— Sei que é difícil — ele disse em voz baixa —, mas temos que nos lembrar que ela sempre vai estar dentro de nós. — Acho que ele estava falando mais comigo do que com os outros. Então levantamos as taças em homenagem à minha avó. E eu disse:

— E à amoreira que o Popo plantou.

Meu pai sorriu para mim. E brindamos àquela bela árvore. Conversamos sobre tudo que aconteceu conosco no ano que passou. Então Sam virou para o Marcos e perguntou:

— Qual foi a melhor coisa que aconteceu com você este ano?

Ele sorriu.

— Essa é fácil. — Ele apontou para o meu pai. Depois, para o Fito. E apontou para mim. E então para Sam.

— Você está tentando me convencer a gostar de você, né?

Marcos assentiu.

— É exatamente isso que estou fazendo.

Sam sorriu.

— Bom, está dando certo.

Claro que ela tinha que inventar algum tipo de jogo. *Óbvio*.

— Certo — ela disse durante a sobremesa. — Resoluções de ano novo.

Eu disse:

— Eu não faço resoluções.

Ela nem piscou para responder:

— Isso é parte do seu problema.

— Certo. Minha resolução é não te matar esse ano, mesmo quando usar minha lâmina de barbear para depilar as pernas.

— Você parece uma menina chorona.

Fito caiu na gargalhada. E o Marcos também. Meu pai nem tanto. Ele estava acostumado com as nossas discussões.

— Sério: resoluções de ano novo.

Fito foi o primeiro.

— Estou tentando parar de me culpar pelas coisas. Ideia do psicólogo. Mas, sabe, eu gostei. — Todos aplaudiram.

Sam o cutucou com o cotovelo.

— Só não exagere.

Meu pai disse:

— Eu vou parar de fumar. — Mais aplausos.

E, é claro, Sam teve que acrescentar um comentário.

— Fico feliz por você parar de fumar, pai. Ninguém gosta de beijar fumantes. — Ela meio que deu um sorrisinho para o Marcos.

Marcos olhou em volta.

— Eu sou o próximo. Vou voltar a correr. — Ele olhou para Sam em seguida. — Ué, não tem comentário?

Sam não hesitou.

— E você estava indo tão bem, Marcos. Sabe, ainda estamos de olho em você.

Marcos sorriu. Notei que ele era meio tímido. Eu achava isso bom. Pelo menos não era um cretino arrogante.

Então chegou a vez da Sam:

— Decidi não sair com mais nenhum garoto até entrar na faculdade.

— Uaaaaau — meu pai soltou.

Fito estava sorrindo sem parar.

— Veremos — ele disse.

— É, veremos — Sam respondeu.

Chegou a minha vez.

— Minha resolução é não socar mais ninguém.

Sam perguntou:

— Nem para proteger minha honra?

— Sua honra não precisa de proteção — respondi.

— Huuum — ela disse.

— E — eu disse —, *e* vou permitir que todo mundo que quiser leia a minha redação de admissão. Mas não quero ouvir nenhum comentário.

Meu pai abriu um sorriso.

Sam não se aguentava de vontade de ler minha redação.

— Quando? *Quando?*

Lá estávamos nós, no deserto do Novo México. Fito e Marcos estavam preparando os fogos para receber o novo ano. Meu pai abriu uma garrafa de champanhe e serviu uma taça para cada um. Bom, um copo de plástico para cada um. Os fogos estavam prontos para ser disparados, e estávamos todos em volta, bem-vestidos, de casaco, e fiquei feliz por não estar tão frio.

Marcos olhou para a tela do celular e começamos a contar. Juntos. *Dez, nove, oito, sete, seis, cinco, quatro, três, dois, um: FELIZ ANO-NOVO!*

Foi a primeira vez que vi meu pai beijar outro homem.

Não acho que estava preparado para isso. E não foi, tipo, um superbeijo. Foi mais um selinho. Mas, mesmo assim... Eles tinham um relacionamento. E *era* Ano-Novo, afinal.

Sam estava sorrindo. Não, estava radiante. Ela me deu um beijo no rosto.

— Feliz Ano-Novo, Sally. Vamos aproveitá-lo ao máximo.

Então o Fito também me deu um beijo no rosto.

— Tudo bem se eu fizer isso?

— Tudo bem — respondi.

Feliz Ano-Novo.

Feliz Ano-Novo?

Fomos visitar a Mima no primeiro dia do ano.
 Ela estava na cama. Ela sempre fazia *menudo* no primeiro dia do ano. Mas não dessa vez. Ela mal conseguia comer. Eu sabia que estava se preparando para dizer adeus. Palavra do dia: *adeus*. Uma palavra comum. Uma palavra triste e comum.
 Mas a boa notícia era que ela estava falando novamente.
 — Rezem comigo — ela disse. Nós nos reunimos em seu quarto e rezamos o terço. Foi como um presente. Eu não sabia se Mima estava nos dando um presente ou se *nós* estávamos dando um presente a ela. Talvez as duas coisas. Quando terminamos, ela disse:
 — Quero falar com vocês.
 Ela falou conosco. Com todos nós. Um de cada vez. Apontou para o meu tio Mickey. Todos saímos do quarto para ela falar com ele. Aquilo me lembrou o confessionário. Cada um esperando sua vez.
 Quando ela terminou de falar com meu pai, ele entrou na sala e disse:
 — Filho, você e Sam e Fito.
 E o Fito perguntou:
 — Eu?
 Meu pai confirmou.

Sentei sobre a cama da Mima e segurei a mão dela. Ela apertou minha mão de leve. Restava muito pouca força naquela mão. Então ela levou a mesma mão ao meu rosto e disse:

— *Hijito de mi vida.*

Sam e Fito estavam perto.

E minha Mima disse:

— Samantha, você precisa cuidar do meu Salvador. Ele é seu irmão, e você precisa cuidar dele. — Ela cerrou os punhos. — Você é forte.

— Eu prometo — Sam disse.

— E, Salvador, você precisa cuidar da Samantha.

— Eu prometo — repeti.

Então ela olhou para o Fito.

— Vicente me falou sobre você. — Ela fez sinal para ele se aproximar e pegou em sua mão. — A vida pode ser dura. Eu sei disso. — E em seguida ela disse: — *Déjate querer.*

Permita-se ser amado.

Ela fez o sinal da cruz em nossa testa.

Eu a beijei.

Era o jeito dela de se despedir do mundo. Das pessoas que amava. Ela deixaria essa terra do mesmo modo que sua mãe fizera.

Com toda a graça do mundo. Esse mundo velho e agonizante.

Noite

Ninguém disse uma palavra no caminho para casa. Meu pai estava tentando ser forte por nós. Por mim e pela Sam.

E eu estava tentando ser forte por ele. Nunca havia pensado naquilo. Agora sabia, e talvez uma parte de mim já soubesse, que meu pai sabia como guardar a dor para si mesmo. Ele havia aprendido — talvez por ser gay — a sofrer em silêncio. Eu não queria esse silêncio para ele.

A noite parecia tão escura.

Mas acho que eu havia aprendido a fingir que não tinha medo do escuro. Talvez isso já fizesse alguma diferença.

Quinta-feira.
Duas horas da manhã.

VOLTAMOS PARA A CASA DA MIMA TODOS OS DIAS. Íamos e voltávamos de El Paso para Las Cruces. Marcos ia conosco. Ele sempre dirigia.

Mima tinha parado de falar.

Às vezes, parecia que ela já tinha deixado seu corpo. Mas de vez em quando eu achava que ela ainda me reconhecia.

Na quinta-feira, às duas da manhã, meu pai acordou Sam e eu.

— Vamos — ele disse.

Eu me vesti às pressas.

Assim que entramos na casa da Mima, tia Evie caiu nos braços do meu pai.

— Ela se foi.

Ela se foi

Eu não me lembro de muita coisa. Acho que parte de mim foi para outro lugar depois que Mima morreu. Mas é disso que lembro. Alguém entrou e declarou que ela estava morta. Meu pai e tia Evie ligaram para muitas pessoas.

Alguns homens da casa funerária vieram para levá-la.

Meu pai e eu vimos eles colocarem minha avó em uma maca.

Quando a estavam levando, meu pai fez sinal para eles pararem. Ele beijou a testa dela e fez o sinal da cruz. Depois acenou para os lúgubres agentes e eles a levaram para o carro fúnebre.

Meu pai, tia Evie e Sam ficaram olhando o carro ir embora.

Ele se virou e entrou na casa. Acho que ficava perdido em momentos assim.

Sam pegou a minha mão e sussurrou:

— Isso está me matando. Estou me esforçando tanto.

Concordei. Não conseguia falar.

Entrei na casa. Meu pai estava sentado na cama da Mima.

Meu pai estava chorando.

Meu pai.

Sentei ao lado dele e o abracei. Meu pai.

Luto

Eu estava sentado no carro do meu pai. A casa da Mima estava cheia de gente. Nossa família. Velhos amigos. Todos haviam levado comida. Havia comida por toda a parte. Meu tio Mickey disse:

— Mexicanos amam comer. Nós comemos quando estamos felizes e quando estamos tristes.

Marcos e Fito estavam em um hotel.

Meu pai estava sendo muito forte. Ele escreveu o obituário dela para o jornal. Escreveu o discurso fúnebre. Estava cuidando da burocracia. Cumprimentava as pessoas; falava com as pessoas; consolava as pessoas. Acho que ele não era o tipo de pessoa que sentava em um canto e se lamentava.

Eu estava entorpecido e perdido.

Tentei pensar nos estágios do luto de que a Sam havia falado. Mas não conseguia lembrar quais eram.

Não queria ficar perto de ninguém. Não queria que ninguém visse minha dor. Eu também não queria vê-la.

Saí dirigindo. Fui em direção à fazenda em que Mima havia me levado uma vez. Estava tentando encontrá-la sem saber.

Cheguei até lá. Era inverno e não havia nada plantado.

Saí do carro e fiquei olhando para os campos áridos.

Árido. Era essa a sensação. Era como eu me sentia.

Quando percebi, estava ajoelhado. Estava sem palavras e perdido e nunca tinha passado por nada parecido com isso. Isso, isso doía no coração. Esse vazio. E, naquele instante, desejei não ter coração. Sabia que tinha e que não podia desejar que ele desaparecesse. Não podia desejar que o sofrimento ou as lágrimas desaparecessem. Não sei por quanto tempo fiquei ajoelhado lá, naquela terra fria. Mas me percebi respirando fundo e permitindo que o ar gelado tocasse meu rosto.

Cemitério

Eu ajudei a carregar o caixão da Mima no cemitério.

Estava entre meu pai e o tio Mickey.

Ainda vejo o caixão sendo baixado.

Ainda me vejo jogando um punhado de terra sobre o caixão dela.

Ainda vejo meu tio Mickey mandando uns homens embora depois que todos já tinham saído.

Ainda vejo meu pai e meus tios pegando pás e enterrando a mãe deles. Ainda vejo meu pai me entregando a pá e acenando com a cabeça.

Ainda me vejo jogando terra. Jogando terra, jogando terra.

Ainda me vejo caindo nos braços da Sam e do Fito, chorando como uma criança. Mas o mais estranho era que eu não me sentia mais criança. Tinha sido uma época tão estranha desde aquele primeiro dia de aula. Tantas coisas tinham acontecido, e eu não estava no controle de nenhuma delas. Eu não controlava nada, não podia controlar nada. Sempre achei que os adultos estavam no controle. Mas ser adulto não tinha nada a ver com controle.

Eu não era adulto. Não era um homem. Mas já não era mais um menino.

Eu. Sozinho. Não.

Depois do funeral, houve uma recepção. Muita gente. Gente, gente, gente. Se eu ouvisse mais alguém muito educado dizer "Esse é o seu filho, Vicente? Nossa, ele é lindo", ia começar a gritar.

Estava sentado no carro do meu pai de novo. Sozinho. Todos estavam dentro da casa, e eu pensei que talvez devesse começar a fumar. Então ouvi um barulho, levantei os olhos e vi a Sam e o Fito batendo na janela.

— Saia do carro. Você está cercado.

Saí do carro.

— Muito engraçado.

— Palavra do dia — Sam disse. — Isolamento.

— Acho que sim — eu disse. — Vamos pegar umas cervejas escondido.

— Acho que não é uma boa ideia.

— Nossa, não tem nada pior do que uma ex-baladeira. — Olhei para ela. — Faça a minha vontade.

Fomos até a casa do tio Mickey. Tinha gente lá também. Não tivemos que pegar nada escondido. Tio Mickey ficou feliz em liberar umas cervejas. Tomei a minha. Depois tomei mais uma.

— Pega leve.

Olhei feio para a Sam. Depois virei a terceira cerveja. Alguns minutos depois, comecei a sentir as cervejas. Estava, tipo, *uaaaaaau*.

— Acho que não foi uma boa ideia.

— *No bueno* — o Fito disse. — Não é de cerveja que você precisa, *vato*.

Concordei.

— Você precisa de nós — Sam disse. — Então não se afaste.

Abri um sorriso torto.

— Não vou mais me afastar — respondi.

— Vamos colocar um pouco de comida dentro de você — o Fito disse.

— É, boa ideia.

Voltamos para a casa da Mima. Eu estava um pouco zonzo.

— Matar três cervejas de estômago vazio. *No bueno* — o Fito comentou. Eu estava me apoiando um pouco nele.

— *No bueno* mesmo, *chico*.

— Continue se apoiando em mim, cara. É só o que precisa fazer.

Meu pai estava no fogão, aquecendo alguma coisa na cozinha da Mima. Marcos e Lina estavam na pia, lavando travessas e panelas. Lina? Acho que não tinha notado. Acenei para o meu pai.

— Oi.

— Onde vocês se esconderam?

Acho que eu estava um pouco bêbado. É, eu era fraco para bebida. Fui até o meu pai e pus a cabeça em seu ombro.

— Você andou bebendo?

— Sim. — Eu me agarrei no meu pai naquele momento. — A Mima não está na cozinha da Mima.

— Você está bem?

— Estou, pai — sussurrei. — Só tive um mau momento.

— Não beba, filho. Não faça isso.

Concordei.

— Tudo bem — respondi.

Meu pai me pegou pelos ombros e olhou para mim.

— Quer ver uma coisa realmente fantástica? — Ele inclinou a cabeça como se dissesse "Venha comigo". Eu o acompanhei e ele fez sinal para Sam e Fito irem também.

Estávamos no quarto da Mima. Meu pai apontou a cama dela.

— Sentem.

Sam, Fito e eu nos entreolhamos.

Ele me entregou um envelope.

— Abra — disse. — Com cuidado. É frágil.

Segurei o envelope e abri com todo o cuidado possível. Dentro do envelope havia algumas folhas secas. Folhas amareladas. E havia um bilhete. Fiquei olhando para a caligrafia da Mima: "Estas são as folhas que meu Salvador me deu uma tarde de sábado, quando ele tinha cinco anos".

Naquela hora, soube que aquele dia tinha sido tão importante para ela quanto havia sido para mim. Ela lembrava.

Meu pai estava sorrindo.

Entreguei o bilhete para Sam. Ela e Fito leram. E logo estavam sorrindo também.

Meu pai. Luto. Marcos.

Mais uma coisa que lembro sobre aquele período. No dia seguinte ao que voltamos para casa, Marcos apareceu no fim da tarde. Eu abri a porta.

— Oi — eu disse. — Meu pai está no ateliê. — Fui com ele até a porta dos fundos.

Ele passou pela porta e, assim que pisou no quintal, meu pai apareceu. Eu me virei para voltar para casa, mas, não sei por quê, parei, virei e olhei para eles. Meu pai estava falando com o Marcos e começou a chorar. Marcos o puxou mais para perto e o abraçou.

Pensei no que Mima havia dito.

Déjate querer.

Sim, pai, permita-se ser amado.

Mas havia mais alguma coisa. Naquele momento, vi que não estava prestando atenção na dor do meu pai. Só estava prestando atenção na minha.

Fiquei com vergonha de mim mesmo.

Meu pai. Eu.

NÃO CONSEGUI DORMIR. Maggie estava no quarto da Sam. Eu queria que ela estivesse comigo, deitada do meu lado. Não conseguia parar de pensar no rosto do meu pai enquanto Marcos o abraçava. Não era a *minha* função cuidar dele daquele jeito?

Levantei e fui até o quarto do meu pai. Bati na porta e abri devagar. Dava para ver que a luminária ainda estava acesa.

— Pai? Posso entrar?
— É claro.

Sentei na cama dele.

— Pai?
— Sim?
— Só queria saber se você estava bem.
— É difícil — ele disse. — O luto é uma coisa horrível e bonita.
— Não acho que seja tão bonita.
— O sofrimento significa que você amava alguém. Que *realmente amava alguém*.
— Pai — peguei a mão dele. — Estou aqui com você, pai. Quero dizer... *estou realmente aqui com você*.

Meu pai pegou a minha mão.

— Essa é uma boa mão — ele disse. — É mesmo uma boa mão.

Tentando ser normal

Pensei que talvez a vida nunca mais fosse voltar ao normal. Jamais. E dessa vez eu estava *mesmo* querendo que tudo voltasse ao normal. Muitas coisas haviam acontecido, e eu estava cansado. Sam sentou na minha frente e disse:

— Você está fazendo de novo.
— Fazendo o quê?
— Se isolando.
— Não, não estou. Estou sentado aqui na sua frente.
— Você está introspectivo.
— É.
— Então desembucha.
— Eu estava fazendo uma lista de todas as coisas que aconteceram.
— Fazendo um balanço?
— Talvez. Não estava pensando por esse lado. Só estava lembrando.
— Lembrar é supervalorizado.
— E decidi tentar ser normal.
— Tarde demais pra isso, Sally.

As coisas *voltaram* ao normal, mas senti que algo havia mudado em mim e não sabia expressar em palavras. Emoldurei as folhas e o bilhete da Mima entre duas placas de vidro e pendurei na sala. Não parecia certo guardá-las só para mim. Estava com mania de pegar a carta da minha mãe e deixá-la sobre a escrivaninha pela manhã. E depois guardá-la de novo à noite.

Eu, Fito e Sam começamos a ir sempre ao cinema. Discutíamos sobre o filme que íamos ver. Sam e Fito brigavam às vezes. Eu sempre deixei a Sam fazer o que queria. Mas o Fito, cara, ele não deixava tudo ser sempre do jeito dela. Acho que ele estava cansado de ser o mais fraco. Eu adorava ver os dois.

Lina tinha mandado arrumar tudo o que estava errado na casa da Sam. Ela e o Fito tinham uma admiração mútua um pelo outro, o que era fofo. O corretor de imóveis pendurou uma placa de "vende-se". Sam tirou uma foto em que o Fito e eu estávamos apoiados na placa e postou no Facebook. Claro que postou. Ela e o Facebook.

É, a vida estava normal. Escola, filmes, lição de casa, estudos. Escola, filmes, lição de casa, estudos. E eu ainda encontrava o Enrique Infante, que ainda me chamava de *bicha*. Um dia eu parei e perguntei:

— Você está me chamando de *bicha* com "x" ou "ch"?

Ele não gostou da piada, mas eu achei engraçada. Sam e Fito acharam hilária.

Acordei um sábado de manhã. Tinha chegado uma frente fria. Sem neve, mas fazia muito frio. Fui até a cozinha, e meu pai e Sam estavam conversando.

Peguei uma xícara de café.

— Estou interrompendo?

— Não — a Sam disse. — O papai e eu estávamos falando sobre a adoção.

— E?

— Bom — Sam disse —, desde que toquei no assunto, comecei a chamá-lo de pai. E pareceu certo. E meio que... Meio que foi suficiente. Só de poder chamá-lo assim... — Ela olhou para o meu pai. — Só de ter a liberdade de chamá-lo de *pai*. Acho que a adoção não é necessária. Acho que eu só queria saber que pertencia a essa família. O que é idiota. Porque eu sempre pertenci. Mas ainda quero mudar meu sobrenome e adotar o da minha mãe.

Eu gostei muito do sorriso no rosto do meu pai.

Sam. Eu. Fito

Duas semanas depois que a Mima morreu, Sam e eu fomos até a loja de conveniência. Fito ia sair às onze da noite, era sexta-feira e não tínhamos nenhum plano. Chegamos à loja quando Fito estava batendo o ponto para sair. Pegamos umas cocas e pipoca e fomos para a casa da Sam.

Pusemos um disco de vinil antigo. Dusty Springfield. Sam amava Dusty Springfield. Estávamos passando o tempo e conversando, e Sam ficou de olho nos diários do Fito. Eu sabia que ela ia começar a perguntar a qualquer momento.

— Então... Fito, há quanto tempo você escreve diários?

— Como você sabe que eu escrevo?

— Todos esses cadernos naquela estante.

— Ela gosta de se meter na vida de todo mundo — eu disse.

Ela apontou para mim e depois apontou para o Fito.

— A vida de vocês é equivalente à minha vida.

— Achava que *eu* era ruim de matemática — brinquei.

— Você *é* ruim de matemática, Sally. — Ela me olhou feio. É, a Sam não recuava.

— Ajudou, Fito? Ter um diário?

— Sim. Era quase como ter uma vida. Acho que comecei quando estava no sétimo ano. Ajudou a manter minha cabeça no lugar. Me deu alguém com quem conversar, mesmo que fosse eu mesmo. Você sabe, eu costumo ir à biblioteca e ler. E, um dia, fui ao museu e estava dando uma volta e tal, vendo as obras de arte e, antes de ir embora, passei na loja do museu e eles tinham uns diários bem legais, com capa de couro e páginas em branco. Uns dias depois, entrei na loja e comprei. Foi assim que comecei. Os livros que eu lia me faziam pensar em algumas coisas, e eu escrevia.

Sam pegou um diário e entregou a ele.

— Leia para nós.

— De jeito nenhum. É particular.

— Ah, dá um tempo, Fito.

Ele tirou o diário da mão dela.

— Você não vai vencer essa, cara — eu disse. — Acredite. Se não for hoje, vai ser outra noite. Ela vai ficar te cercando até você cansar.

Sam estava de braços cruzados.

— É assim que vocês falam de mim pelas costas?

— Você está presente — eu disse.

Sam gentilmente tirou o diário do Fito da mão dele.

— *Eu* vou ler alguma coisa — ela disse.

Fito ficou quieto. Depois perguntou:

— Você é sempre assim?

— Mandona? Sim. Algumas pessoas chamam de liderança.

Fito disse:

— O.k., leia alguma coisa. Vá em frente. Mas se rir, eu te mato.

— Justo — Sam respondeu. Ela abriu e começou a ler. — *Às vezes eu me vejo parado na praia, com os pés descalços enterrados na areia molhada, e não tem ninguém por lá além de mim, mas não me sinto sozinho. Eu me sinto vivo. E parece que o mundo todo pertence a mim. A brisa fria assobia por entre meus cabelos, e algo me diz que ouvi aquela canção minha vida toda. Estou observando as ondas baterem na areia, o ir e vir das ondas batendo em rochas distantes. O mar está sempre em movimento, e ainda assim há uma quietude que invejo.*

"À distância, é possível ver uma tempestade se formando: as nuvens escuras

e os relâmpagos no horizonte vindo na minha direção. Eu espero, espero e espero pela tempestade. Quando ela chega, a água da chuva leva com ela os pesadelos e as lembranças. E eu não tenho medo."

Sam largou o diário.

— Isso é incrível, Fito.

— É mesmo — afirmei. — Você sabe cantar, sabe escrever e tem belos pensamentos.

— Que nada — ele disse. — Acho que eu tinha acabado de ler O *velho e o mar*. Bom, é besteira. Eu nunca nem vi o mar. Não sei de que merda estou falando.

— Por que você se detona, Fito? Por que faz isso? — Sam estava sendo brutal novamente.

— Você é brilhante — eu disse.

— Vocês acham que eu ia sobreviver nas ruas falando como um maldito livro? Quanto tempo acham que eu ia durar? Eu me detono, Sam, pra sobreviver. É assim que as coisas são. Eu ando com um maço de cigarros, mesmo não sendo fumante. Eu distribuo. Faço amigos. Assim as pessoas não mexem comigo. Eu ando com uns trocados e, se alguém precisar de dinheiro, eu dou. Eu ando com M&Ms. Se estou sentado por aí, pego alguns. Sempre chega alguém e pergunta: "Tem mais?". E eu dou. Não gosto de confusão e aprendi a conviver e não é bom para ninguém fingir que é inteligente. Não lá fora.

"E, sabe, Sam, eu não sou o único aqui que se detona. O que você acha que está fazendo quando sai com aqueles caras? Nenhum deles está à sua altura. Você sabe disso, não sabe, Sam?"

— É, eu sei.

Então ele olhou para mim.

— Você faz a mesma coisa. Você é melhor do que um soco, Sally. Sim, é melhor. Tem uma carta da sua mãe e, de repente, não consegue ler. *Nós todos nos detonamos.*

Eu não sabia o que dizer. Nem Sam. Então ficamos ali ouvindo Dusty

Springfield cantar, e logo ela me mandou uma mensagem: E se vc não tivesse tido a brilhante ideia de começar a correr?

Pensei por um instante: Não teríamos encontrado o Fito dormindo num banco!

Sam: ☺

Eu: E o chico sabe cantar & escrever

Sam: Mas será q sabe dançar? Rs

— Vocês estão me zoando com essas mensagens. *De que merda* estão falando?

— De você, Fito — respondi. — Estamos falando de você.

Mãe

Pensei na Sam. Em como ela tinha sido corajosa e passado por todos aqueles estágios. No olhar em seu rosto quando espalhou as cinzas da mãe no deserto. Extremamente valente e corajosa. Pensei no que havia dito para mim e para o meu pai: "Eu só queria saber que pertencia a essa família. O que é idiota. Porque eu sempre pertenci". Pensei em como sempre detestei ser deixado de fora. Aquilo vinha de dentro. Eu nunca, jamais, havia sido deixado de fora.

Por um segundo, passou pela minha cabeça que eu deveria mandar uma mensagem para a Sam e dizer que precisava dela, pedir para ela vir ao meu quarto. Para estar comigo. Mas sabia que aquele momento pertencia somente a mim. A mim e à minha mãe. Apenas a nós.

Eu não conseguia explicar tudo a mim mesmo. Não precisava saber *de tudo*.

Sempre pensei que ficaria com as mãos trêmulas quando chegasse o dia em que decidisse ler a carta. Mas não fiquei. Nada dentro de mim tremia.

Alisei as dobras do papel. Minha mãe tinha uma letra linda.

Querido Salvador,

Escrever esta carta é uma das coisas mais difíceis que já fiz. Não sei quanto tempo ainda tenho de vida, mas sei que não vai demorar muito para eu partir. Não é fácil para mim abrir mão da vida, porque morrer significa que terei que abrir mão de você. Estou tendo um dia sem dores, e minha mente está clara. Então estou escrevendo esta carta e espero dizer todas as coisas que preciso dizer a você — embora saiba que não é possível.

Vicente está passando o dia com você. Ele te adora. E você? Você às vezes chora quando ele vai embora. Você também o adora. Amo ver vocês dois juntos. Foi assim desde o dia em que você nasceu. Depois do seu nascimento, fiquei deprimida. Não queria saber de você. Sabe, eu sofri um caso sério de depressão pós-parto. E foi o Vicente que cuidou de você. Ele esteve presente vinte e quatro horas por dia, sete dias por semana. E cuidou de mim também. Cuidou de nós dois.

Depois eu melhorei. E, por alguns anos, fui a mulher mais feliz do mundo. Estava trabalhando em um escritório de advocacia e ganhando bem. O Vicente tinha arrumado um emprego na universidade e estava se tornando um artista de sucesso. Ele pagava a sua creche. Mas você não ia para a creche todos os dias. Nos dias em que não dava aula, o Vicente ficava com você. Você tinha um chiqueirinho no ateliê dele. Você era um bebê muito bonzinho. Amável, feliz e carinhoso. Eu estava muito, muito feliz.

Mas você precisa saber o que veio antes para entender por que eu fiquei tão feliz naqueles dias antes de adoecer. Acho que vou começar pelo início. Conheci o Vicente quando estava no segundo ano da Columbia. Estava em uma festa, o vi e pensei: quem é aquele cara lindo? Dizer que eu não era uma garota tímida seria me subestimar. Para ser sincera, eu era um tanto quanto selvagem. Vi o Vicente e pensei: aquele homem vai ser meu. Fui até ele e disse: "Meu nome é Alexandra, mas pode me chamar de Sandy". Ninguém precisava me dizer que eu era bonita. Já nasci sabendo. Nasci desfilando minha beleza por onde eu ia — não que me orgulhe desse comportamento. Não havia nada de modesto nas minhas origens. Vim de uma família rica e de prestígio. Eu achava que merecia tudo. Cresci tendo tudo o que queria — incluindo garotos ou homens. A vida era uma festa. E lá estava eu, diante do Vicente, sorrindo para ele.

Acabamos conversando quase a noite toda. Eu achei que as coisas estavam indo bem. Gostei muito dele. Ele era diferente de qualquer homem que eu já havia conhecido. Mas ele olhou para mim e disse: "Tenho que te dizer uma coisa". E eu perguntei: "O quê?". E ele respondeu: "Eu sou gay". Acho que fiquei muito decepcionada e deixei transparecer. "Sinto muito", ele disse, e começou a se afastar. E eu pensei comigo mesma: "Tchauzinho, amigo". Não sei por quê, mas fui atrás dele. Peguei no braço dele e disse: "Bem, podemos ser amigos". Aquela foi a melhor decisão que tomei. E nós nos tornamos amigos. Na verdade, logo o Vicente se tornou o melhor amigo que já tive. O melhor amigo que já tive no mundo.

Eu estava sempre me metendo em confusão. Com homens, na maior parte do tempo. Sinto ter que contar isso a você, mas eu era muito dramática. Eu era uma jovem incrivelmente autodestrutiva. Adorava festas, adorava beber e adorava usar drogas. O Vicente estava sempre me tirando das confusões. Eu não tenho ideia do que teria feito sem ele. Mas também sempre estive ao lado dele. Ele se apaixonou por um cara que partiu seu coração. O Vicente não ama qualquer um. Ele simplesmente não é assim. Ele não saiu do quarto por meses. Eu tive que arrastá-lo para um restaurante e obrigá-lo a comer. Depois o deixei bêbado e dei um sermão. O Vicente tinha muito o que aprender sobre os homens, e eu decidi ser sua professora. Eu sabia muito sobre eles.

Minha vida sempre foi um desastre. Meus pais eram ricos e amavam tudo relacionado à riqueza. Meu pai gostava de comprar políticos, e em Chicago sempre havia um político pronto para ser comprado. Minha mãe me criou para ser um tipo de mulher — no qual eu não estava interessada em me transformar.

Depois da faculdade, Vicente seguiu seu sonho de se tornar artista plástico. Não sei se eu tinha algum sonho. De vez em quando, eu me metia em confusão. Fiquei viciada em álcool e cocaína. Liguei para o Vicente uma noite. Estava morando em Nova York. Ele veio de Boston, onde estava morando, e cuidou de mim. Ele me colocou em um programa de reabilitação e eu fiquei limpa por alguns anos. Mas não tinha muitos motivos para permanecer sóbria. Não sentia que tinha algum objetivo na vida. Então conheci o homem que viria a ser o seu pai. Eu me apaixonei por ele, e fomos felizes por um tempinho. Fomos morar juntos. Um dia, tivemos uma briga. Eu não estava me sentindo bem e disse alguma coisa que ele não gostou. Ele me deu um tapa com o dorso da mão e eu voei longe. Ele olhou para mim, caída no chão. "Nunca mais fale assim comigo." E calmamente saiu do apartamento.

Fiz minhas malas. Não sabia para onde estava indo, mas tinha dinheiro. Fui para um hotel. Fiquei me sentindo um lixo. Achei que estava ficando doente, então, no dia seguinte, marquei uma consulta com o médico. Foi quando descobri que estava grávida. De você. Você estava vivendo dentro de mim. E eu fiquei tão feliz. Fiquei tão, mas tão feliz. Foi como se a minha vida de repente fizesse sentido. Minha vida tinha um propósito. Havia uma vida crescendo dentro de mim.

Não sei por quê, mas resolvi me mudar para El Paso. Na verdade, eu sabia por quê. Era uma cidade sobre a qual o Vicente sempre falava. Ele ficava com um olhar característico e dizia: "Adoro aquela cidade de fronteira". Então me mudei para lá. Era longe da minha família e longe da vida que eu havia vivido até então. Eu ia recomeçar. Eu tinha perdido o contato com Vicente, mas tinha o telefone da mãe dele — caso algum dia precisasse encontrá-lo. Foi a primeira vez que falei com a mulher que eu viria a conhecer como Mima. Eu disse que era uma amiga do Vicente e que estava tentando falar com ele. Ela foi muito gentil quando falou comigo e me passou o telefone dele.

Liguei para o Vicente e retomamos o contato. Ele riu quando eu disse que havia me mudado para El Paso. Disse que não achava que eu fosse esse tipo de garota. Com cinco meses de gravidez, apareceram algumas complicações e eu fui para o hospital porque entrei em trabalho de parto. Você não nasceu naquele dia, mas o médico disse que achava que eu teria que ficar na cama a maior parte do tempo até você nascer. Liguei para o Vicente. A Mima foi cuidar de mim até ele conseguir arrumar todas as coisas e se mu-

dar. Eu me apaixonei pela Mima. Ela cuidou muito bem de mim. Quando Vicente chegou de Boston, senti que podia respirar novamente.

Ele não queria que eu te chamasse de Salvador. Disse que era um nome muito grande e pesado para um menino carregar. "Além disso", ele disse, "você não é mexicana." Eu ri e disse para ele deixar de ser esnobe. Mas você foi a minha salvação. Salvador. Você foi.

Como eu disse, os dois últimos anos da minha vida foram muito lindos. E tudo por sua causa. Agora estou morrendo. E estou muito triste. Mas feliz também, porque você vai ter um pai como o Vicente. Tenho certeza de que o ama. E sei que ele te ama. Não sei com quantos anos você vai estar ao ler essa carta, mas tenho certeza de que o Vicente entregou a você na hora certa. Ele nasceu com um bom instinto. Acho que puxou isso da mãe dele.

Não quero que você cresça com a minha família. Tampouco quero que cresça com a família do seu pai. Não acho que sejam boas pessoas — não mesmo. São muito apaixonados pelo dinheiro — e muito apaixonados pelas coisas que o dinheiro pode comprar. Simplesmente não quero que seja criado da maneira como eu fui criada. Seu pai biológico sempre quis ter um filho. Mas, na minha opinião, ele não mereceu você. Vicente e eu vamos ao tribunal amanhã, enquanto ainda posso andar. Nós vamos nos casar. E já organizamos os documentos para ele te adotar. Foi a única maneira de garantir que o Vicente poderia criar você, ser seu pai. Tenho certeza de que você entende o que estou tentando dizer.

Tive o poder de decidir quem iria te criar. (É estranho usar o tempo passado, mas quando você ler isso eu já terei partido há algum tempo.) Mas, Salvador, não tenho o direito de ocultar quem era seu pai biológico. Não cabe a mim decidir. Há um segundo envelope dentro deste aqui. Nele, escrevi o nome do seu pai. Também escrevi o nome de alguns parentes dele. Cabe a você decidir se quer conhecê-lo.

Sei que, quando estiver lendo isso, já vai ter se transformado em um garoto lindo. Como poderia ser diferente? Vicente Silva te criou.

Eu te amo mais do que posso suportar. Você salvou a minha vida — mesmo que por pouco tempo. Não é todo mundo que tem uma vida longa. Mas também não é todo mundo que pode dar a vida a um menino tão lindo quanto você.

Com todo o meu amor,
Mamãe

Lembrei o que a Mima tinha falado: "Sua mãe era uma pessoa linda".
    Havia tantas coisas que eu não sabia e senti tanto medo. Talvez tivesse medo de que ela não me amasse. Idiota. Essa era a carta de uma mãe que me amava mais do que qualquer outra coisa no mundo e que morreu muito cedo. Entendi o que ela havia feito por mim. Entendi que ela tinha se apaixonado pela Mima porque nunca havia conhecido uma Mima no mundo de onde ela tinha vindo. Entendi por que ela se casou com meu pai. Para me dar uma família, uma família que eu sabia como amar.
    Imaginei meu pai biológico derrubando minha mãe com um tapa. Talvez eu tivesse um pouco dele em mim. Um pouquinho. Mas não muito. Eu não tinha que ter medo de ser como meu pai. Eu não era como aquele homem. E nunca seria. Acho que minha mãe fugiu de um cara egoísta e violento. Ela se salvou. E me salvou também. Eu me conhecia bem o bastante para saber que havia usado a força em nome de um senso de lealdade pelas pessoas que amava. É, eu parti para cima do Enrique e dos outros garotos, mas meu pai estava certo — minha raiva *vinha* do sofrimento. Eu não tinha orgulho daqueles momentos. Machucar outras pessoas porque você se machucou? *No bueno.*
    Agora entendia o reflexo de toda vez que eu brigava. Ou pelo menos estava começando a entender. Não suportava ver ninguém machucando as pessoas que eu amava. Porque eu amava tanto que sentia a dor também. E não suportava que ninguém me chamasse de branquelo porque eu pertencia a uma família e, quando era chamado assim, só ouvia que não pertencia àquela família. E eu *pertencia* a ela e não deixaria ninguém dizer o contrário.

E mais uma coisa: eu não queria admitir que existia raiva dentro de mim. Mas aquela raiva não me transformava em um "garoto revoltado". Só me tornava humano. Não havia nada de errado em ficar com raiva. O que importava era no que a raiva se transformava.

Todo esse tempo, fiquei com tanto medo de me transformar em um pai biológico que nunca conheci. Eu me subestimei. No final, não cabia a mim escolher? Todos nós não crescemos para ser o tipo de homem que queremos nos tornar?

Eu estava tentando explicar a mim mesmo por que estava tão feliz. Nunca tinha ficado tão feliz assim. Finalmente entendi uma coisa sobre a vida e sua lógica inexplicável. Eu queria ter certeza de tudo, e a vida nunca me daria nenhuma certeza. Pensei no Fito, que sempre viveu com esperança, sendo que a vida não lhe ofereceu nenhuma. Certeza era um luxo que ele não podia ter. Tudo o que sempre teve foi um coração incapaz de se desesperar.

Pensei na Mima e na mãe da Sam e na mãe do Fito e na minha mãe. Elas estavam mortas. Eram como as folhas amareladas caídas da árvore da Mima. A vida tinha suas estações, e a estação do desapego sempre chegaria, mas havia algo muito bonito naquilo, no desapego. Folhas eram sempre graciosas quando caíam da árvore.

Sempre haveria o câncer, e as pessoas sempre morreriam sob esse peso terrível e imperdoável. Sempre haveria acidentes porque as pessoas eram descuidadas e não prestavam atenção quando deveriam prestar. Sempre haveria pessoas que sofriam e morriam por vícios poderosos e misteriosos e incontroláveis.

Pessoas morriam todos os dias.

E pessoas viviam todos os dias. Sempre restavam sobreviventes depois de todas aquelas mortes.

Eu era um desses sobreviventes.

E a Sam também.

E o Fito também.

E meu pai também.

Eu os havia observado em toda a sua bela coragem. Eu os havia observado enquanto lutavam contra mágoas e feridas.

E tinha uma única certeza: eu era amado.

Imaginei a Mima apontando para o meu pai. Sabia exatamente o que ela estava tentando me dizer. Ela queria ter certeza de que eu compreendia que havia sido criado por um homem gentil e carinhoso, que não havia crueldade no mundo capaz de tirar sua dignidade. Seu coração não seria capaz disso e não permitiria.

Nossa, eu estava feliz!

Mandei uma mensagem para a Sam: **Tá acordada?**

Sam: Qse dormindo

Eu: Palavra do dia = criação.

Sam: O q?

Eu: Como em natureza x criação

Sam: Vc tá bem, seu doidinho?

Eu: Vai dormir. Eu conto amanhã

Sam: Bons sonhos

Eu saí e sentei nos degraus da porta dos fundos. E, de repente, a escolha da faculdade passou a importar muito para mim. Eu queria ir para Columbia. Era onde meu pai havia conhecido a minha mãe. Era onde eles tinham se apaixonado um pelo outro. Não tinha sido uma história de amor clássica. Mas *era* uma história de amor. Uma história como a minha e de Sam.

Eu segurava a carta na mão. Meu pai dizia que a Mima sempre estaria conosco. E minha mãe, ela estaria comigo também. Era assim quando se amava alguém. Eles iam junto para todos os lugares — estando vivos ou mortos. Li a carta várias vezes. Não dormi a noite toda. Não estava cansado. Não estava nem um pouco cansado.

Estava feliz, ali sentado nos degraus, com a carta da minha mãe em uma mão e minha redação na outra. Eu me lembrei do primeiro dia de aula, quando voltei para casa na chuva, e de como nunca tinha me sentido tão sozinho, com o peso da água me cegando.

Eu não estava sozinho. Minha mãe. Meu pai. Mima. Sam. Fito. Meus tios e tias. Meus primos. Não, eu não estava sozinho. Nunca havia estado. Nunca ficaria. *Sozinho* não era uma palavra que se aplicava a mim naquele momento, enquanto esperava o sol nascer.

Salvador

Ouvi meu pai moendo os grãos de café na cozinha.

Entrei.

Ele olhou para mim.

— Você acordou cedo.

— Queria ver o sol nascer.

Ele ficou me observando.

— Parece que você andou chorando.

Mostrei as folhas.

— Minha redação — eu disse. — E a carta da minha mãe.

— Ah — ele disse.

Naquele mesmo momento, Sam apareceu, pronta para a corrida matutina.

Ela olhou para mim — depois para o meu pai.

Balancei as folhas.

Sam arregalou bem os olhos.

— Você está bem?

— Sim — respondi. — Nunca estive melhor.

Meu pai disse:

— Preciso de um cigarro.

E a Sam disse:

— Vou avisar o Fito.

★

Estou observando meu pai sentado nos degraus dos fundos. Ele está fumando um cigarro e lendo a carta da minha mãe. Sam e Fito estão sentados ao lado dele, lendo junto. Estou jogando a bola no ar e a pegando com minha luva. Estou treinando arremesso comigo mesmo enquanto eles leem.

Eles terminaram de ler a carta.

Estão olhando para mim: meu pai, Sam e Fito. Eu largo a luva e a bola no chão. Vou na direção do meu pai.

Pego o envelope lacrado da mão dele — aquele com as informações sobre meu pai biológico.

Peço um isqueiro.

Ele me entrega.

Olho para Sam e Fito e digo:

— Palavra do dia.

Sam entende e responde:

— Criação.

Pego o envelope fechado. Pego o isqueiro e o aproximo da ponta do papel.

Vejo o envelope queimar e as cinzas voarem para o céu.

Digo ao meu pai:

— Eu sei quem é o meu pai. Sempre soube.

E agora estou rindo. E meu pai está rindo. E o Fito abriu aquele sorriso incrível dele. Estamos vendo Sam dançar pelo quintal enquanto a Maggie corre atrás dela, pulando e latindo. Sam está gritando para mim e para o céu da manhã.

— Seu nome é Salvador! Seu nome é Salvador! Seu nome é Salvador!

Epílogo

PAREI PARA PENSAR NA REDAÇÃO QUE ESCREVI para entrar em Columbia. Acho que teria sido diferente se eu tivesse lido a carta da minha mãe antes — mas não adiantava viver com remorso. Meu pai havia me dito uma vez: "Se cometer um erro, não viva dentro dele". Ele também me disse que fazemos as coisas — coisas importantes — apenas quando estamos preparados. Acho que ele está certo. Mas às vezes a vida força nossa mão. Às vezes temos que tomar decisões mesmo sem estar prontos para isso. Acho que vou ter que aprender a me curvar à inexplicável lógica da minha vida.

Então, essa foi a carta que mandei para Universidade Columbia (que não correspondia a nenhuma das orientações):

Prezado Comitê de Admissões,

Meu nome é Salvador Silva. Meu nome representa a história da minha vida. Meu nome tem mais importância para mim do que jamais poderia explicar. Se as coisas tivessem sido diferentes, eu teria outro primeiro nome e outro sobrenome. E minha vida teria sido outra.

Minha mãe morreu quando eu tinha três anos. Seu nome era Alexandra Johnston. Ela conheceu o homem que depois me adotaria, Vicente Silva, quando estudavam nessa mesma universidade. Meu pai veio de uma família pobre, de origem mexicana, estudou artes plásticas em

Yale e se tornou um artista reconhecido. Acho que é importante mencionar que meu pai é gay, não que isso importe para mim (embora pareça incomodar outras pessoas, sendo que a maioria delas não sabe nada sobre o tipo de homem que meu pai é).

Acredito que a amizade entre meu pai e minha mãe foi algo incrivelmente raro. O amor deles criou uma família. Uma família de verdade. Quando eu tinha três anos, minha mãe morreu de câncer, e o homem que conheço como pai me adotou. Ele foi o acompanhante da minha mãe durante o parto e estava presente quando eu nasci. É possível dizer que ele foi meu pai desde o início.

Por algum motivo, minha mãe resolveu me dar o nome de Salvador. E estou muito feliz por ter o nome que ela me deu. Meu sobrenome eu herdei do meu pai. Cresci sentindo e pensando que era mexicano como a minha família. E nunca pensei que, tecnicamente, eles não são mexicanos — uma vez que estão neste país há gerações. Meus tios e tias e minha avó sempre se consideraram mexicanos. E é assim que eu me considero também.

A pessoa mais influente em minha vida, além do meu pai, é minha avó. Eu a chamo de Mima. Quando lerem esta carta, ela provavelmente estará morta. Ela está nos últimos estágios do câncer.

É difícil colocar em palavras o que a Mima significa para mim, então vou terminar esta redação com uma lembrança que tenho dela, uma lembrança que sempre guardei e guardarei até o dia da minha morte.

Quero ser digno de ser chamado de neto. Se isso for possível, acho que serei uma bela adição à sua universidade:

Tenho uma lembrança que é quase como um sonho: as folhas amareladas da amoreira da Mima caindo do céu como flocos de neve gigantes. O sol de novembro brilhando, a brisa fresca e as sombras da tarde dançando com uma vivacidade que vai muito além do meu entendimento de garoto. Mima está cantando em espanhol. Há mais canções dentro dela do que folhas em seu jardim.

★

Meu pai disse que era uma bela redação.

— Está muito bonito, filho.

Sam disse que chamaria a atenção deles. E ela amou a lembrança das folhas amareladas. Disse que parecia um poema.

Não acredito que seja o tipo de redação que vai me fazer entrar em Columbia. Seria legal. Sei que minhas notas me permitiram entrar em algumas das faculdades em que me inscrevi. Independente da faculdade, vou viver boas experiências. Mas a boa notícia é que vou levar todos que amo junto comigo.

Um dia, quero ir à praia com Fito e Sam. Sam e eu vamos ver o Fito caminhar nas areias da praia pela primeira vez. E ver a expressão em seu rosto quando ele olhar para o horizonte, onde a água encontra o céu.

Hoje à noite, meu pai vai levar os dois para comer pizza e ver um filme. Sam e Fito estão discutindo sobre qual filme vão assistir há meia hora.

E eu? Eu vou jantar com o Marcos. Foi ideia minha. Ele vai escolher o restaurante — e eu vou pagar. Chegou a hora de conhecer o homem que ama o meu pai. Chegou a hora.

Agradecimentos

Escrever é uma viagem. Este escritor, eu, Ben, anda pelo mundo e um dia tem uma ideia. Eu convivo com essa ideia e então ela começa a se transformar em uma história, que vai crescendo na minha cabeça até que preciso botá-la para fora, senão posso enlouquecer completamente.

Escrever livros é sempre difícil, desafiador e lindo. Quando tive a ideia de escrever sobre um jovem que havia sido adotado por um gay, as engrenagens na minha cabeça começaram a girar. Ficção é ficção — mas nenhum livro vem do nada. Admito que existem pedacinhos da minha autobiografia espalhados por esse livro. Como minha própria mãe havia falecido recentemente quando comecei a escrever, sabia que o arco da história seria sobre a avó do narrador morrendo. De certo modo, escrever este livro me ajudou a cicatrizar minhas feridas. A verdade é que escrever sempre me ajudou a sobreviver às minhas próprias dores. É por isso que a escrita salvou minha vida.

Levei alguns anos para terminar este livro. E, quando ele finalmente chegou à mesa da minha editora, Anne Hoppe, ainda havia muito trabalho a ser feito. Inúmeras conversas, e-mails e revisões. Depois mais conversas, mais e-mails e mais revisões. Anne sempre fazia as perguntas certas, me desafiando a tirar o máximo daquele material. Às vezes era como se ela conhecesse meu livro melhor do que eu. Seu comprometimento com meu trabalho não apenas me desafiou, mas me surpreendeu.

Escritores adoram agradecer a seus agentes e eu não sou exceção. Patty

Moosbrugger, que é minha agente há mais de uma década, é uma verdadeira amiga. Ela não só acredita em meu trabalho — mas acredita em mim. Ben. O que mais um escritor pode querer? Eu não sei onde estaria se ela não estivesse viajando ao meu lado. Foi ela que colocou este livro nas mãos compassivas e capazes de Anne Hoppe. Qualquer agradecimento parece insuficiente.

E então tem essa coisa chamada família. Essas coisas chamadas amigos. Nenhum autor cria um livro sozinho. Sem a ajuda de pessoas que me amam e que frequentemente me ajudam a me salvar de mim mesmo, eu não estaria em lugar nenhum. Este livro é praticamente uma criação das pessoas que me cercam, as pessoas que me criaram, me apoiaram e me amaram, as pessoas que me deram palavras, língua e voz. Então eu grito minha gratidão para essas pessoas. Este é o livro que escrevemos juntos. Vamos escrever mais um — que tal?

ESTA OBRA FOI COMPOSTA PELA VERBA EDITORIAL EM BERLING
E IMPRESSA PELA GRÁFICA BARTIRA EM OFSETE SOBRE PAPEL PÓLEN SOFT DA
SUZANO PAPEL E CELULOSE PARA A EDITORA SCHWARCZ EM JUNHO DE 2017

A marca FSC® é a garantia de que a madeira utilizada na fabricação do papel deste livro provém de florestas que foram gerenciadas de maneira ambientalmente correta, socialmente justa e economicamente viável, além de outras fontes de origem controlada.